董晓琼 著

生长的炊烟

SHENGZHANG
DE
CHUIYAN

山西出版传媒集团

山西人民出版社

图书在版编目（ＣＩＰ）数据

生长的炊烟 / 董晓琼著. ——太原：山西人民出版社，
2023.7

ISBN 978-7-203-12573-0

Ⅰ.①生… Ⅱ.①董… Ⅲ.①散文集—中国—当代
Ⅳ.①I267

中国国家版本馆CIP数据核字（2023）第018249号

生长的炊烟

著　　者：董晓琼
责任编辑：席　青
复　　审：吕绘元
终　　审：武　静

出 版 者：山西出版传媒集团·山西人民出版社
地　　址：太原市建设南路21号
邮　　编：030012
发行营销：0351-4922220　4955996　4956039　4922127（传真）
天猫官网：http://sxrmcbs.tmall.com　电话：0351-4922159
E-mail：sxskcb@163.com　发行部
　　　　　sxskcb@126.com　总编室
网　　址：www.sxskcb.com

经 销 者：山西出版传媒集团·山西人民出版社
承 印 厂：山西基因包装印刷科技股份有限公司

开　　本：720mm × 1020mm　　1/16
印　　张：18.25
字　　数：255千字
版　　次：2023年7月　第1版
印　　次：2023年7月　第1次印刷
书　　号：ISBN　978-7-203-12573-0
定　　价：68.00元

序

王保忠

　　董晓琼是个有传说的九零后作家。他小学四年级即开始写小说，且一上手就是长篇，三年写了十几万字，鼓捣完正好小学毕业。升入初中，他的这部大作被老师发表在校刊上后，据说大半个县都轰动了。高中三年，晓琼又完成了一部三十万字的长篇小说，这便是他后来出版的《岁月有痕之流逝的青春记忆》，期间他还写了几部电影文学剧本。

　　2014年我去阳高，县文联的余跃海主席把晓琼推荐给了我，称他的小说如何的厉害、散文又如何之美好，一并将真人也请了过来。小伙子沉默，腼腆，好像就没说几句话，只是当我问及他近来的写作时，他说那本等了两年的书快要出来了。我们都为他高兴，还商量着怎么"促销"一下，他感激却也没见得涕零，不卑不亢，不急不躁，这大约就是"资深"作家的一种范儿吧。也就从那个时候起，我开始关注起了这个年轻人，他让我常常不自禁地想起自己的那段岁月，青春年少的我大约也这个样子，说沉稳其实是一种拘谨，年轻人本该意气风发，即便"张牙舞爪"一些也不过分，但乡村赐予我们的却是与年龄不相称的"沉稳"，也使得我们对世界的态度更多的是敬畏与胆怯，甚至战战兢兢。也是在那次，我好像对晓琼说了几句话，意思是写作是一场漫长的马拉松，别急着长篇大论的，先把生活安排好，该挣钱时挣钱，该娶媳时娶媳妇，慢慢积淀，到了不得不喷发时不写都难。

也不知当时晓琼听懂了我的话没有，毕竟我们之间是有代沟的，但这又确实是一个过来人的不算经验的经验之谈，语不重却心长。他那么年轻，当青春记忆的矿藏开掘完之后，要想将写作持续下去，必须找到新的资源，即便不是亲历的，也应是感同身受的，不是岁月有没有在你心里留下痕迹，而是伤痕累累，不诉说就走不下去。但同时，有效的写作，又是需要思想资源支持的，它能定位你在这个世界的位置，伤在何处。网络时代每时每刻都在产出大量的文字，但无效写作也多，文字里可能有欲望，有情感，但因为没有一个思想的内核，那文字说到底是肤浅的，与文学还有一定距离。怎么说呢，当时我可能是希望晓琼能写写他走出校门之后的困境，他作为一个小城青年的物质酸楚和精神焦灼，作为一个小县城的知识青年在各种挤压下的苦痛与希望。一个作家，我总觉着不能太牛了，讲的都是成功，不是失败，都是光鲜，不是伤痕，要知道，文学从来都是伤口里长出来的。如果它同时传达出了世界的疼、人类的痛，那么，即便你处在一个远离纽约、北京的偏远县城，也会是我们时代的重要作家。

后来倒也时常听到晓琼的消息，看到他的文字，特别是微信技术普及之后，几乎一打开手机就会有个照面。互联网和微信就这样彻底改变着我们的生活，拉近着我们的空间距离，但是人和人之间好像也更遥远更陌生了，你不知道天上的月亮和水中的月亮哪个更圆哪个更亮，也不知道现实中的他和网络中的他哪个更真哪个更实。自然地，我也有意无意地观察着晓琼，看看网络怎么改变着他，改造着他，他又怎么利用着网络，驾驭着它。更多的时候，他似乎是沉默着，转些他自己的或别人的帖子，还创办了一个叫"小草文学"的微信公众号，发些别人的或他自己的文章，时间久了便不以为奇了。当然，他也有激动的时候，某次他公然晒出了娇妻的照片，于是我知道这小伙子结婚了，过上了自己的小日子、小光景。

但晓琼又始终没忘了自己是个作家。去年冬天，他说要出个散文集子，稿子已经发给出版社，正在审批，希望我能给作个序。这类事我向来是不敢应承的，一来人微言轻，写出来不一定有益于书的推广，二来因当时右臂骨折，也写不了几个字，但我又实在不忍也不知怎么回绝他，毕竟这年轻人我是很看好的，再加上又有一定的地域瓜葛，犹豫半天之后终还是答应了，但同时我又说，书定下来再写也不迟。这自然是给自己留有余地的，我的想法是，这期间他可能会改变主意，那一来我就解脱了。但前不久，晓琼说出书的事定下了，言外之意我自然明白，他这么认真，我也只能硬着头皮厚着脸皮践行我的承诺了，好在他这些散文我先前大多看过，有一些篇什还持久地打动着我。

怎么说呢，这个集子收录的文章，写的大多是他眼中的乡村变化，他记忆中的乡村是什么样的，现在又成了什么样子。晓琼出生在1991年，他童年记忆里的农村正处在我们乡土中国的前夜，于是这记忆里的乡村人，乡村事，乡村景，乡村情便还是温馨的，但随着他的长大，农村城镇化、现代化的速度也骤然加快，其变化已远远超过了他的接受程度。我的感觉是，晓琼的乡土情结非常浓重，这也是他和别的九零后作家的一个区别，从某种角度说，童年记忆也决定着一个人的写作。而且，他生活的县城，工作的单位，离农村又是那么近，他怎么可能回避这一部现实呢？更何况这个现实是对他记忆的一种挤压，一种刺痛，他不能不在文章里有所反抗。

晓琼是敏感的，他知道我们这个时代缺失什么，所以，他便以朴素的文字在记忆里打捞，这打捞便是一种寻找，这寻找便是一种梳理。《扁担》，他想找回的是人与人之间的那种弥足珍贵的亲情。舅爷，每年都会用扁担担着一筐杏走七八里路送到我家，一直到他得病死去。发丧时，"我"看到门顶上横放着的那根扁担时，禁不住泪流而下。需要点出的是，像舅爷这样有情有义的人是和传统农村联系在一起的，他身上散发出的正是乡土中国的气味，随着乡土中国的远去，那种珍贵的亲情还找得回吗？

《柳筐》，梳理的是邻里之间的关系。文章里的"成爷"是和舅爷一样有着传统美德的一个人，村子里的柳筐几乎都是他编织的，他也因此赢得了全村人的敬爱。然而在成爷的大儿子得了不治之症后，人们再不好意思找成爷编柳筐了，也不再到成爷家大门外坐着闲聊了。而当成爷去世后，出殡的那天，村里的男男女女、老老少少，能出门的几乎全都去送了。"人们没有太多的语言，只是一直默默地跟着、走着、看着，直到满眼泪花！"成爷这样的老人的离去，也是传统农村的远去，所以晓琼的文章其实就是对传统农村的一种依依不舍的挽歌。

《老黄牛》，书写村庄里的人们和牲畜的关系。作者写他从前是骑着老黄牛玩耍的，但冬天一个早晨上学的时候，看到院子里的老黄牛"鼻孔和嘴上全冻着白霜，而且大都结着丝丝的冰"，从那以后他再未骑过老黄牛，而且常常给老黄牛割草、喂草，非常地呵护。后来由于村子大旱，不得不作出卖牛决定的时候，一家人都哭了，而当听说老黄牛最终被送到了屠宰场的时候，"我"的心里更是说不出的痛楚。畜力是农耕文明的标志之一，老黄牛被送到屠宰场实际上就是农耕文明的终结。作者有留恋却也无可奈何。

《老井》，写的是村庄里的人们和即将退出历史舞台的老井的关系。村里人吃上了自来水，哺育了村庄几代人的老井渐渐失去了原来的用处，有人建议把老井填埋了，但也有人反对，说他毕竟是一大功臣，留着也碍不着啥事儿。两种意见相持着，而老井便也静静地守候在那里。

《牧羊人》以乡村特有的职业"牧羊人"为切入点，展现了乡村人骨子里的纯朴、善良和诚信。一帮乡村孩子因为帮助了从内蒙古搬迁过来的牧羊人家的孩子，让那孩子感激得不止送我们蒙古刀、好吃的牛肉干，还特别从内蒙古那边牵回了一条牧羊犬，甚至邀请我们到他家吃连他们自己都舍不得吃的川羊肉；如今的一些乡村牧羊人，明知圈养羊见效快，但担心人们吃的不安全，冒着封山不便放羊的艰难依然坚持放牧，并断然拒绝不良商贩把圈养的羊混到他散养的羊群里卖高价钱的要求，"如果那样做了，利是能得点儿利，但会良心不安"。牧羊人纯朴实在的话，不由得让人肃然起敬。

《豆腐坊》，思考的是商业文明对乡村文化的冲击。靠做豆腐为生的德喜爷因为家里那口井的水质越来越差，在村里人还没人说他家豆腐咋样不好的情况下，自个儿嫌弃自个儿选择主动关门，并因此让老伴儿闹腾了好长时间。令人欣慰的是，在经历了几年关闭的疼痛后，豆腐坊重新开张迎来了新的春天。碰上逢年过节，十里八村的人都来整锅整锅的捞豆腐，就连县城里的一些小商贩都不嫌路途遥远来批发豆腐。"质量好是一方面，但许多人看中的是德喜爷因自个儿嫌自个儿豆腐不好关了豆腐坊的那种诚信跟道义""德喜爷从没自个儿宣传过自个儿的豆腐，更没做过啥广告，但十里八村的人们没有不称赞的。"因为只有良心才是永远的金字招牌。

《大山深处》，展现了新农村的变化。小时候令我神往的大山深处，当我真正走进去面对其现实时，之前的幻想全被打破了。从山里孩子清澈的眼神中，我看到更多的是感动和心痛。庆幸的是，政府、企业、志愿组织以及那些爱心人士都关注到了这个事，异地扶贫搬迁政策让大山深处的人们走了出来，搬到山外地势平坦的新农村，吃上自来水，住进宽敞明亮的大瓦房。村里有新建的学校，文化广场，农家超市……让人满心感动，"感觉那边的天空干净的就像被水洗过一样，几朵白云中透着些灵气"。

晓琼是个敏感细致的作家，他总是能将写作的触须探入到传统村庄或者说我们乡土中国的最根本处，抓住村庄历史变化的关键和细节。他的这些文章，其实都可以归入"乡愁"的大主题，但他懂得怎么表达"自己"的乡愁，他总是以自己的经历、自己的感受说服人、打动人，或者说，他是以自己的伤口来表达乡土中国之痛，以自己的亲历书写他的留恋，惘然，叹息和思考。他自是知道再也回不去了，正如他在《老井》里写的一样，那掉到井下的，还能掉上来吗？他也知道在时代的高铁上，有的东西也许是永远擦肩而过了，但他却努力给这个时代提供一种参照，让人明白，什么样的东西不该缺失。

当然，并不是说晓琼这部书就达到了怎样一个高度，他才刚刚开始。人生的沟沟坎坎、社会的坑坑洼洼，他还没有蹚过多少，我想，随着涉世和思考的深入，他以后的作品定会迸射出滚滚的风雷和磅礴的力量。

2017 年 4 月 28 日

目　录

那天离开村子，车子驶出村口时我停了停，对于似曾相识的那些情形在脑海中又定格了一番，我突然间认为，村子对我来说，那种离乡恐惧或许是多余的，就如未曾离开怎谈相遇一样，从情感深处来讲，自己也许并未离开村子，外在上不管时间空间如何变换，但自己的根始终在这里，根在的地方，心也就一直都在。

村 子

cun zi

最近一段时日里，老是梦见村子，村子里的人，村子里的事。有时梦醒后对于那些记得比较清楚的梦，特别是有关童年里的，自己坐在那儿还静静过滤一番，究竟是记忆还是梦境，但也有一些梦，没醒的时候记得清清楚楚的，但醒来后就变得模糊起来，越想越记不清楚，最后什么也记不起来了。人们常说，日有所思，夜有所梦，虽然自己没有刻意去想村子，但无意识里或许也对村子有所思了，所以才会比较频繁地梦到，最后一次梦到村子时，醒来后自己静静坐了片刻，内心深处油然而生就有了那么个念头，或许，又该回村子里看看了。

村子算不上大也说不上小，是晋北地区普通的农村。小时候那会儿，听大人们说，山的那边是内蒙古。童年时，常跟小伙伴去翻那些山，想着翻过山去就能看到内蒙古大草原了，但试过几次后都没成功，翻过一座山又是一座山，一座山连着一座山，一座山又比一座山高。那时候认为是年纪小体力不够，翻不过山才看不到大草原，长大后才知道，即便翻过山到了内蒙古，也见不到大草原，大草原是在内蒙古，但不是内蒙古所有的地方都有大草原。

没见过大草原，儿时伴随着我们那茬儿孩子们成长的是村东的那片大草滩。那时候，我们常去大草滩上玩耍，特别是暑假里到大草滩上放牲畜，牛、马、驴、骡，有的伙伴家里没养牲畜，为了也能骑着牛或马、驴、骡到大草滩，就借来给人家放，这一度成了我们小伙伴当中很长一段时间里的笑料。那时的大草滩，草长得很茂盛，因为面积比较大，去了以后把牲畜的缰绳往它们角上或是脖子上一盘就不管了，任由其在草滩上寻草吃，大人们在树荫下打扑克、闲聊，孩子们有的到低矮的柳树下面把柳枝绾在一起荡秋千，有的到树上掏鸟雀，有的在树下挖"闪闪窖"，无论是大人还是孩子，聚在大草滩上绝对是欢乐的、惬意的。盛夏时节，嘴里含着根芨芨草，躺在大草滩那些大树的树荫下望着天空遐想，都觉得那是种享受，天是蓝的，云是白的，风是轻的，草是绿的，空气是清新的，人们是和谐的。那时候，我懵懵懂懂地想过，等我们那一茬儿孩子也都长大了，到时村子会变成啥样。

也许就是在那么不经意间，草儿绿了黄了又绿了，燕子来了走了又来了。寒来暑往中，我们那些孩子也都长大了。当我们不再去大草滩上玩耍放牲畜，不再到树上荡秋千掏鸟雀，不再到池塘里戏水捞鱼滑冰，不再用弹弓打鸟打人家鸽子时，童年也就开始离我们远去了。离开村子到乡里、县里念中学时，村子无意间竟成了我们身上的标签，那种感受是之前在村子里从未有过的，细细体会，似乎有些像课本里讲的"不识庐山真面目，只缘身在此山中"的情形。外出念书，假期里回村子，无形中就有了一种说不出的亲切感，再爬那些儿时认为翻过去就能看到内蒙古大草原的山，心境也截然不同了。那时候想的是怎么翻过那些大山离开村子，而出村以后再爬那些大山，更多的是想着怎么更好地站在山上俯瞰村子，特别是有时早晨或是傍晚、在晨光或是夕阳的笼罩下，薄雾轻纱一般，炊烟袅袅中，村子安静祥和，给人一种诗意般的感觉。那时候猛然间意识到，原来在村子时不经意的那些人与事、情与景，离开村子后都成了脑海里难忘的画面，时不时地就会浮现出来，想想就会让人觉得倍感亲切，想想就会让人变得热泪盈眶。

自己刚参加工作那段时间，在县政府部门里写材料，村子离县城有十二三里地，自己骑着电动车每天早晚来回跑。那时候，除在吃饭上有些不方便外，单位有住的地方，但即便是那样，除了有时需要晚上加班写材料不能回村子外，其余只要是正常上下班时间，一般都会回家，一年四季中从未间断过。春秋时节相对还好些，顶多是有时走到路上风比较大，半个小时走成了四五十分钟，夏季偶尔淋点雨啥的，但冬季相对就显得有些难熬了，有时候碰上天冷，一路上冻得，到了单位或是回到家，脸都是僵的，说话都不利索，得缓好长时间。单位有同事逗我，说我二十来岁个小后生，下班后不思谋着咋找个对象出去吃饭、逛街、看电影啥的，每天往村子里跑啥，每天跑得辛苦不说，大冬天冻得多受罪，赶快成家，在县城里买房子吧！我笑笑，说等机缘到了的。在县里上班那会儿，好多次跟同事们吃饭，每次结束后都挺晚了，他们都说这么晚了又碰上喝了酒，可不能再回村子了。我说没事儿，我有把握，要喝多的话，让我回我也不回了，而且我走的都是东关村的穿村水泥路跟乡间土路，晚上几乎没车子，相对比较安全，还有就是那时候不管我晚上回不回家吃饭，我住那屋我妈每天都要提前给烧好炕，不回去的话就有些白忙活了，再加上我一直也是肯在夜里写作，习惯在炕上放个小方桌写，尤其是冬天夜里，地上炉子烧得正旺，坐在热炕上伏在小方桌上写，感觉很温馨，总之就是各种因素的存在下，没啥特殊情况，我几乎是天天要回村子的，有时大晚上走在那些乡间土路上，特别是庄稼长高时刮起风来，总感觉庄稼地里就跟有啥似的，心里多少有些害怕，生怕走着走着庄稼地里突然跳出啥似的，但只要一到了我们村子边界，看到村子里的那些灯火时，心里顿时就亮堂了。

就那样，早晨从村子里到县城，晚上从县城回村子里，来来回回中，我走了六年，后来回村子有时穿过东关村走在那条乡间土路上时，我常会指着路两边一些长大的树木以及地里的庄稼跟同车人笑说，那些树是我看着它们长起来的，这两边地里的庄稼，从种到收，我看了它们好多年……

后来自己成家，在县城里买上房子后，周围有人说，这也总算是熬出来了，总算是走出村子进县城里了，不用再村里县里两头来回跑了。事实虽是这样，但在情感上，我感觉自己始终没有离开村子，住在县城里了，反而对村子的那种感情更加浓厚了，不再天天来回跑，但只要星期天一有时间，我常会回村子里看看，现在条件也相对好了，以前骑电动车要走半个小时甚至四五十分钟的路程，现在开车，顶多十来分钟，要是冬天，车子还没热就已经到了，而且不管隔了多久，只要回到村子里，感觉一切都是熟悉的，一切都是亲切的。在村巷里走走看看，跟乡亲们打个招呼，寒暄几句，聊聊农事，拉拉家常，无形中就在精神上与情感上找到了一种慰藉。

有时候，自己写一些乡土类的文章，村子里的那些人与事、情与景，自觉不自觉地就出现在文章中了，时间久了，逐渐意识到，对于生养自己的村子，有很多东西其实是融入血液当中的，不管自己是否用心留意过，但到了某个特定的时段，只要内心深处那根弦被触碰到了，顿时，一切就全部浮现出来了。有次，我写一篇有关农村传统编织手艺的文章，脑子里是有要写的人与事的，但写了几段后自己不满意，否了，否了以后再写，反复了四五次，但终究还是觉得没写出自己想要表达的那种效果，停笔后我回了趟村子，专程到要写的那厝老院子里看了看，啥也没说，啥也没做，静静地在院子里的一处角落坐了挺长一阵子，晚上回去后待在书房里重新构思了一番，有感觉后动笔开始写，三千多字的文章几乎是一口气写完的，后来在国内一家大型期刊上发表后，反响还挺不错，同几位作家交流写作时，我说写文章有时候真挺奇怪的，随后把我写那篇文章的经历跟他们说了，他们都说那是在特定的环境当中激发起了创作灵感，那样的文章也往往是最具真情实感的，最能打动人的。我想也许是吧，不过灵感也好，真情实感也罢，能不能打动人取决于读者是否认同，但作为一个作者，那些文字绝对是从内心深处流露出来的，也是从那时起，我深深意识到，跟村子有关的内容原来一直都是深植于内心深处的，不管身在何处，心里永远都装有村子。

去年，自己工作又调到了市里，虽说离村子也就五六十公里远，百十来里地，但相比在县城那会儿，再回村子怎么也不如之前那样方便了，或许考虑将来要在市里安家。其实有时候自己内心里是有种离乡恐惧的，我生怕随着时间的流逝以及环境的变动，将来对生养自己的那片土地变得生疏起来，如果那样的话，那不能不说是一种悲哀，我不希望这种悲哀发生在自己身上。作为一个文学创作者，在写作中，我总是想以最诚挚的情感去记录村子，字里行间，也寄托着自己对村子最深情的表达。

时常梦到村子的那段日子里，星期天抽空专程回了趟村子，不光在村巷里走了走，看了看，跟村里人聊了聊，后来又徒步到承载着自己童年记忆的小河、原野等地方走了走，看了看，途中一时感慨，拍了张图片发了条动态，没想到点赞评论的好友还挺多，有人逗我，评论里说去市里了还老往村子里跑，我说脚上有泥土，笔下的文字或许才能有温度……

那次，我没有当天回村子当天就走，晚上就着腌咸菜吃了顿我妈做的手擀面，夜里跟父母聊了聊，在我以前住的那屋睡了一晚上，次日清早起来又上了上村子北面的山，站在半山腰上看了看旭日东升时村子里的炊烟袅袅，还是之前的那种感受，不管离开村子多久、多远，只要一回到村子，感觉一切都是熟悉的，一切都是亲切的。那天离开村子，车子驶出村口时我停了停，对于似曾相识的那些情形在脑海中又定格了一番，我突然间认为，村子对我来说，那种离乡恐惧或许是多余的，就如未曾离开怎谈相遇一样，从情感深处来讲，自己也许并未离开村子，外在上不管时间和空间如何变换，但自己的根始终在这里，根在的地方，心也就一直都在。

记得曾看过孙犁先生的《老家》，结尾有这样一句话，"新的正在突起，旧的终归要消失"。我有些担心地想，难道老井也会是这样的结局？

我有些模糊……

老井位于当村，辐射着整个村子。之所以叫她老井，是因为她比村子的年龄都大，听人说，当年祖先们聚集于此，也全是因为有这口井。水是生命的源泉，而老井，应该是我们整个村子和所有村民的母亲。

老井比现在一般的井都要大，从底到顶全是用青石头砌出来的。井口是标准的正方形，边长有一米多，上面还有一个木制井盖，可能是时间久的缘故，那井盖走形得挺厉害，而且木板之间的缝隙也越来越大。最初那会儿井口上还有个挂水桶的木轮架子，但后来不知被谁给弄坏了，坏了以后渐渐地也给弄丢了。听洗过井的那些人说，老井估计有三十多米深，全都是青石头砌到底的。小学上语文课，老师在课堂上提到过老井，说从村里那口老井的建筑上就能感受到我国古代劳动人民的勤劳与智慧，更别说是像长城、故宫那样的宏伟建筑了。不料有男生听了以后在下面撇嘴嘀咕着，说一口破井哪能跟人家长城、故宫比。当时不理解，在我们长大之后，真正了解老井时，特别是对于从事建筑行业那些儿时的伙伴们来说，才明白了老井建筑上的不简单，在那样的年代、用那样的生产工具，先辈们却能造出这样的建筑物，而且沿用了那么久，确实不简单。

乡亲们大都挑着吃水那会儿，那老井四周整天就如同现在城里的早市和夜市一般，挑水的，排队的，打招呼的，闲聊着的，挑着水一起回家的……桶儿叮叮当当，扁担吱吱悠悠，很自然地形成了乡村和谐曲。那时候在村里，别的事都可能间断，但乡亲们挑水的事却从未间断过，沐着晨光，伴着残阳，迎着春风，沾着秋霜，踩着冬雪，乡亲们一年四季挑水从未间断，而老井，也一年四季始终无私奉献着。不过那时候夏天有时候下点雨，挑水的人相对就比较少些了，那些稍有点上了岁数或平日里有病在身的人就不出来了。那会儿村里还没有修水泥路，一下点儿雨，村巷里就比较泥泞，很容易滑倒，冬天倒是对挑水没太大的影响，即使下雪，也不碍事儿，顶多是天比较冷时多冻一会儿，吐着白气，然后再里外做团地搓搓手，继续等着，不过数九寒天时，老井旁的那些冻冰不容忽视。有一回一位挑水的中年人不小心就被滑着掉进井里了，要不是挑水的人多，也许真的出人命了。从那以后，每年的数九寒天，那中年人都会去井旁刨冰，有乡亲开玩笑问那中年人，说这到底是该感谢他这人呢，还是该感谢滑他掉下井的那块冰呢！有一次，我把家里的收音机拆开了，弄了大半天，没修好不说，最后连零件都安不上去了。我妈气着说："你怎么拆下来的就怎么给我弄上去！"我突然间想到了那中年人落井的事，随即还击了我妈一句："那怎么掉下井的还能怎么掉上来？"没想到这一句还真管用，问得我妈哑口无言在那儿站了好长时间。我心里暗想，这还得感谢老井啊！于是第二天放学，我带着几个伙伴来到老井旁围着老井鞠躬，以示谢意，不料被远处一个大人看见了，他硬说我们几个男孩给尿到井里了，追着我们满大街地跑，有伙伴说夜里睡觉还做噩梦被吓醒了。我们几个孩子越想越气，礼拜天聚在我家商量怎么整那中年人，不料我们商量时被我爸给发现了，问出缘由后上政治课似的教育了我们一番，说别说是那中年人了，就是照谁看到那事儿也会管的，误解归误解，但村民们对老井那份感情是真诚永恒的，毕竟她哺育了我们村子里的所有人，年长日久的，哪能没感情？我们听后觉得这也说得过去，报复那中年人的念头也因此打消了。

后来有几年比较干旱，老井的水位下降了不少，有人挑水时说老井的水有点变味儿了，以往吃着很甘甜，这会儿感觉有点咸了，而且做饭时在锅底经常会出现一层白白的碱。人们有些担心，说再有十几年或几十年，老井会不会成为枯井。村里的一些老人建议，说把老井再往深挖一挖，现在的机械也比较先进，应该不咋费事儿，也用不了几个钱，但年轻人大都后撤了，说老井都不用了，白折腾那干啥，费力又费钱的。老人们听后发出了内心深处的叹息，也许他们有心，但他们已经无力了。

新农村建设，上面给村里拨了款，在村边建了一座水塔，家家户户都吃上了自来水，而且水质也很好，老井昔日的繁华被水塔覆盖了。有次我回村路过看了看，老井的井盖也已经不在了，井里面掉了许多乱七八糟的东西，秋风吹动，大片大片的树叶落了进去……

关于老井的事儿，一段时间里村里人倒是讨论过，吃上自来水那会儿，有人就建议，说老井也没啥用处了，而且位于当村，井盖也没有了，碰上孩子上街或村里人走夜路，万一不小心掉下去咋办？不如把老井填埋了吧！但也有人反对，说怎么说老井也哺育了我们村的几代人，毕竟是一大功臣，留着也碍不着啥事儿，顶多是大人看好孩子，走夜路时小心点儿，想办法再弄个井盖，老井不能填埋。两种意见相持着，一直没结果。而老井，也一直在那里静静地守候着，伴着日升日落，伴着春夏秋冬，伴着整个村子及村里所有人，一天又一天，一年又一年，一代人又一代人！

现在，村里建设得更加好了，各方面的基础建设越来越完善，如果就功能而言的话，老井真的没啥用处了，不过人们给老井围建起了一个井台，小孩上街以及人们走夜路掉下去的隐患消除了，往后的日子里，老井也许会一直伴随村子留下去，也许老井最终还是会被填埋。

记得曾看过孙犁先生的《老家》，结尾有这样一句话，"新的正在突起，旧的终归要消失"。我有些担心地想，难道老井也会是这样的结局？

我有些模糊……

日落之时，我离开了古寺。临走时，师傅又送了我几本净空老法师讲经的书，而且把我送了出来。在古寺门前又聊了几句后，我离开了。师傅目送了我很远，直至回头时发现我与他的视线都已模糊。

走了很远一段距离后，我隐约听到了古寺里的钟磬音，师傅也许上殿念佛了。

那钟磬音，悠远深长，久久回响……

伴着吱吱的响声，我轻轻地推开了那两扇经历了数百年风霜雨雪且有了较大缝隙、稍有走形的古寺的大门。好长时间没来这里了，感觉有点新奇，但仿佛也有点"陌生"。走在那条窄窄的鹅卵石砌小道上，我感觉像是进入了另一个世界。记得初中时曾背过唐代诗人常建写的那首《题破山寺后禅院》：

清晨入古寺，初日照高林。
曲径通幽处，禅房花木深。

　　山光悦鸟性，潭影空人心。

　　万籁此都寂，但余钟磬音。

　　我虽没听到钟磬音，古寺也不在深山老林里，但有这首诗在心头萦绕着，觉得古寺也真有点诗中描绘的那种感觉了，我边想边往里走着。

　　古寺不算太大，但寺里的佛殿神殿却很多，建筑上也都是古式风格。以前有城里人来参观过，对古寺的建筑风格提出过异议。有人说这是真正的古式建筑，将来可能被列为文物景点；有的说这应该是现代人的仿古建筑，没太大的研究价值。但争来争去也不知道谁对谁错。那些人不懂，寺里的住持也不懂，至于村民们，那就更不懂了。尽管寺里的碑文很多，但很少有人能够看懂那上面写的是什么。虽然住持给古寺起了名字，宗教局也给颁发了证件，但人们习惯上还是称它为古寺。究竟古到哪个年代，村里几乎没人知道了，不过也有人说，古寺的年代应该跟村子里那口老井差不多，但这只是说说而已，无证可查。村子里也没人去查，村民们毕竟不是历史学家或考古学者。古寺在村民眼里，无非是个放有佛像神像的地方，初一、十五去烧烧香，拜拜佛，祈祷祈祷而已。

　　说到烧香拜佛，古寺是出了名的灵验，十里八村甚至三五十里，没达到妇孺皆知的程度也差不多了，而且越传越远，甚至有几百里以外的人专程开车来烧香拜佛求神，寺里的香火因此越来越旺。那次听人说，有几个县城里的小混混听说后也来拜神了，而且专程拜财神。一个戴着耳坠鼻环且染着红头发的小伙子掏出一块钱放到了财神面前，指着财神说："财神，爷爷我专程来给你供钱，你一定得保佑爷爷我发大财。"说完点了三炷香，拜过后调头就走，但刚一出门就被门槛给绊倒了，摔在青石地上，鼻孔嘴上全是血，被人扶起来后大骂："他妈的，这还真有点讲究。"

　　这事传出去以后，人们更加相信古寺里神灵的灵验了，而且说那些小混混就是被神灵惩罚了，要不哪会有那么巧呢？我当时就想，佛神哪能跟凡人计较呢？人家那是什么心量！不过反过来说，如果上几炷香，祈求神灵赐予什么就能得到什么，那世界上的人不都成活神仙了，要什么有什么，哪还用得着辛辛苦苦忙忙碌碌奔波着？我奶奶那会儿常说，种善因得善果，造恶因得恶报，全都在个人，佛告诉我们，修行有方法……不过那时候毕竟太小，在佛殿里还想着这事儿呢，想着回去了问问我奶奶都有啥方法，但一出去就忘了，而记忆里最深的，是当时的庙会。

别的地方是怎样的风俗我不知道，我们这里的庙会大都是每年农历四月初八这一天。到时候，哪个村子寺里平日里的香火旺，庙会这天去的人就多，而周边这十里八村的，古寺的香火那是相当旺盛的，到了四月初八这一天，那更是人山人海。人们那热闹劲儿，比现在逛街、逛商店兴奋多了。庙会结束后，村里人坐街至少也得说上个好几天有关庙会上的事儿。

庙会过后，常会有人组织集体出钱雇唱几场戏，没有固定的日子，大致也就在农历的六七月，人们地里都忙下去那会儿。唱戏的戏台就搭在古寺里。村里的孩子对戏不太喜欢，但老年人却情有独钟，拿着小板凳，戴着草帽，孩子们眼里咿咿呀呀一句也听不懂的大戏，老人们却听得津津有味，不时还喝几声彩。但后来没人组织了，也没人掏钱了，戏就被取消了，好几年了也没再唱过戏。现在看着寺里那空荡荡的戏台，走在那青石台阶上，抚摸着褪了漆色的柱子，心里还真有种说不出的感觉，仿佛觉得有些传统文化正在离我们远去！现在常听到的大都是那些情哥哥爱妹妹的流行歌曲，就是在乡村的街头巷尾偶尔也会听到岁数不大的孩子唱流行歌。前几年时兴安在摩托车上的低音炮，村里的老人们听了那里面放的DJ，还以为是打雷呢！说现在这年轻人听的都是些什么呀，一句也听不懂，轰隆轰隆的不知唱了些啥！有时年轻人的那穿着打扮，比唱大戏的都花哨，见过黑头发白头发，这红头发听都没听说过，可现在那红头发的人咋那么多，要是大半夜里见了，那还不得把人给吓坏啊！

我从佛殿出来，正打算去神殿，但被一个身影吸引住了，他穿着灰色的僧衣，正在那头打扫寺院，看背影已是上了年纪的人了，很消瘦，但却很硬朗。我仿佛猜想到他是谁了，但不敢确定。走近时，他也好像觉察到了，转过身来，停下了。目光相聚时，我忍不住叫了声师傅，他也认出我来了，叫出了我的名字。我点头应声之际，他放下扫帚走了过来，两手似乎有些颤抖，胸前的佛珠也因刚才走路未能停止晃动。他握住我的手，满脸慈笑且有些意外地说："都长这么高这么大了，十多年没见了都，快，快进屋！"

　　的确，都十多年没见了，记得小时候跟伙伴们来寺里，师傅常会拿一些供果给我们吃。我们吃，他看，不时还伸手摸摸我们的脑袋。有时给我们讲许多故事。他讲的有关释迦牟尼佛、文殊菩萨、观音菩萨、弥勒菩萨、大势至菩萨、普贤菩萨、地藏王菩萨等那些佛菩萨的事，很生动，很有吸引力。十几岁的时候，我写了自己文学路上的第一部神话小说《莲花童子》，有十多万字，里面很大一部分就是受了他的启发。而如今，我也成人了，师傅也是年过古稀的人了。岁月啊！不知不觉中又把我们推了很远很远！

　　我跟师傅在他的禅房里聊了很久，而且聊得格外愉快。中午，我们一起做饭，我也算是吃了顿向往已久的素食。下午聊天，我们的话题转移到了寺外，但谈着谈着似乎有些沉重了。最后师傅叹了口气，间隔了片刻，说不谈这些了，许多事，或许都是有因果定数的，我们说点别的。师傅知道我从小喜欢写作，他说要我把老祖宗留下来的东西好好写一写，要是他能等到，他想看一看，我说行。而且我把自己学中医的事告诉了他，他很高兴，说好啊，中医，治病救人，博大精深。他说着又想摸我的脑袋，但显然已有些够不着了。最后拍了拍我的肩膀。

　　日落之时，我离开了古寺。临走时，师傅又送了我几本净空老法师讲经的书，而且把我送了出来。在古寺门前又聊了几句后，我离开了。师傅目送了我很远，直至回头时发现我与他的视线都已模糊。

　　走了很远一段距离后，我隐约听到了古寺里的钟磬音，师傅也许上殿念佛了。

　　那钟磬音，悠远深长，久久回响……

念小学时，常听村里的那些大人们教育自己的孩子，说在学校时要好好读书，将来一定要走出农村，去过城里人的都市生活，但现在，面对着眼前的一切，我突然间觉得，那些从这里走出去的孩子们，成才后，将来有机会更应该回到这里，因为，小学需要他们，农村也正需要他们！

离开小学已经好多年了，在此期间，我从未再步入过它，也说不出为什么。有几次回村子后想着专程过去看看，但到了之后也只是在校门口那儿站了站，情感复杂地向里望望，看看承载着我们整个童年的教室、操场、水房……然后又默默地离开。

学校位于村口处，傍着一条公路，每次回村子，总会路过，但只是路过而已，好几次想去看看，希望找回些快要忘却的记忆，但都没看成，至少，没找到自己想找回的那种情感寄托。

小学没有城里那些教学楼高大气派，总共就两排平房而已，平房中间还包括水房、伙房以及几个住校老师的宿舍等。前排房中间有一条走廊，是连通前后两排平房的唯一途径。记得那时候语文课上老师讲《狭路相逢勇者胜》，有同学不太理解，老师就拿走廊做了比喻。谁知，没过几天前后两排教室的男生真在走廊里给干上了。用方便面袋装上土，管那叫"手榴弹"，两边打得"土雾缭绕"的，那阵势真像是当年跟小鬼子干过从战场下来一样，一个个打得灰头土脸的。有些同学打得大汗淋漓，那些飘着的细土黏在脸上后直接就成泥了。老师批评他们的时候哭笑不得，说知识源于实践，你们这一个个倒是走在前头了……

那时候村子不富，学校自然也穷。学校的教室、桌椅、体育用具等所有教学设施都很陈旧，有的还很短缺。有时下大雨，有的教室还漏水，房上全得铺塑料布。冬天的时候，由于火炉子有限，有的班级还分不到那些铁火炉子。为此，校领导还专门请来了村里的泥匠，在那些没有分到铁火炉子的教室里盘起了大泥炉子。不过好的是，虽说那些大泥炉子看似笨重，也不能移动，但烧起来，丝毫不逊色于那些铁炉子。我们班也盘过泥炉子，感觉体积大，散发的热量还多！用铁炉子的时候，我们男生还在那里面烤过山药跟红薯，烤的时候在炉子上面放半铝壶水，等吃完山药跟红薯时，正好用铝壶热的水洗手洗脸。那些烤山药烤红薯，也就相当于我们那时候那些没在家吃饭的同学的"早餐"了。吃过之后，便围坐在炉子旁开始晨读，炉子烧得暖烘烘的，感觉格外惬意。小学里记东西和初中、高中不太一样，要么不背诵，要背诵就是通篇课文。所以那时候的晨读对我们来说，记忆很深。想到这里，我自己还挺得意，在班里我记课文的速度比较快，而且我的记性也好，一篇课文诵读上几遍就记住了。因此，在记课文上，我经常得到老师的表扬和同学们的羡慕。上初中后老师也做过这方面的提示，说不要求"死记"，但一定得"记死"。有同学私下里骂老师说的是废话。上高中后我写过一篇文章叫《母校里的晨读声》，结尾处这样写道："从教室里传出的琅琅读书声，伴着东升的红日，让人觉得那是一种很强大的力量，语言的描述已显得苍白无力……写到这里，我的笔不由得停下了，抬头望望窗外，红日正在东升……"那时候，我对母校的晨读声有种怀念，而且总觉得晨读声中有种势如竹破的力量。

人们常说苦尽甘来。也许是吧！小学四年级的时候，学校收到了一笔捐款。捐款那人是我们村的，外出打拼十几年，在大城市里混出了模样，给村里的学校捐了款，改善学校的教学条件。我们不知道那人具体给学校捐了多少钱，只是清楚地看到：之前漏水的教室全都翻修了；黑板全都换成新的了；班里的桌椅板凳很多也都换成新的了；国旗台也全部修成水泥的了；原来的木头旗杆也换成了铁合金定滑轮的了，学校里之前一下雨就会泥泞的地方也全都硬化了，我们上体育课用的那些器材，不仅丰富了，而且多了许多好用好玩的。没接到捐助前，学校的体育设施几乎就是几个沙包、几根跳绳、几支接力棒而已，宽大的操场上只放着两个简易并且生了锈的篮球架。学校没有足球场，连简易的球门都没有，用树与树之间的距离做球门那是常事。因为那人的捐助，这些条件全部改善了，至今还记得我们第一次踢足球的场景，那兴奋劲儿，几天都收不回来。不过其实我们那时候也分不清篮球和足球，有时候篮球给踢了，足球被投了。我们当时只管把学校里的球统称为"皮球"，原因是那些球的质量都很好，都是用真皮做的。

在教学上，有人提倡学生外出实践体验生活那会儿，小学里其实早就算是实践了，那时候每到春天，老师们总会抽时间带上学生在校园里的花坛以及其余空白的角落里栽种各种各样的花。花的种子都是同学们从家里带来或自己先前采摘收集好的。孩子们的心总是很纯洁，老师的话对孩子们来说就相当于圣旨，说一不二，老师号召同学们种花，说谁家有多余的花籽就拿些，第一天下午放学前说完，第二天同学们就争先恐后地拿来了，还生怕老师不要！那次，在电视上看了几则学生打老师的报道，我感觉这世道咋就跟变了似的！学生怎么能够打老师？一日为师，终身为父呢！有什么不能静下心来说呢？我上学的时候，班里从未出现过这种事。至于小学，老师留给我们的印象更是跟家里大人一样。有一回端午节，我们几个孩子给住校的一位女老师拿了几个粽子，没想到那老师都感动地哭了。

念小学那会儿，感觉校园里最具生机的时候应属夏季了，那些斗艳的鲜花、飞舞的彩蝶、飘动的杨柳，看着还真有些让人陶醉。儿时我们常在树下花旁晨读，有时候老师们也陪我们一起晨读。那时候感觉那些女老师又像是我们的大姐姐。到了秋天，校园里到处是飘落的黄叶，在背风的地方，落叶厚得就像海绵一样，踩上去很松软。早晨值日的时候，老师们常会跟我们一起打扫校园里的落叶，全扫成小堆后，老师回她宿舍拿上火柴，点着落叶供我们烤手。我们围着火堆，谈笑中吐着白气，冻红了的小手在火堆旁搓着，烤着。一般而言，冬天对我们来说不是很向往，唯一能够作乐的就只有等下雪后堆雪人打雪仗了。冰天雪地里，玩得尽兴时，所有人脸上的笑容如同春日里的阳光一般灿烂。

今年回村，我特意去了趟小学，不过是星期天，学校里没有人，仍旧没能进校园里细细看看，站在大门外向里望了望，感觉现在小学里的教学设施更是相当不错了，我之前也听村里的人说，现在村里上小学的孩子们，那可真的是好了，不收学费不说，像是牛奶、饼干之类的吃的也会定时免费发放，其他的学习用具啥的，也经常有一些社会公益组织和爱心人士捐赠。唯独让人有些担忧的是，在村里小学念书的学生越来越少了。

我没离开村子那会儿，听人说，城里人大都是独生子女。而现在，乡村也几乎是如此了，而且现在人们的生活条件好多了，许多村里人也都把孩子送到城里去念书了，有的家庭里，一些年轻的大人干脆也跟着孩子进了城里。有次听一位从事教育的朋友跟我说，现在的乡村空心村很多，乡村学校里，老师多学生少的现象已是不足为奇了！

念小学时，常听村里的那些大人教育自己的孩子说，在学校时要好好读书，将来一定要走出农村，去过城里人的都市生活，但现在，面对着眼前的一切，我突然间觉得，那些从这里走出去的孩子们，成才后，将来有机会更应该回到这里，因为，小学需要他们，农村也正需要他们！

人们日出而作，日落而息，村巷里，乡亲们来来往往，微笑着的，打招呼的，农家小院前，老人们边聊天边悠闲地做着各类针线活儿，孩子们围绕着，打打闹闹跑跳着，日落时，伴着夕阳的余晖，人们扛锄牵牛，或赶着羊群，悠缓地走着回家，晨光或晚霞中，每一户的窑洞上，炊烟袅袅……

常听人说，窑洞里冬暖夏凉。虽说自己也是在晋北地区的农村长大，但还真没走进过窑洞。那时候，听到更多说窑洞的，大都是在课本里，而里面介绍的，有许多都是讲陕西延安的窑洞。

前些日子跟几位朋友一起去了较远也较偏僻的一个村子。那村子不大，百十来户人家，村子里有将近百分之八十以上都是窑洞，而且是土窑。我们这地方的窑洞有砖窑和土窑之分，两者相比较，细节之处一下子也不一定能说得那么详尽，就以字面理解，砖窑砖砌的地方多，多少有些现代建筑的因素，而土窑，绝大多数是以黄土高原上的那些土埂为依托，就地取材。相对而言，土窑上所蕴含的农耕文明的气息更浓了些。

走进村子后，几位拿相机的朋友选择从不同的角度，不断伸缩着相机的镜头不停地拍着，边走边拍边赞叹着劳动人民的勤劳和智慧，但走了大半圈下来后才猛然间意识到，在村子里走了那么长时间，就没碰到几个人，再细看眼前所见到的一切，不免让人产生疑问，或是说，已能够粗浅地下个结论了，这个村子，也几乎成为空心村了。村子里看不到年轻人的影子，偶尔碰到一两个人，也都是年过花甲或是已过古稀了。

在一处大门外的老槐树下，看到几位坐街拉家常的老人。有朋友上前主动跟他们搭话，不过看到我们中间有人拿着单反相机，老人们可能误以为是记者了。他们当中，最年轻的也有五十多岁，岁数最大的那位老人，看上去已是八十多岁的样子了。我们上前搭过话后，他们当中有人问，你们是下来采访的？我们笑笑，说我们不是记者，不采访。拿相机的那几位朋友稍举了举相机，向老人们示意，说我们下来看看，顺便拍些照片。一听我们这样说，老人们几乎都是怅然若失的样子，说村子里现在也没啥可拍的了，以前也经常有一些人下来，或是拿着相机拍拍照片，或是拿着大纸，搭个架子在那儿画画，但现在不行了，村里的年轻人几乎都走光了，剩下的全是些老人，都是数着日头过日子，活一天算一天。村子里的这些窑洞，破的破，塌的塌，也没啥看头了。其中一位老人说，用不了多少年，兴许连这些破窑洞也看不到了，现在的年轻人，谁还在村子里住，都去外面打工了。那些年，村里谁家孩子娶媳妇，人们问的时候都是说，几间窑洞啊，现在要说娶媳妇，一问就是在哪儿买的楼房啊？不管买不买得起，总之是不在村子里住，现在这村子，是留不住人了，老人说这话的时候颇显无奈。再往细想，其实无奈背后所面临的诸多问题，不正是现代化进程中农村所面临的问题、所要关注的问题、所要去解决的问题吗？

同那几位老人聊了有一阵子时，我们当中一位拿相机的朋友说，如果行的话，想到窑洞里看看，不知可不可以，去哪家都行。一位老人说，这有啥不行的，跟前这几间窑洞就是我家的，走吧！朋友很真诚地道谢，老人摆摆手，说没啥没啥，这还谢啥哩！说着起身，拿起坐着的那个外面用蛇皮袋包着缝出来的垫子，习惯性地拍了拍上面的土，然后在前面引路，走的时候顺便问了问刚才一起坐街的那几位老人，你们不进来坐坐？其中一位老人代表性地作了回答，说不进去了。

老人家三间窑洞，或许是年久失修的缘故，看上去，岁月留下的印迹似乎更深也更重了些。站在院子当中，几位朋友端起相机拍了一阵子，不过走进窑洞里时，光线的强烈反差让人有些眩晕，而且窑洞里的地要比院子低，防不住的人很容易被闪着跌倒。老人住的那间窑洞，有两扇玻璃窗户，采光条件还算可以，环顾一下窑洞，本来空间就不大，又有灶台、风箱以及地上摆放着柜子、水缸等，地方就显得更小了。尽管老人很热情，一个劲儿地让我们上炕坐，但说实在的，我们进去之后几乎都没来回走动的空间。老人张罗为我们倒水，朋友边道谢边忙着上前劝阻，说我们不渴，车上有水。在三间窑洞里看了看，拍了拍，随后，我们就出来了。如果不是受其他条件的限制，倒是真想坐下来跟老人好好聊聊，至少，他们那一代人更多地见证了农村的诸多变化！

离开的时候，一开始说要进窑洞里看看的那位朋友给老人留了一百块钱，起初，老人似乎有些不明白，但一听那位朋友说打扰之类的话时，老人反应过来了，说什么也不要，说这做成啥了，推来推去，怎么都不肯留，最后硬是又把钱塞给了那位朋友。而看着那一幕，带给我更多的，是感动。都说农村人憨厚、淳朴，但真正到了现实生活中，那种憨厚与淳朴绝不是文字所能描写出来的，面对他们的内心世界，再华丽的语言描述都显得那么苍白无力！

走出村子，找到一处地势较高能纵观整个村子的地方，拿相机的几位朋友站在那儿拍了一些村子的全景。站在那个角度看村子，给我更直观的感受是，那些似乎已经褪了色的窑洞显得更加古朴，像是这个村子最忠实的守护者一样，在风吹雨淋和时光的打磨中坚守着，见证着这一路走来农村的种种变迁。

起风了，风吹着树叶和芨芨草沙沙作响，此时大自然的语言中，我想应该也有窑洞的话语，也许，它们也像曾经夏夜里村人们坐街拉家常一样，说叨着村子昔日的繁华。人们日出而作，日落而息，村巷里，乡亲们来来往往，微笑着的，打招呼的，农家小院前，老人们边聊天边悠闲地做着各类针线活儿，孩子们围绕着，打打闹闹跑跳着，日落时，伴着夕阳的余晖，人们扛锄牵牛，或赶着羊群，悠缓地走着回家，晨光或晚霞中，每一户的窑洞上，炊烟袅袅……但现如今，这更多的，都成了回忆；也或许，那些窑洞是在倾诉，倾诉着一种对乡村的担忧，倾诉着一种对农耕文明的担忧，倾诉着一种对未来的担忧！

　　回去的路上，我们在车子里谈论着有关窑洞的一些话题，尽管有说有笑，但字里行间中的那种沉重，彼此都懂。一位朋友突然想到似的说，进老人的窑洞里，也没见里面还有其他人。听完这话，停顿了片刻，我们谁也没再往下说，最后，都选择了沉默。车窗外面，乡间路两边的那些树木被一一甩在了后面。

　　晚上，我坐在写字桌前翻看手机里存的那些有关窑洞的照片时，突然间有了些疑问，曾看过一部电影，叫《致我们终将逝去的青春》，那若干年后，当我再看这些关于窑洞的照片时，会不会只能无奈地说：致我们终将逝去的窑洞？

　　去年回县里同好友们聚在一块儿时，听在政府部门上班的好友说，那个村子的窑洞全都大变样了，依托特有的资源优势，现在已经打造成民俗旅游重点村了，村里之前有不少外出打工的年轻人现在也都回村创业了，现在那个村的窑洞，那可是在文旅方面叫得响了，据说到了旅游旺季，想在那个村子订间窑洞还得提前好几天预约呢，比宾馆的套房都抢手！一听这，我顿时觉得有些欣喜，也感到有些惊讶，这也算是老窑洞又焕发了新生机，老村子又有了新活力。席间，我同好友们说，等下次回来，说啥也得再去看看那些窑洞，其中一位在文化部门上班的好友补充，说到时再把那些爱好摄影的朋友们也叫上，你们这些搞文艺的，得共同为咱们县里的文旅宣传出力呀！一听这，我们全都笑了，有位好友逗他，说这话说的就跟他好像没跟文艺沾边儿似的。那位好友笑说，沾边儿也是工作职责所在，论自身因素，恐怕连个打酱油的资格都不够，不过那些窑洞现在确实值得一看，他都陪好几拨儿人去看过了。我说下次回来一定去看看，抛开别的不说，从个人情感上来讲，也该用文字跟影像向窑洞致敬。

在外面打拼的困了、累了，找几个知心朋友，回农村老家，坐在土炕上，把酒话桑麻，要是碰上天冷，就把土炕烧得热些，聊得有倦意了，或是喝得晕乎了，就在土炕上面暖暖和和、舒舒服服睡一觉，等一觉醒来，相信那些积淀在身心已久的疲惫，肯定都会被家乡土炕上的温暖，给撵得干干净净！

北方的农村里，土炕是农家屋舍里最常见的，家家户户必不可少。说其普及性与重要性，都与子孙后代挂上钩了，哪户人家要是没了子孙后代，人们就会说，那家的烟囱都不冒烟了。这烟囱，就是土炕在屋子外的延伸。

曾听人说，人这一辈子不管到哪儿，对于出生的地方，冥冥之中总会有种说不出的亲切感。我的出生地就是在农家土炕上，但对于土炕，我之前从来都没觉得怎么亲切过，甚至刚听了人对于出生的地方冥冥之中总会有种说不出的亲切感后，我自个儿还瞎琢磨，按那说法，那些出生在医院产房里的人，这辈子不管到哪儿，莫非还会对产房有种说不出的亲切感？

我那时对土炕没亲切感，但却对打炕很感兴趣。我不知打炕这一说法算不算是方言，词典里没找到，但家乡这一带都这么说，就是炕塌了或是炕厢里的灰堆多了，堵得烟出不去从灶口倒走时对炕进行修理。之所以对打炕感兴趣，是因为那时候人们打炕，常会在炕厢里往出挖东西，尤其是像银圆之类的。之前村里有几户人家在对自家那些老屋子的炕进行通头打时，在炕厢里挖出了几罐子银圆，一夜之间就成了村里的暴发户。这事儿传开之后，引得很多人对自家老院子的土炕进行通头打，都幻想着也能在自家土炕的炕厢里往出挖些值钱的东西。我那时虽小，但听了那事之后，也跟我爷爷说，把老院子那几间房的炕全都打一遍，说不定也能挖出什么值钱的东西来，况且我爷爷家那老院子也有几百年的历史了，虽不是什么四合院，但东西南北四面都有房，大户人家住过，地主老财也住过……想当年，那也算是深宅大院了。但我爷爷说，之前确实有人挖出过东西，不过值钱的早就被人挖走了，整座院子到我爷爷这儿时，就剩下能看得见的东西了，别说炕厢里了，就是挖地三尺估计也不会有什么值钱的东西了。说是那么说，但我那时不死心，而且还说把我堂弟也给拉拢上了，就想着怎么能在我爷爷家那条一直都没通头打过炕的炕厢里往出挖些值钱的东西。其他那几条炕我爸跟我叔他们之前都通头打过，确实像我爷爷说的那样，除了炕灰，什么都没有了。但那时候人们砌炕那手艺功夫了得，我爷爷住那屋的那条土炕，自我爷爷接手房子算起，就没通头打过一次，即使是这样，灶子烧火时依旧很旺。等了一段时间，找不出什么理由能让我爷爷将那土炕通头打一遍，我跟堂弟想在那炕厢里挖宝的念头也就淡了。不过说来也巧，那时候孩子们都时兴玩那种金鸡独立似的游戏，一条腿站着，一条腿抬起来，双手抱握住抬起那条腿的脚踝部分，然后用抬起腿的膝盖相互间进行顶撞，谁被撞倒谁就算输。那次在爷爷家，吃完晚饭见爷爷和奶奶都到街上乘凉跟人们拉家常去了，我和堂弟在炕上坐了一会儿，不知怎么就想起在炕上玩那游戏了。我俩玩得倒是不亦乐乎，一会儿我撞倒他，一会儿他撞倒我的，但谁都没考虑到土炕的承受能力，等我爷爷他们快回来时，我和堂弟累得满头大汗地坐在炕上歇息，我堂弟说正好一会儿端半盆水到院子里洗洗，然后进来睡觉，我点头同意。可我俩起身时感到了不对劲儿，坐那地方的炕怎么陷下去了？再细看时才发现，炕上陷下去的地方有五六处，都很明显。虽没说出来，但一看陷下去那深度，也都想到了。待我俩掀起油布、席子看时，彻底证实，炕被我俩给弄塌了，而且塌了好几处。堂弟问我咋办，我说我也不知道。那时候不懂什么三十六计走为上计，但最后我和堂弟的做法倒是把那一计无师自通地给用上了。本来打算接下来几天都不会再去我爷爷家了，但第二天堂弟兴冲冲地找到我说，哥，你之前不是说没准儿爷爷家那土炕里或许也能挖出什么值钱的东西吗，这回炕塌了那么多处，肯定得通头打一遍了……堂弟这么一说，倒还真是把我给点醒了，昨天因为害怕没想起来，虽说怕被我爷爷说，但一想到或许能挖出什么值钱的东西，也就不考虑那么多了。我和堂弟到了爷爷家后，见我奶奶正端着往外面倒炕灰，院子里摆放着油布、席子、铺盖之类的，一看就知道是在打炕了。我奶奶看到我跟我堂弟进来后笑说，你爷爷刚才还说呢，这俩灰孙子，昨晚弄塌炕今儿来都不来了，幸亏还有之前没用完的炕板，要不这都没地儿睡了。我和堂弟相视后撇个鬼脸笑了笑，正要进屋时，被我奶奶给叫住了，说屋里现在全是灰，等一会儿掏完了再进。堂弟笑笑，说没事儿。我奶奶紧叫着，但我俩已经进去了。屋子里，衣柜、水缸，还有一些没有搬出去的家具，全都用塑料纸罩着。我爷爷穿着身旧衣服，正在炕厢里往出掏灰，炕沿上的一个铝盆子已经快放满灰了。堂弟过去正打算端起那铝盆子到外面去倒灰，我爷爷回过头来看到时给叫住了，说一会儿等我奶奶进来端出去倒吧，让我俩赶快先出去，等掏完灰再进来，要不一会儿衣服全脏了。见爷爷没因昨晚弄塌炕的事儿数落我们，我和堂弟立马变得自告奋勇起来，全都上去帮忙了。我爷爷都显得有些招架不住。等我奶奶进来，我和堂弟身上早已沾上炕灰了。见我俩一个劲儿瞎掺和，我爷爷跟我奶奶也不再劝了，说一会儿弄点儿温水好好洗洗，没找到口罩，我奶奶就给找了两块新毛巾。全都弄好后，堂弟还笑着跟我说，哥，咱俩都成蒙面大侠了！我爷爷看着我俩那打扮笑说了一句：这俩灰孙子。

我和堂弟看上去是帮忙打炕，实则是想着能在炕厢里挖出什么值钱的东西来，尽管根本弄不了，但有"挖宝"那欲望刺激着，硬是一直跟我爷爷把炕厢里的灰全都掏完了。可宝没挖到不说，照镜子时发现，我跟堂弟都成挖煤的了。

爷爷家最有年份那土炕通打一遍没挖出什么东西来，使我对土炕的兴趣几乎归零了。后来我家盖新房，砌炕时，我听到两个泥匠说现在的炕都比较大，狗窝处得弄大些……我有些犯迷糊，之前就听人说过，打炕要不想通头打，掏掏狗窝也行，这会儿砌炕又听到泥匠也说狗窝，这炕跟狗窝扯上啥关系了？我那时候对于自己不明白的事儿，还真有点"打破砂锅问到底"的态势，以至于后来我时常回想小时候那股劲儿，心想要能把那钻劲儿一直坚持下去用在做学问上，没准儿早成大器了。我问泥匠打炕跟狗窝有啥关系时，他们说打炕所说的狗窝不是自家院子里养狗搭的那狗窝，这儿指的是烟囱垂直下来与土炕交会处那地方，人们的砌炕经验，那地方必须大，至少能窝下一条大狗，那样砌出来的炕从烟囱出烟时才利索，习惯上，人们就把那称为狗窝了。

那俩泥匠解释得不错，做出来的活儿就更不错了。我家那炕砌好后不仅出烟利索，而且热得还快。不过凡事有利就有弊，我爷爷家那土炕十多年没换过一张油布，而我家那土炕三年就换了两张油布，究其原因，全是炕太热烤坏的。

待我外出念书以后，睡觉就开始脱离土炕了，取而代之的是床。一开始觉得新鲜，尤其是刚进入社会那会儿，有几次去外地，接待方给安排在那些高档的星级酒店里，睡在那床上，那才叫舒服，我自个儿嘀咕，难怪人们都说生活得追求档次呢！可后来时间久了，睡觉的地方几乎彻底由床取代炕时，我又开始变得怀念起家乡的土炕来。这时倒像是真正理解了之前听过的那句话：人这一辈子不管到哪儿，对于出生的地方，冥冥之中总会有种说不出的亲切感！

前几年我爸重新装修村里那几间瓦房，购置家具时买了挺大一张床，我妈说是以备我们平时回去时用。可说实在的，我还真没在那床上睡过，我更喜欢的，倒是家里的土炕。

我打小比较喜欢田园生活，上学学了那些归隐山林的诗词后，还想着将来找个山清水秀的地方去过隐居生活。长大了，知道儿时的想法不现实。不过有次跟朋友谈理想中闲逸的乡村生活时，我有过那么一个想法，在外面打拼困了、累了，找几个知心朋友，回农村老家，坐在土炕上，把酒话桑麻，要是碰上天冷，就把土炕烧得热些，聊得有倦意了，或是喝得晕乎了，就在土炕上面暖暖和和、舒舒服服地睡一觉，等一觉醒来，相信那些积淀在身心已久的疲惫，肯定都会被家乡土炕上的温暖，给撵得干干净净！

火炉子

倘若多少年后，真的看不到那火炉子了，但翻看那些照片，我爷爷用火炉子为我烤馒头片的那些日子也都会格外清晰的浮现出来，那些日子，我这一生都不能忘，也忘不了。在我前行的路上，那就是动力，有时候，那更如同大冬天里火炉子中的火焰一样，寒冷时，只要有它在，总会给人无尽的温暖。

家里装修房子，父母把村子里那五间瓦房着实"旧貌换新颜"了一把，清一色的"高配"，以至于那次有市里的朋友过来看过后跟我开玩笑，说这跟城市楼房装修也差不到哪儿去了，那侧立式悬挂的油烟机，他家楼房装修都没配置这么高！我笑笑，说农村也得奔小康嘛！房子刚装修完那会儿，村里常有人来我家串门，参观似的在这间房走走，那间房看看，问一些诸如地板砖多少钱一块儿，橱柜是定制的还是买现成的，洗脸池和窗台上的大理石板多少钱一平方米，书柜是请人做的还是买的之类的话，有人怕弄脏地板不好意思进家，就在外面的玻璃窗上用手遮着往里看。我妈倒是热情，一个劲儿地让她们进家坐，说农村人哪有那么多讲究，地板脏了再洗洗，来串门哪能不进家呢！那一段时间里，来我家串门的人要比以往多得多。

尽管那样，但对于装修后的房子，我似乎从来没怎么在意过，直到冬天取暖时，我才猛然间注意到，原来家里都换成水暖了，烧得也是那种大锅炉了。这突然间使我有些怀念似的想起了之前架着烟筒烧着取暖的那种火炉子。在北方，之前那是家家户户冬天取暖必不可少的。其实我们那一茬儿农村孩子，也几乎都是冬天里围着火炉子长大的。在村子里念小学那会儿，由于班级多，火炉子少，有的教室一度还用过砖和泥和着盘出来的泥炉子。现在不管说那是年少的印迹也好，还是忆苦思甜的回忆也好，有些东西，在生命里出现过、经历过、停留过，且越是觉得当初比较苦的那些，日后回想起来越清晰，越难忘。对于我来说，火炉子就有这么一种情结。

我念小学那会儿，几乎经常是在我爷爷家住。一来是平时一起玩的那些伙伴，都住在我爷爷家附近这一块儿，而且我爷爷家那老院子也是我出生的地方，对于这老院子，总有种说不出的亲切感，再者就是我家盖了新房子之后，我爸妈就都搬到新院子里住了，虽不远，但还是有些距离，我爸说我经常在我爷爷、奶奶这儿也好，有个什么需要能帮着照应一下，就是到新院子里叫他们，那我也比我爷爷、奶奶行动要利索。我爸是好意，想的是让我或多或少能帮着照料我爷爷、奶奶，可村里人常说，亲孙子命根子，我爷爷、奶奶哪舍得让我干什么事儿，整天就想着怎么照顾我了。那可真是含在嘴里怕化了，捧在手里怕掉了。知道我平日里喜欢吃水果，有时候有那种小货车拉着东西来村子里卖，只要是有卖水果的，我爷爷就是追着人家跑大半个村子也一定要给买回来。上学期间，我奶奶把握的饭点儿特准时，早晨起来或是中午晚上放学回来，肯定是早已经把饭做好等着了。不过后来我奶奶病了，行动不便，做饭也就大都变成我爷爷的事儿了。我帮不上什么忙不说，而且感觉住在爷爷家是给爷爷、奶奶添乱了。我爸想让我回家住，可我爷爷、奶奶不同意，说要是没有我经常在他们眼前晃着，老两口心里空得慌。一听这话，我爸再也不说让我回家住了。我小学毕业出村念中学前，一直住在爷爷家。夏季里，爷爷白天除了下地干活儿外，回家后还得按时做饭。不过夏季昼长夜短，忙活时间上还不算那么紧，但一到冬天昼短夜长时就不行了。在农村，人们冬季里大都睡得晚起得也晚，许多人家都不做早饭，跟我一起上学的那些小伙伴当中，就没听他们当中有谁说过冬季早晨吃早饭的，都是被窝里爬出来，洗把脸就提着书包往学校赶了。可我爷爷这儿不是，冬天就是再冷的天里，也都会早早起来给我做早饭，而且每次我起来的时候，爷爷早已经把地上那火炉子弄得格外旺，有时烧得炉膛外面都是火红的一大片，整个屋子里暖烘烘的，起来时一点儿都不冷。我那时吃饭比较挑，有时候大冷天的，我爷爷早早起来费心费力给做好饭等着我起来吃，可我起来洗漱之后，一看饭不怎么顺口时，也就提上书包跟那些不吃早饭的伙伴们一起去上学了。唯一不同的是，那些伙伴是他们父母没给做早饭没得吃，而我是我爷爷给做好了早饭我不想吃。我跟我爷爷说大冬天的，不用那么早起做饭了，我有时也不饿，不太想吃。我爷爷说长身体阶段怎么能不吃早饭，一上午四节课呢！之后我爷爷就在做早饭上想花样，虽然很多，但别的我也没怎么在意过，唯独记忆最深刻的，是我爷爷用火炉子为我烤出来的那些馒头片。烤的时候，先得把火炉子里的灰全部掏干净，然后把一个馒头切成三四片，用锅铲子递着放到火炉子下面烤。步骤虽然简单，但必须细心，勤拿出来看，稍有不注意，那馒头片就全都烤成焦的了，要是碰上从炉底缝隙掉下来的那些烧红的小炭块掉在馒头片上，别说焦了，直接都着火了，我就出现过那么一次。印象中，我爷爷烤焦的馒头片很少，即使偶尔有一些稍有点焦的，但在烤其他馒头片的时候，我爷爷自个儿就把那些稍有焦一点的馒头片吃了，我吃的那些，全都是烤得又黄又脆的。那时候村里有许多人养奶牛，我爷爷见我挺喜欢吃烤馒头片的，说要不每天早晨给我打一斤牛奶，正好边吃馒头片边喝牛奶，要不馒头片太干。但我那时候喝不进纯牛奶，怕闻奶腥味儿，而且那时候农村的条件，根本就没听过有袋装的酸奶，平时所谓的喝奶，都是到村子里养奶牛那些人家里往回打，现挤的纯牛奶。见我不喝牛奶，我爷爷不知道到哪儿给买回了蜂蜜，不仅给我冲蜂蜜水喝，而且馒头片烤出来后，还会用筷子在那上面轻轻抹一些蜂蜜，感觉很好吃，我的饭量还因那增了不少。自那以后，好多个深冬的早晨，当我在热乎乎的被窝里睡眼蒙眬地揉眼翻身时，趴在那儿总会看到，我爷爷早已在地上拿着个小板凳坐在火炉子旁为我烤馒头片了。有时候我奶奶也在一旁帮着切些自家腌的胡萝卜或是白菜。烧得很旺的火炉子，爷爷烤馒头片，奶奶切菜……那一幕，如今成了我永生难忘的一个画面，那时候小，不怎么懂，等长大了，有时回想起来，常使我落泪。上思想品德课那会儿，老师让同学们说说要好好学习的理由，用现在的话说，同学们那回答都挺"高大上"的，不是什么振兴中华，就是什么报效国家的。我没发言，但我在心底告诫自己，振兴中华、报效国家的理想每个人都应该有，但就我自己而言，眼前最现实的，我要不好好学习，不努力，我对不起我爷爷大冬天里早早起来用火炉子为我烤馒头片！那一年期中考试，我全年级第一，语文跟数学都是满分，那奖状上还在全年级第一名后面用括弧扩住写了个双百分。那次，我同时拿了三个奖，全年级第一奖、三好学生奖、优秀学生奖，但三次走上领奖台，我始终都是同样的表情，没哭，也没笑。放学回家把那些奖状拿给我爷爷、奶奶看时，老两口乐得合不拢嘴。我爷爷还用自己那粗糙的双手不停地摸那些奖状，满脸的笑显得脸上的皱纹更深了，而且边摸奖状边不停地说着好。看着我爷爷那样子，突然间，我感觉爷爷老了……那天夜里睡下后，也不知为什么，越想心里越难过，最后，我在被窝里蒙着头哭了，紧咬着牙，一把一把抹眼泪。

日后冬天的早晨里，我爷爷依旧早起为我烤馒头片，但与以往不同的是，我爷爷什么时候起，我就什么时候起，我爷爷忙活着为我做饭烤馒头片，我就拿着一把椅子坐在火炉子旁默默地记课文，有时爷孙俩不经意目光相对时，还都笑那么一下，我奶奶看到后还被逗乐了，说这爷孙俩怎么就跟搞地下工作似的。后来，不管我得什么奖，我都会先拿到我爷爷家让我爷爷、奶奶看，我不是显摆，也不是炫耀，我深知，我爷爷、奶奶看到我得那奖状、奖牌、荣誉证书之类的，他们那是发自内心、由衷地高兴，看到两位老人脸上灿烂的笑，我心里踏实，但我的心态，还是之前告诫自己的那句话，我要不好好学习，不努力，我对不起我爷爷大冬天里早早起来用火炉子为我烤馒头片！

我出村念书以后，有一年冬天，我爷爷病了，我爸我叔我姑他们照顾了挺长时间，但不管是买的东西还是做的饭，老人都没胃口。我假期回去后问我爷爷想吃啥，我爷爷想了想，说没啥想吃的，每天输着液，也不觉得饿。我看着地上烧得正旺的火炉子，突然间想到似的说，要不我给您烤些馒头片吧，能咬动不？我爷爷笑笑，说行，能咬动！正碰上我奶奶前些日子给买了些红薯，烤完馒头片后我又烤了些红薯。那一晚，我爷爷吃了三四片馒头片、大半个烤红薯，还喝了多半碗鸡蛋汤。吃完后，满头大汗，家人倍感欣慰地说，终于能吃进饭了，这汗出通了病就好呀！但我清楚，爷爷吃烤馒头片、烤红薯，很大程度上是因为我！

我那时候写作，常喜欢在夜里，虽说都已经出村念书了，但每次假期回来，我大都还是住在我爷爷家。冬天的时候，无论是复习功课还是写作，都是围着那火炉子，见我有时在那儿一坐挺长时间，我爷爷还专程给我买了一个小茶壶，沏好茶后就放那火炉子上，不管我什么时候喝，那茶总是热的。就这样，渐渐地，我对火炉子像是有了种依赖，大冬天里，即便不是因为冷，但一有闲工夫也总喜欢拿个椅子围坐在火炉子旁，有时甚至还喜欢把那炉盖子稍往开掀那么一点儿，看着里面的"炉火纯青"，品一杯茶，想一些事，感觉很有一番韵味。

我奶奶去世以后，我爷爷也搬到我们那新院子里住了。每次我回来的时候，总是还和我爷爷住一个屋，但新瓦房比我爷爷家老院子那房子要大，之前爷爷家用过那火炉子，再用的话，有些显小了。为此我爸还专程去县城里跑了一趟，但买回来的是那种长方体的火炉子，与以前那火炉子相比，是先进了不少，而且用起来也干净、卫生，大冬天好多个深夜里，我也常在那火炉子旁看书写作，可我总觉得那种干净、卫生的方形火炉子不如之前那种老式火炉子好，虽说设计得很科学，但与之前那种老式火炉子相比，给人的感觉就好比是让一个西装革履的人下地干农活儿一样。我把这感觉跟我爷爷说了以后，我爷爷笑笑，说新房子用这种大方形的火炉子好，干净，而且也很般配。其实我觉得这也不是干净不干净、般配不般配的问题，主要是像我爷爷之前用来给我烤馒头片的那种火炉子，如今的市面上很难买到了，也几乎是没有了。那次到我爷爷家那老院子时，在闲房里看到了之前的那个火炉子，烟筒全都捆好吊在了屋檐下，而那火炉子，就在闲房里的一个角落里放着，上面落了厚厚的尘土，也有许多斑驳的铁锈。也许是之前大冬天里我爷爷常常早早起来用它为我烤馒头片的缘故，看到那火炉子，我有种亲切感，可再细看那上面厚厚的尘土和一片一片的铁锈时，我又有些酸楚，感觉那火炉子现在就像是一位无人问津的功臣一样，在不起眼的角落里，静静待着。看着那火炉子，对我触动挺大的。日子一页一页翻走的过程中，总有些曾经最为熟悉的东西在不经意间离我们远去，渐渐地，淡出视线，消失，直至被遗忘。也许某一天，那老式火炉子也会和老院子里其他废铜烂铁一样一起被卖掉。时光的打磨中，让许多东西改变了模样，如果不是记忆深刻，很难相信，那个现已锈迹斑斑的火炉子，曾经也被我爷爷擦得锃亮过，它记录着我念小学时，我爷爷大冬天里早早起来用它为我烤馒头片的日子，围着它，我晨读，复习功课，写作……看着那火炉子，我想起了曾经的那些日子，与现在相比，真的挺苦，不过那种苦，似乎能够让人成长得更快些。现在即便是一桌山珍海味，也绝对比不过当初爷爷用火炉子为我烤得那些馒头片给予我的那种力量和斗志，这一路走来，它们始终在伴随着我，并不断激励着我，指引着我，也更是在鞭策着我。

现如今，那种干净、卫生的方形火炉子也已经开始退出了，人们都用起了更加清洁环保的取暖设备，我觉得用不了多少年，我爷爷为我烤馒头片的那种火炉子，或许也只能成为人们脑海中的记忆了，而且留有那种记忆的，也应该是我们以及比我们大的那些农村孩子。那次离开我爷爷家那老院子时，走出很长一段距离后我又返了回去，拿出手机到闲房里给那火炉子拍了几张照片，也算留个纪念吧！倘若多少年后，真的看不到那火炉子了，但翻看那些照片，我爷爷用火炉子为我烤馒头片的那些日子也会格外清晰的浮现出来，那些日子，我这一生都不能忘，也忘不了。在我前行的路上，那就是动力，有时候，那更如同大冬天里火炉子中的火焰一样，寒冷时，只要有它在，就会给人无尽的温暖。

现在站在老院子里的这口地窖上，看着眼前的一切，不免有些感想，地窖之前大都是村人们用来放土豆、胡萝卜、大白菜之类的，以后，地窖里所放的，无形中也会再多出一种东西来，我想，那应该就是乡村人的记忆了吧？

初秋回村，到我爷爷家那老院子摘完南瓜要走时，我才注意到，这南瓜种的还跟记忆里的一样，还是种在了地窖上。记得之前每年春天，我爷爷总会把那老院子的空地种得满满的，生怕浪费了院子里能种菜的每一寸土地。农人对于土地的热爱，在我爷爷他们那一代人身上，体现得尤为真切！不过看着地窖顶上那一条一条的南瓜蔓，我忽然间意识到，那下面的地窖，倒是有些年没有下去过了。

在村子里，像我爷爷家那样比较年久一点的老屋子，院子里几乎都有地窖。勉强打个比喻，地窖就好比那时候农村人家里的"保鲜柜"，里面储藏的，也大都是一些土豆、胡萝卜、大白菜之类的。秋天的时候将那些东西储藏在地窖里，断断续续差不多能吃到来年春天。地窖除了窖口之外，一般还都留有一个气孔，直径跟普通瓶底差不多，连通着地上与窖里。窖口捂严实后，气孔是地窖与外界空气流通的唯一途径。

　　我爷爷家那地窖不算大也不太小，属于中等型的，地窖的四壁都是用青石头砌起来的，上面用废旧的枕木横搭着做顶，看上去显得格外结实。我跟堂弟看完电影《地道战》后，夏季里常往我爷爷家那地窖里跑。夏季地窖里一般也不放什么东西，空间比较大，而且下去也绝对"避暑"。我跟堂弟把地窖打扫干净后，在窖地上还铺了厚塑料纸和海绵垫子，一副要入住的阵势。在下面有时嫌窖口投来的光不太亮，还专门在窖里点根蜡烛。那氛围，想想还真有点"地道战"的感觉。有次我跟堂弟吃过午饭到地窖里午休，由于怕被里面的蚊子咬，先前在地窖里点了不少干艾草。艾烟熏蚊子确实管用，那次由于没有蚊子打搅、午休环境变好的缘故，我跟堂弟一觉睡到了晚上七点多。吃晚饭时，大人们房前屋后找了我俩一通没找到，着实吓了一跳。我跟堂弟醒来看到四周黑乎乎的，也真有点蒙了，以为是大半夜在炕上睡着了。要不是听到大人们在外面吆喝，兴许那次我跟堂弟真在地窖里过夜了。不过自那以后，大人们再也不让我们在地窖里睡觉了，说那下面又阴又潮的，睡觉不容易醒不说，更别睡出什么毛病来。我跟堂弟倒是谨遵大人们的教诲，日后也确实没在地窖里睡过觉，偶尔有空了只是下地窖里玩会儿。也不是自己装模作样，我还在地窖里点着蜡烛看过书，感觉那种氛围不错，那时的地窖，就跟自己的一个小世界似的。那种环境下，思绪不受任何干扰，想象力也不受任何束缚。写作以后我常想，写虚幻之类的作品，若条件允许，点根蜡烛在地窖里写，倒真是个不错的选择。

　　那会儿电视上演有关酒的广告，宣传语有许多是说几十年窖藏或几百年窖藏之类的。我爷爷他们平时也都喝酒，那时候时兴过一种玻璃坛子酒，酒跟坛子一块儿卖。我跟堂弟在家里找了一个我爷爷他们喝完酒的空坛子，用两人平时攒下的零钱凑合着到村里的小卖部打了一坛子散酒，也没让大人们知道，我俩把那一坛酒藏到了地窖里，怕密封不严，又用塑料薄膜把坛子口严严实实裹了好几层，还用橡皮筋捆了好几圈。心想着等我俩长大了，那坛酒或许也就值大钱了。不过这事儿在心里装了半把个月后就渐渐淡忘了。秋季开学以后，地窖那一处玩的地方对我们来说也就告一段落了。开学没几周，地窖里藏酒那事儿就几乎忘得一干二净了。秋后我爷爷往地窖里放土豆、胡萝卜时，发现那一坛酒后显得很意外，也颇有些兴奋。听我奶奶说，之前我爷爷捡到钱都没见得像抱着那一大坛子酒从地窖上来那么乐过。家人们最后知道是我跟堂弟藏的那一坛酒后，家里几位喝酒的长辈乐呵着直夸我跟堂弟，说孩子们到底是长大懂事了。我堂弟瞅瞅我，私下里跟我说，早知道就用那钱买糖葫芦吃了。

　　大人们往地窖里放土豆、胡萝卜、大白菜之类的东西时，我们孩子一般不会关心，就是有一年西瓜吃下去快到割瓜蔓的时候，我们跟本家一位亲戚去地里收拾瓜，见瓜地里有几颗二十多斤的大瓜，我们看着稀罕，专门挑了一颗最大的，拿回家后我跟堂弟便将那颗大瓜放到地窖里了，时不时地也下地窖翻腾翻腾那颗大瓜。起初是想着等家里的那些西瓜吃完以后就吃地窖里的那颗大瓜，但后来放着放着就有点舍不得吃了。进入冬天以后，那颗西瓜依旧在地窖里放着，而且也没放坏。于是我跟堂弟就琢磨着，干脆就那么一直放着吧，看能不能放到过大年的时候。下了一场雪后，我们担心地窖里的西瓜会不会冻了，急着要下去看。我奶奶说冻是不会冻，但要是一直放到过年的时候，估计那时瓜瓤黏的就不好吃了。我奶奶之前也那样储藏过西瓜，但没有放到年根。听这么一说，我跟堂弟的心思便开始动摇了，想着该吃就吃吧，好不容易放到这时节了，要是不吃放坏了，那就赔大了。于是便下窖往出取西瓜。取瓜的时候，我们先是把窖口的积雪清扫了一番，掀开窖口上盖着的那些东西后，窖沿的那些石头上还挂着冰碴，有淡淡的白气不停地从窖口往出冒，就跟现如今打开冰箱看到的一样。唯一有些不确定的是，不知从窖口冒出的那些白气是冷的还是热的？那西瓜取上来切开以后，果真跟我奶奶说的一样，冻是没有冻，但里面的瓜瓤倒是真的有些发黏了。尽管那样，那时候能在大冬天里吃上西瓜，那也绝对算是稀罕中的稀罕了，平时不怎么起眼的地窖，那时候功能倒是尽显了。

　　大约是人们时兴起种日光温室，冬天能够吃上反季节蔬菜以后，地窖在村人们日常生活中的作用似乎就没那么重要了。有一些老院子的地窖，由于无人打理，搁置的时间比较长，放着放着就彻底闲置了，荒废的荒废，坍塌的坍塌。我爷爷家那地窖，现在也已经好些年没再用过了，只是有时候我爷爷打理老院子时，窖口周围那一块会格外留意打扫一番，有时再清理清理窖口。每年春天在老院子里种菜时，依旧是把窖顶那炕大一片空地用起来，仅此而已。其实真正意义上，我爷爷家老院子里的那口地窖，也几近荒废了。

　　现在站在老院子里的这口地窖上，看着眼前的一切，不免有些感慨，地窖之前大都是村人们用来放土豆、胡萝卜、大白菜之类的，以后，地窖里所放的，无形中也会再多出一种东西来，我想，那应该就是乡村人的记忆了吧！

这些年很少见到人们大门口摆放门石了。那些新盖起来的砖瓦房，大门前什么都不摆，光秃秃的说是利落。偶尔在村子里的那些老院子门口见到一对门石，还倍感新鲜，直把那东西当古董看。我们那时候有过那想法，说是再见到好的门石后藏它几块，没准儿过个十几年、几十年的，也许也能值大钱!

这些年很少见到人们大门口摆放门石了。那些新盖起来的砖瓦房，大门前什么都不摆，光秃秃的说是利落。偶尔在村子里的那些老院子门口见到一对门石，还倍感新鲜，直把那东西当古董看。我们那时候有过那想法，说是再见到好的门石后藏它几块，没准儿过个十几年、几十年的，也许能值大钱!

关于门石，我们这地方有一传说，不过不是在我们村，是在距离我们村二十多里地以外的一个山村。那人姓许，是个阴阳。我们这地方说的阴阳是一种职业，就是给去世之人做法事的那种人。说有两个南方人过来后路过了许阴阳家，并在他家住下了。几天后，那两个南方人说要买他家门前的那块石头，而且给的价格还挺高。许阴阳以为这两个南方人是傻子，他们这山村，最不缺的就是石头，于是许阴阳爽口答应了，并打算次日进行交易。但这许阴阳也是个机敏人。夜里躺在那儿越想越不对劲儿，都说南方人比北方人灵，这两个南方人怎么就成了傻子呢？这里面肯定有原因。于是这许阴阳半夜三更起来，在那两个南方人住的屋外偷听起来，这一听还真给听出秘密了。那两个南方人中，其中一人也有不解，说大老远跑来，难道就为高价买一石头？另一人说这石头得了天地的灵气，而且那石头里面有当年二郎神的哮天犬的尿，只要把那尿涂在凡人眼上，就能看到南天门以外的地方。

这许阴阳听了，第二天说啥也不卖这石头了。等那两个南方人走后，这许阴阳把那石头锯开了，那里面果然有鸡蛋大的一个洞，而且装满了"水"。许阴阳用手沾着涂了一只眼，但这许阴阳也不是傻子，说要被南方人骗了咋办？索性先涂一只眼，要真有个三长两短，要瞎也只能瞎一只眼，没涂那只肯定没事儿。没想到这许阴阳涂了的那只眼真的看到南天门以外的地方了，而且看到了一张桌子上放着两本书。许阴阳伸手递了一本，另一本他始终够不着，这时他才想到那两个南方人说的是真话，他返回来正打算涂另一只眼的时候，那小洞里的"水"已经干了。许阴阳最终就得了一本天书，据说那是太上老君的经书。

我当时听到这儿就想，这世上疑心重的何止他曹操一人？后人推测说，要是许阴阳把另一本书也拿上，没准儿真的能前知五百年后知五百年了！不过许阴阳有这么一本书就顶半个神仙了，他姐夫说扬州的灯会好看，许阴阳问他姐夫想不想去看，他姐夫说想是想，不过就是去不了，等去了，灯会早就结束了，几千里地呢！许阴阳说这还不简单，领他姐夫到院子里后叫他姐夫把眼睛闭上，许阴阳念了几句咒语，骑着一扫帚驮着他姐夫就走了。待他姐夫睁开眼时，扬州已经到了。看了大半天，他姐夫还以为自己是在做梦呢！回客栈睡觉前，许阴阳叮嘱他姐夫要记得喂马。他姐夫到马棚后说就一破扫帚，哪有什么马啊？许阴阳立即慌了，说他姐夫把天机给说破了，天亮前他得赶回去，于是忙着往回返。走的时候许阴阳给他姐夫钱袋里放了些银子，要他姐夫什么也别乱说，只要不翻钱袋，不管怎么花，里面多会儿也是那么多银子。许阴阳不到一炷香的时间回来了，而他姐夫却整整走了三年！许阴阳从那经书上面看到请神的咒语后有些不信，于是按照上面说的那样做，结果真的把天兵天将给请下来了。领头的天将问许阴阳请下他们做啥？许阴阳有些手足无措，没想到一下子真的请下这么多天兵天将，实在不知怎么打发这些天兵天将后，许阴阳指着他家村后的山，说上山拔树去吧！没多大工夫，那山上的树就被拔光了。这传说是不是真的不敢说，不过我们村北面那山至今还是光秃秃的，老人们说就是许阴阳当年给弄成的。人家别处是靠山吃山，我们这地方靠山连个烧火柴都没有。据说我们这儿"请神容易送神难"这一说法也是因为许阴阳这事儿流传下来的。

　　我们刚听了这一传说那会儿，一到放假，整天就是提着一斧头敲别人家的门石，总想在门石里面找点儿啥宝贝。那时候村子里的新房不多，旧院子门前几乎都有门石，而且各式各样，雕刻得还都挺好看的。我们那次在一家大门口见到了一对龟形的门石，刻得有鼻子有眼的。有伙伴用斧头砸了几下，不见效，于是用斧头正面砍，结果把斧刃都卷了。那伙伴气地说，他娘的，乌龟王八蛋，终归不是啥好东西！

　　村子里一排排大瓦房建成后，人们就把当初旧院子留下的那些门石或者石碾子之类的东西全都丢弃了。现在想在村子里找对门石，还真挺不容易！

　　过年回家，我爸又跟我说了一件有关门石的事，说邻边那小山村，那人也是我一亲戚，他家的那对门石，总会在下雨的前一天出现水珠，试了好几次，比天气预报都准。我爸也见那两块门石了，拱圆形的，上面也刻有图案。他们村的老人说那对门石可能有了灵性。我听了以后挺兴奋的，问我爸那门石还在不在了。我爸说在。我心想哪天有时间了一定去看看。我儿时的那些伙伴听后说也想跟我一起去看看，我说行，不过不准带斧头。听我说完，大伙儿都笑了。当年砍门石骂乌龟王八蛋不是好东西那伙伴说不带斧头了带相机准行吧？另一伙伴作了回答："必需的！"

夏天的时候，我们一起去了我那亲戚家，见到了那两块门石。我仔细看了看，也没啥特殊之处，甚至没我们小时候见到的那些门石好看。我用手摸了摸，那上面留下的，倒是许多岁月洗涤过的痕迹，小坑小洼的。有伙伴拿着相机从不同的角度给那对门石拍照。除了我那亲戚以外，周围的那些邻居也说这对门石能预知啥时候下雨。

回去的路上，我们几个闲聊，有伙伴说，没准儿多年以后，这对门石也能成为一传说！

我找了一处比较高的地方，踮起脚探着身子想摘一些榆钱，但手触碰到那些鲜嫩的榆钱时，又缩了回来，于是不免笑了笑，心想，那些味道还是留在以前吧，环顾四周，这些老院子里，唯一能衬托出些生机的，也只有榆树枝上那一簇簇榆钱了！留着吧，但愿老院子里这些有生机的东西，能够留得长远一些，至少，对于这些荒撂的乡村院落，还能够算是存在着一种绿色的希望！

村子里的榆树越来越少了，以前像在村边的一些小树行里偶尔还会看到几棵，但现在那些树行大都只剩下树桩了。而且村里人的习俗，没人专门种榆树，我问过村里的一些老人，说是"榆"和"愚"同音，种上榆树怕家里出愚人。印象里，村里人对榆木的需求很少，顶多有时候有人弄个镰刀把啥的，但那也有人嫌沉，再就是我们小时候编蝈蝈笼，大人们下地回家的时候割一些榆条，说用榆条编出来的蝈蝈笼结实耐用。记忆中，村人们对榆木的需求也仅此而已。

人们常说有心栽花花不开，无心插柳柳成荫。在农村里，其实那榆树的生命力也挺强的，别说栽种或插植了，有时候，就是那没人理的地方，前一年还光秃秃的地上，第二年就能长出小榆树苗来，这里面有一点可以肯定的是，那榆树苗绝对不是有人专门种植的，况且人们也没有榆树种子，也不知那些从光秃秃的地上长出榆苗的种子是从什么地方搭着顺风飘来的。

我爷爷还住在老院子时，邻居家那院子里就有几棵榆树，差不多跟水桶那么粗。那些榆树也不修剪，看上去显得枝繁叶茂。那人家的院子比较深，院子当中有排栅栏，那些榆树就在栅栏以外的地方，看上去，也就不能硬说榆树是在院子里了。不过乡村里的一些习俗，不是说在每一户或每个人身上都能体现得那么分明。就像我爷爷家这户邻居，村里人对这户人家的榆树就没怎么说过，有的是不知道，有的是知道了也不会在意。究其原因，这户人家一直只有一个人，说得文雅一点，这人一辈子单身；说得直接一点，打了一辈子光棍。

我知道这户人家院子里有榆树，倒也不是因为他和我爷爷是邻居，那时候我还小，分不清什么树种，后来看到有些比我们年龄大的孩子春末时节常到那些树上摘着豆瓣大像树叶一样的东西吃，有的一撸就是一大枝。那些叶片在树枝上簇拥着，一簇簇，看上去挺鲜嫩。后来问我奶奶才知道，那些孩子吃的不是树叶，而是叫榆钱。

见有人吃，我们其他孩子后来也就都效仿了。一开始，着实把看到吃榆钱的那些大孩子当成第一个吃螃蟹的人了，但在我们尝过之后，就有些乐了，那榆钱也就那样，只是吃起来没圆白菜那么朗口罢了，而且吃过之后先前怕有毒之类的恐惧感也都没了。我们那时候也不懂得什么细细品味，吃过就算，甚至有时候把吃榆钱当成玩耍闲下来的消遣。我们平日里在一起玩的孩子们比较多，吃榆钱带动起来的孩子自然不少。没几天工夫，我爷爷那邻居家院子里的榆树就被折腾得不像样了，榆树枝被折断的，榆树皮被揪起来的……以前看着是枝繁叶茂，被我们折腾过后是遍体鳞伤。后来我们才知道，折腾那些榆树的，也并不单单只是我们那一伙儿人。有一次，我们还和之前一样毫无顾忌地去摘榆钱时，大老远就被我爷爷那邻居给骂了，说我们都快把他的树给拔了，说着那人都从院子里追出来了，我们似乎有点没反应过来，被骂完后在那儿愣了一下，见那人追出来，我们才想起跑了。从那以后，好长时间，再没敢去摘过榆钱。事后我们觉得挺冤的，撇他几枝榆树枝，也不至于被追成那样，还骂骂咧咧的。曾一度时间里，我们都想过报复，但后来碰到同村另一伙儿年龄跟我们差不多的孩子时，从他们口中得知，原来是他们把人家的榆树给折腾坏的，虽然我们不在现场，但光听他们的讲述，也就能知道个八九不离十了，而且他们的工具用的全都是镰刀、锯子、斧头之类的，最严重的是，他们当中还有人说，一开始是想锯断人家碗口粗一棵榆树来着，但被人家发现给追着惊走了。听那些孩子们说完，我们感觉被那人冤枉受的气没人家看到自家榆树差点儿被偷着锯断气得厉害，于是也就不想着再报复了。待过了些时日我们再去时，榆钱早都没了，取而代之的是一片一片的榆树叶子。

　　童真年代里，对于许多事，好奇心较强，但有时热得快，凉得也快，刚发现榆树上有那种叫榆钱的能吃的东西时，想方设法地去摘、去弄，但后来渐渐就淡了，有时春天跟大人们下地，碰到那些没人管的榆树上的榆钱，都懒得过去摘，新鲜感一过，什么好奇心都没了。

　　后来我再去看我爷爷家那邻居的榆树时，已是几年之后的事儿了。我那时很少回村子，不过每次回，也总喜欢独自出去走走，或是散漫地在房前屋后走走，或是有目的地选择一些地方。去看那人家的榆树，倒也不是一开始就想到了榆树，对于那些榆树，除了那次被那人追得狂跑之外，我没太深的记忆，看榆树，完全是因为当时想去看我爷爷家那老院子时附带的。老院子除了多年没人居住显得荒寂之外，没太大变化，同院子里有榆树那邻居两家之间的那堵土墙，由于多年的风吹雨淋，变矮了，也有些破落了。墙上有的地方还有许许多多大小不一的洞，高一点较浅的，像是鸟雀们刨啄出来的，而紧挨着墙根或是离墙不远的那些洞，应该是老鼠之类的小动物弄出来的。顺着那堵破落低矮的土墙向那边看去，便看到了那邻居家院子里的那几棵榆树。也许是榆树成材之后长得比较慢，也许是我一开始就没怎么在意过那几棵榆树，总之，走过去后看了看，感觉隔了那么些年，那些榆树也没变得如何粗壮高大，走进细看才发现，树枝都不如以前茂密了，绿叶中夹杂了不少干树枝。我仰头看了看，由衷感慨，这几棵榆树也许是老了。

我边仰头看那些榆树边想着些什么，碰巧，那邻居出来了，跟我目光相对时冲我笑了一下，这一笑，让我有些不知所措，而看着眼前这位邻居，让我真正感受到了什么叫作岁月不饶人，我甚至有些怀疑似的问自己，这就是之前因为有人破坏了他的榆树追着我们那些孩子四处乱跑的那个人？几年没见，竟苍老成了这个样子，而且消瘦得那么厉害！我向他还笑之后两人都没说别的，他似乎习惯了一样，就跟村里人平时见面打招呼那样，冲我笑过之后便到干柴垛那边折干柴了，而我目光总是一直有意无意地落在他身上。弄好干柴要进去时，他又笑着问了我一句，不进来坐会儿？我笑着摇摇头，说不进去了。看着那邻居一直进了屋子后，我在想，他是认错人了还是平日里跟经过他这院子的村里人打招呼都是这样？

那年秋天，那邻居去世了，是他的那些本家亲戚帮着料理的后事，我爷爷回来后说，老院子那一带都快空了。次年春天，正值榆钱茂盛时节，我回村子后又特意到老院子里看了看，确实像我爷爷说的那样，老院子这一带都快空了。那邻居家院子里远不像之前那样了，院子里杂草丛生，地上新长出来的低矮嫩绿的小草与那些很高且大都被风拦腰折断的土黄色的枯草形成了鲜明的对比。院子当中那排栅栏也都坏掉了，破破散散的，那些榆树在微风中摆动的枝条见证着这一切，而榆树上，夹杂了不少干树枝、干枝条。我找了一处比较高的地方，踮起脚探着身子想摘一些榆钱，但手触碰到那些鲜嫩的榆钱时，又缩了回来，于是不免笑了笑，心想，那些味道还是留在以前吧，环顾四周，这些老院子里，唯一能衬托出些生机的，也只有榆树枝上那一簇簇榆钱了！留着吧，但愿老院子里这些有生机的东西，能够留得长远一些，至少，对于这些荒撂的乡村院落，还能够算是存在着一种绿色的希望！

小时候看着大柳树枝繁叶茂，还以为它一直会那样，现在才明白，树跟人一样，也有生老病死，就算没人砍伐，到时候了也会消失。长大了，许多美梦都被打破了。大柳树常青是不可能的事了，唯一的希望是林业部门的那牌子能够起到好的保护作用，让大柳树留得久一些，至少那是许多人对大柳树的一种祝福与留恋。

村子里还有老人讲迷信的时候，村边的那棵大柳树被视为神树。老人们说那上面住着什么神什么仙，不让我们小孩子到那上面掏鸟窝，过时过节还有老人在那上面挂块红布，说是怕未满十二周岁的孩子看到那上面的神仙。家乡以前的习俗，说孩子未满十二周岁有天眼，能看到大人们看不到的东西。

听老人们说完，我们确实有些害怕，再加上树上挂着块大红布，走到那大柳树跟前，我们都有些瘆得慌。有时候玩到天黑，碰上刮风，我们回家的时候都绕开那棵大柳树走。嘴上不说，心里特怕，感觉真就跟有什么神什么仙似的。

　　有次暑假里放牛，中午回家的时候我们路过了大柳树，不料一伙伴的牛被大柳树上那块红布给吓惊了。那跑的，把那伙伴从牛背上摔下来不说，还把缰绳给跑丢了。把那伙伴给气的，咬牙忍着痛回家，拿了一斧头便去砍大柳树，边砍边骂："狗屁神树，妈的，老子今天不砍你就是你孙子！"最后把那树的一片皮面砍得纵横交错，屑末掉了一地。临走时那伙伴还把那红布撕得稀烂。

　　人在气头上，啥事儿都敢干，但气消了，胆子跟着就小了。那伙伴砍完大柳树的第二天，便有些害怕了，向我们问这问那的，生怕有神仙来操练他。但十多天过去了，那伙伴感觉自己没啥事儿，正好碰上我们那时候上思想品德课，讲究科学，破除迷信。那伙伴一听，来劲了，说狗屁神树，动就动它了，有啥可怕的。星期天那伙伴便叫上我们到大柳树上掏斑鸠了。拿着小斑鸠，我们玩得特开心，什么神树仙树的全都忘了。但那伙伴砍树跟掏斑鸠的事儿不知怎么传到他奶奶的耳朵里了，这下弄的，那伙伴他奶奶吓得可能几宿没睡好觉，翻皇历找了个好日子，专程买了一块红布，整了几盘子的供，拉着那伙伴到大柳树旁给她所说的那上面的神仙认错。那伙伴他奶奶把红布在树上挂好，又跪在大柳树前摆上供，点了三炷香，磕着头说小孩儿不懂事，希望神灵们不要怪罪，以后肯定不会再有这事儿了……

　　老人真心实意在那儿祷告着，但那伙伴哪有心思听这些，四下张望时，树上一热乎乎湿漉漉的东西掉在了他的额头上，用手一摸才知道那是斑鸠的粪便。抬头时，那斑鸠正在树杈上翘着尾巴"姑姑救，姑姑救"地叫着。那伙伴一下子比从牛背上掉下来都气，随手拾起一土疙瘩打了上去。斑鸠被打跑了，土疙瘩打在树上碎了以后掉下来打翻了上供的盘子。那伙伴他奶奶吓了一跳，以为神仙显灵了。回头时，她孙子早溜了。

　　我们虽不在现场，但听那伙伴讲着，我们笑得死去活来的，说世界大了，什么样的人都有。不料那伙伴却把自己跟他奶奶当鸟看，说林子大了什么鸟都飞。因为那事儿，那伙伴半个多月没敢去他奶奶家。

待村子里像那伙伴他奶奶那样的老人们陆续去世后，村子里没人再讲迷信了。我们那时候的小孩子也都长大了，不再上树掏啥喜鹊、斑鸠了。前些年，有林业部门的人来过村子，最后给大柳树绑了一块铁合金牌子，大柳树成了保护对象。有人开玩笑，说再有几十年，大柳树也许成文物了。

我们那一茬全都出村念书以后，村里很少有孩子到像大柳树、池塘之类的地方玩耍了，而且那时候的计划生育也行之有效。村子里许多家庭是独生子女。大人们对孩子，更是倍加呵护，弄得孩子跟温室里的花朵一样。有时候给比我们小的孩子讲起我们童年的事儿，他们还以为我们是在说书呢！不过想想，现在的孩子虽然生活条件好，但有时候感觉真的挺悲哀的，生在大地上，离自然却那么远！以前人们常说，没吃过猪肉还没见过猪跑？我觉得这话现在真的能被否定了，这年头，吃过猪肉的不一定见过猪跑！

日子一天一天地过着，大柳树跟人一样，同样经不住时光的消磨。树木们枝繁叶茂的时节，大柳树上面却有了干枝杈。微风吹来，小垂柳上的树枝随风飘摇，而大柳树上的干枝杈却像是在无力地呻吟。有啄木鸟在上面啄过，没见啥起色。看着大柳树，不由得会想起刘禹锡那句"沉舟侧畔千帆过，病树前头万木春"的诗句。大柳树不正阐释着这句诗？

小时候看着大柳树枝繁叶茂，还以为它一直会那样，现在才明白，树跟人一样，也有生老病死，就算没人砍伐，到时候了也会消失。长大了，许多美梦都被打破了。大柳树常青是不可能的事了，唯一的希望是林业部门的那牌子能够起到好的保护作用，让大柳树留得久一些，至少那是许多人对大柳树的一种祝福与留恋。

回的路上，我的脑海里不断闪现着原野之前的样子以及刚才所看到的情形，走着走着，脑子里忽然闪过这么一个念头：不管干什么事，无论是精神还是物质，我们总应该给后人留下些什么！

　　原野是我后来对它的称呼，说是称呼，但在内心深处，我觉得那更是对它的一种敬畏。村里人一直习惯上把它称为大草滩。

　　原野在村子最东面，面积有七八十亩的样子，上面分散着许多柳树。那柳树都是之前的那些老品种柳树，那种柳树比较粗大，有的甚至比杨树都高壮。

　　我那时候跟小伙伴们暑假里在原野上放牛，就跟签了合同似的，不论走的时候是不是相跟着，但目的地肯定是在原野里。之所以那么固定，一来是因为那时候原野的草长得确实丰盛，再者主要是那地方大。我们去了之后，把牲畜的缰绳往它们脖子上一盘就啥事儿不管了，任其自个儿走着去寻草吃。我们找棵遮阴比较大的柳树，要么嘴里衔着一根芨芨草躺在树荫下歇息，要么坐在一块闲聊或是玩别的。不光我们孩子是这样，就是到原野里放牲畜的那些大人也一样，把牲畜放到原野上后也都坐在树下抽烟或是闲聊了。

慢慢地，到原野里放牧的人越来越多，几乎涵盖了大半个村子。有的大人直接带着扑克，而且有好几拨儿，打牌时的欢呼声此起彼伏的。不过夏季放牧唯独羊群不进原野里，那时候的人们也真的挺自觉，因为羊群走过的草地，其他的大牲畜不肯吃，有的羊群路过，顶多也就是打个擦边球，对于原野里吃草的那些牲畜几乎没有什么影响。

放牧的人越来越多，原野上自然也就变得越来越热闹。有去地里路过原野的人看到后说，那阵势，怎么就跟赶集似的？大人到了不亦乐乎的地步，至于我们孩子，那就更不必说了，有一个家里没养大牲畜的伙伴，想跟我们一起去原野上玩，说正好他的暑假作业还没写完，每天自个儿在家里写闷得慌……听出他的意思后，没等他说完，就有人开始打击他了，说装啥好学生啊，显得就跟学习有多刻苦似的，干脆把铺盖卷儿搬去住那儿算了！不料有一个伙伴笑了一下，说别搞特殊，家里没养牛马驴骡之类的，不行干脆把猪赶到原野里放吧！在我们的数落声中，那伙伴瞟着白眼说了一句：啥哥们儿了，尽都说些损人的话！

我们数落完那伙伴后以为就那么过去了，但几天之后，我们放牧时正在原野里的一棵柳树下躺着闲聊，一伙伴坐起来后看着原野的入口处特出奇地往起叫我们其他人，让我们快看，我们还以为是咋了，一个个起来后目光全都向他指的那个方向看去，只见之前说准备拿着暑假作业来原野里写的那伙伴正骑着一头小毛驴大摇大摆地向我们这边走来了，还特得意地甩着缰绳拍打着驴屁股。起先我们一个个都目不转睛地盯着那伙伴，但看了一阵后我们又都差点儿笑抽了，那派头，整个儿一电视剧里的小鬼子！那伙伴过我们这边后，有人问他，说他家啥时候买驴了？那伙伴说是他借的。听他这么一说，再附和着他那表情，我们笑得更抽了。以前只听过有人花钱雇人放羊放牛放驴的，还从来没听过有人借着牲畜来给放的，这真是世界大了啥人都有啊！不过没几天，那伙伴就给放出事儿来了。那次下午他骑驴来到原野上后，我们见他软绵绵的，说话也有气无力的样子。起先以为他是中暑了，但越看越不对劲，之前见过有人中暑，但不是他这症状，没多长时间，那伙伴软得瘫那儿不说，而且满头大汗，嘴里还吐着白沫。见势不对，我们忙把他弄回村里老医生那儿了。确诊后得知，那不是中暑了，而是农药中毒了，找了好一阵子才找出原因，他骑驴坐的那个麻袋是放完农药的，又碰天热，气味挥发比较强，出汗以后又接触到皮肤了，输了好几天液，我们去看望他时，那伙伴说，这回真的好好在家写作业呀！

秋季开学的时节，到原野里放牧的人便开始少了。一来少了像我们那些上学的孩子，再者，许多大人都张罗着秋收了，放牲畜也就成了捎带着干的事儿。这时的原野里，能看到的大都是之前打擦边球的羊群。秋收过后，冬天，甚至直至第二年春季，原野里几乎全是羊群的影子。同夏季时相比，给人那感觉就跟三十年河东三十年河西似的！

深秋时的原野，远没有夏季时的热闹了，看着那些枯黄的芨芨草在秋风中瑟瑟抖动着，有时候都感觉有些凄凉。我们也在秋季里去过，但那么大一个原野，就我们几个人，尽管生着非儿的出花招，挖闪闪窖、把树与树之间的柳条捆在一块荡秋千、傍晚时点着干树枝后再放些艾草，专门用烟熏蚊子，花样很多，但总觉得不如夏季那时热闹，人少了，感觉就有些空荡、冷清。

再往后，就是冬天去过了，要是寒假里碰上下雪天，我们常会带着狗到原野上面逮野兔。那时年纪小，也不懂得欣赏啥自然雪景，只是走在那上面觉得原野上的雪特白，平平整整的，放眼望去白得有些刺眼，其他的就没多注意了。那时候只是一门心思想着逮野兔，但回家时别说野兔了，兔毛都没逮着，而且弄得鞋子裤腿全湿了。回家后几乎个个都被父母数落，说要是学习有那么大精神，以后肯定能考个好大学！

待后来我们都大了，到原野里的次数也就越来越少了。全都出村念书以后，几乎就没再去过原野了，而且村里人的生活也变得越来越好，耕作大多数已经机械化了。村子里养大牲畜的人家越来越少，也几乎不再放牧了，包括现在许多人养羊，也大都是圈养。我想着，这种情形之下，原野里的草木应该长得更茂盛了吧？尽管这些年有些旱，但至少牲畜少了。

夏天时回村子，碰到了一个儿时跟我们一起在原野里放牧的伙伴，他刚成家，也在村子里务农了。谈到原野时，我还挺向往地说现在原野里的草一定很茂盛吧？不料那伙伴说，原野早就被人开荒种地了！这回答，顿时让我有些目瞪口呆了！

听他说完后，我还特意抽空去了趟原野，但原野之前的面貌早已荡然无存了，而且柳树也全都不在了，要不是有明显的地理标志，还真以为走错地了。眼前的原野，俨然已是一片庄稼地了。

我在那儿站了很久，有些怀疑地想，这就是承载了我们那一茬孩子大半个童年的原野？

回去的路上，我的脑海里不断闪现着原野之前的样子以及刚才所看到的情形，走着走着，脑子里忽然闪过一个念头：不管干什么事，无论是精神还是物质，我们总应该给后人留下些什么！

我再到池塘时，那人真的不再承包了，垂钓人也回归到了之前那种三三两两闲钓的了，倒是游人多了不少，而且大都是一些青年男女们，有的也领着小孩子，走在池塘边上还跟孩子念着有关池塘、垂钓的古诗词，也有的对着池塘拍个照啥的，那情形，看着挺好。池塘静静的，池水、青草、绿树相互映衬着，给人亲近自然的感觉，人们到这儿来，心情估计也是美好的。或许，这才是池塘本来该有的样子。

最初村子里没有澡堂那会儿，一到夏天，我们男孩子常会到村边的那个池塘玩水，那时候也就十来岁的年纪，正是比较淘的时候。

池塘不算大也不算小，直径三十来米的样子。听说起初池塘就是一个大水坑，一开始是有人想在那儿养鱼，于是就把池塘给扩大了，但养鱼没成功，池塘也就成了后来这个样子。池塘边有几棵柳树，待我们去玩水的时候，已经有桶口那么粗了，不过那柳树不高，我们有时候上树，下来的时候为了省事儿，就直接从上面往下跳。小学刚学会《童年》时，我们还改变歌词哼唱过："池塘边的柳树下，蛐蛐在声声地叫着夏天……"，但后来那些柳树不知被谁偷砍了一棵，柳树本来就不多，虽说只砍了一棵，但大老远看时，池塘边顿时显得有些光秃秃的了，而且最实际的是乘凉的树荫又小了，有伙伴看了后挺狠地骂了一句，说这样的柳树都有人偷伐，是不是拿回家里弄棺材去了。这一句说的，有胆小的伙伴听了，蹲在池塘边大半天都不敢下去玩水，生怕出现啥意外。

我们那时候玩水，大都在暑假里，而且都是在大中午，趁父母午休时偷跑出去的。现在想想，那时候的精神也真够大的，顶着火辣辣的烈日，几个伙伴相跟着，步走着去池塘，说是洗澡，父母用大铁盆子在家里给晒上水也不愿意洗，热涔涔地走去，就为玩那一潭子的死水。不过唯一的好处是，尽管是死水，但那水倒是比较干净，也许是池塘里的水草跟塘底的泥沙给过滤了，也许是没啥外界的污染，总之，那池塘的水挺干净，也没异味，有时候坐在池塘边，微风吹来，隐隐约约还能闻到一股水草的清香味。

那时候条件差，我们玩水时也没有什么救生圈之类的，想拿一个汽车里胎顶替，但村子里那修理铺平日里修的大都是自行车、牛车、马车、驴车啥的。我们用驴车的里胎玩过，结果是连人带胎一起沉下去了。从那以后，我们玩水时大都抱一块比较大的干木头疙瘩，虽说有些不好看，但那东西管用，而且结实，五六个人都能给浮起来。我们给各自的干木头疙瘩都起了名字，什么"乾坤大挪移""铁掌水上漂""降龙十八掌"……有伙伴想不出武功名儿了，最后把美国佬儿那"泰坦尼克号"的名字给借来了。我们听了，喊着"打到美帝国主义"的口号一起围攻他。最后那伙伴苦头苦脸地把"泰坦尼克号"抱上池塘当起了旱船，我们本以为他上去后没啥事儿了，但我们在池塘里扶抱着干木头疙瘩左拍右打玩水时，岸上开旱船的伙伴不知咋想出损招了，大声喊了一句，说有女的过来了。我们玩水的那些男孩子们听了，看都没顾得看，一个劲儿地往水底钻，在水里面至少够憋那十几秒，实在憋不住了，就都悄悄地把头冒出来，侦察似的看四周，没看到女的，倒是看到岸上开"泰坦尼克号"那伙伴朝着我们哈哈大笑，我们这才知道被他耍了，见状，顿时什么都不顾了，几个人从池塘四处快速集结，上岸后把那伙伴硬生生拉了下来，围攻不说，最后还让他喝了几口池水，那伙伴吓得，说我们这哪像是哥们儿，整个儿就是土匪强盗。

天特热的时候，玩水过后我们常会在池塘浅处逮一阵子的鱼。那时候的鱼也比较好逮，水里面的温度高时，水底可能就跟缺氧似的，有些鲫鱼常会斜着游到上面把头露出来，嘴巴一张一翕的，而且显得很呆滞，只要瞅准时机，双手快速去捧，十有八九那鱼就被弄到手里了。我们那时候逮鱼不说技术说运气，要是运气好的话，一次逮个几十条鲫鱼，绝不是什么费劲的事儿。

冬天放寒假以后，不能到池塘里玩水时，我们便拿着冰车到池塘里滑冰。滑冰比玩水带劲儿，要是碰上星期天或是放寒假，有时连午饭都顾不上回家吃，一滑就是一整天。回家时棉衣大都被弄湿了，次数多了，兴许是有伙伴回家后被父母骂了，最后拿上了火柴，滑冰时，衣服弄湿以后，等快回家的时候，就找些干树叶、干树枝，点着火烤上一阵，边烤边闲聊着，等衣服干了以后，各自背着个冰车往回走。后来有人提议，说再滑冰的时候，干脆把干粮也带上，几块咸菜，一些红薯跟山药蛋，边烤衣服边烤红薯跟山药蛋，衣服干得差不多了，红薯跟山药蛋也熟了，吃完后正好回家。我们觉得这想法不错，于是就都同意了。大冬天的，还真就在野地里吃过那么几次，而且感觉吃得还特有味儿，特开心。有次可能是边吃边呛着风，吃完那山药蛋跟红薯我就给吃出病来了，肚子疼不说，还弄感冒了，吃药打针不顶事儿，还在家输了两天液，不但不能去滑冰了，而且连外面都不让出，我妈连哄带吓地说，让我一定得听医生的，不能出去，要是我不听话，等过年的时候，人家别人都穿好的吃好的，我还得打针输液。我不信，趁我妈到我姥姥家的时候，我又偷跑出去跟伙伴们滑了一次冰，这下问题可真弄大了，感冒复发，在家里整整待了一个多礼拜，结果是吃药打针输液全都用上了，那绝对是身心都受到了摧残，我妈干气没辙，我爸说就是个小感冒，过上几天就好了。见我有气无力的样子，过了一两天，我妈不知咋又来了个一百八十度的大转弯，开始鼓励我，说就是个感冒，头疼脑热的没啥，自己要想着病赶快好，过几天就好了，病好了到哪儿玩都行。我听着就乐了，想着病好了还跟伙伴们去滑冰，想着我病了没去这几天，伙伴们肯定滑冰玩得挺开心，不过就在我病快好时，有几个伙伴来看我了，还买了些罐头、饼干啥的。虽说挺感动的，但我装着挺不在意的，而且还说他们拿这干啥，表现跟女生似的，莫非还打算哭上一阵子，一听这，那几个伙伴都乐了。我问他们滑冰的事儿，他们说在我打针输液期间，他们也没再去过。后来等我病好了，也到年根了，计划好的病好了去滑冰也没去，再后来，滑冰以及玩水的事儿不知不觉就被搁开了，直至我们外出上学离开村子。

中学时暑假的一天，我独自去过池塘，坐在池塘边，感觉很安静。池塘依旧是原来那个样子，只是水草似乎比以前密了，池塘边的柳树又粗壮了不少，不过有的上面已经有干枝杈了，有的树皮也裂裂痕痕的，似乎是见证着岁月的痕迹。我坐在池塘边，顺手拣起身边的土坷垃向池塘里投去，顿时激起了许多水波，池塘里的那些小草上，偶尔有蜻蜓飞过，有时也会落上去，看着挺诗意，给人一种"小荷才露尖尖角，早有蜻蜓立上头"的感觉。

时兴起垂钓那会儿，许多人开始到池塘那儿钓鱼，池塘里没啥大鱼，都是些野生鲫鱼，最大的也就半斤左右，许多人去那儿垂钓，大多数是为了取乐子，有时钓上还没手指长的鲫鱼时，直接就放了，然后再钓，倒是也有些人是奔着野生鲫鱼去的，开着车子去，钓鱼装备一应俱全，不论最后钓的多与少，一钓就是大半天，而且钓上来的鲫鱼无论大与小，最后全都拿走了。

前年的时候，听说有人把池塘给承包了，往里面放了不少鲤鱼之类的鱼，匀匀常常都有三四斤，而且还是定时不定时地放，专门供人垂钓，按小时收费，八小时一百块钱。我听说后还专程去池塘那儿看了看，只见池塘里边的水草大都被清理出去了，尤其是池塘边上供人垂钓的地方，清理得更明显，池塘边停着一只小船，在一棵比较粗的柳树旁还搭着一个简易帐篷，应该是承包人平时住的地方。我围着池塘走了一圈，垂钓的人不算多也不算少，走过帐篷那儿后跟那承包人聊了聊，他说这次承包期满了他也不再承包了，我问他为啥，他说挣不了多少钱，而且大夏天守着个池塘挺受罪。他说一开始那会儿还行，但后来有些垂钓的人摸索出规律了，啥时候往进放鱼啥时候过来钓，好几次从港口那边拉回鱼时都是晚上十二点多了，但一往进放，那些人就过来钓了，全都打着手电，戴着头顶探照灯，因为路途远，那些鱼拉回来后都是饿着的，刚一放进池塘也都有些蒙，只要钓钩一往下扔，那些鱼就抢着咬钩。有次，有人不到两小时就钓走了二百多斤，像这，别说挣钱了，赔都赔得一塌糊涂。我说也是，这种利不好取，那人叹口气，说是啊。第二年的时候，我再到池塘时，那人真的不再承包了，垂钓人也回归到了之前那种三三两两闲钓的了，倒是游人多了不少，而且大都是一些青年男女们，有的也领着小孩子，走在池塘边上还跟孩子念着有关池塘、垂钓的古诗词，也有的对着池塘拍个照啥的，那情形，看着挺好。池塘静静的，池水、青草、绿树相互映衬着，给人亲近自然的感觉，人们到这儿来，心情估计也是美好的。或许，这才是池塘本来该有的样子。

小时候学过寓言"亡羊补牢"，如今说到泉眼，在修复上，我希望也能亡羊补牢，为时不晚。老天爷帮不帮忙是另一回事儿，但人为因素我想肯定也占很重要的一部分。最起码的，谈到修复，至少能够先从拒绝破坏做起，不破坏，无意中那也就是保护，要说到有意，那更应该去尽力做些什么，千万别让泉眼到了子孙后代们那里，成为传说！

也不知从什么时候起，内心中就有了这种担忧，自上次回村子里看过泉眼后，这种担忧就更加强烈了。可向同龄人说出这种担忧之后，他们说我这是自个儿给自个儿找心理负担，二十多岁的年龄六十多岁的心态似的，想那事儿干吗，那不纯属替古人担忧吗？乍一听，他们说得似乎也对，可仔细一琢磨，不对啊，我这哪是替古人担忧，我这真真切切是在替后人担忧。

这些年有些干旱是不假，村里一些小池塘、小水渠、小洼地也确实早就干涸了，一些水渠或洼地干涸之后也被人们开荒利用，找不到一点曾经有过水的痕迹。泉眼及周围那一片，虽没被开荒利用，但如果不是记忆真切对泉眼的位置确定，估计也很难找到它了。泉眼位于村子东边的一个低洼处，离村边的那条小河不远，虽说往出冒水的地方也就缸口那么大，但泉眼以前一直不间断地往出冒水，最后流到下边聚了有两间房基地那么大的一个水塘，那水塘里边以及泉眼流经的周边，都长着青草，真给人一种"青青河边草"的感觉。现如今，当我站在泉眼面前，想着曾经那个咕咚咕咚往出冒着清澈泉水的泉眼，此时已经变成眼前这个干涸的坑洼时，心里有种说不出的难过，看着那一片干涸的土地，内心中不由得涌出这样一个疑问：这就是当初那个咕咚咕咚往出涌着甘甜水，周围长着大片青草的泉眼吗？以后还能看到它当初的那个样子吗？

　　村里的一些老人说，泉眼就是家乡这片土地的眼睛，清澈、干净、有灵气。那时候，人们也确实比较爱护泉眼，有人下地路过要是看到泉眼里被风刮进杂物或是杂草时，都会主动停下来过去给弄出来。泉眼周围那些种地的人们，有时下地忘带水了，大都到泉眼那边喝。碰上雨季长的年景，泉眼涌出来的那一池水里也会漂些浮萍，即使是那样，也不影响人们到泉眼那儿喝水，把浮萍轻轻拨开。要是孩子们的话，干脆就趴那儿喝，大人们要么拿个盛水的工具，要么到下游把手洗干净后再过来用手捧着水喝。泉眼往出涌水那地方积下来那水坑有半米多深，但平时都清澈见底，有时碰上喝水的人多了，把水搅浑了，等上十来分钟，那水就又恢复原貌了，清澈明亮，如同孩子天真无邪的眼睛。村里那口老井水旺那会儿，人们说喝着井水都能尝出甘甜味儿来，泉眼也一样，尤其是清早的时候，甘甜味儿更浓。刚时兴起瓶装矿泉水那会儿，村里有个人说，没准儿泉眼里的水也能生产瓶装矿泉水，不是王婆卖瓜，那泉眼涌出的水，真比瓶装那矿泉水好喝，那人说他家亲戚来的时候就带着电视上广告里说的那矿泉水，他还以为是啥好东西，拧开一瓶喝了几口，没啥特别之处，感觉跟自家平时喝那白开水没什么两样。不过说归说，用泉眼生产瓶装矿泉水这一想法没有付诸实践，就是后来常有人下地时拿着空矿泉水瓶到泉眼那儿装水。

　　泉眼的这种宁静与美好不知持续了多少年，之前的我不清楚，但我估计能追溯到祖父辈那一代人。不过对于这些，没有依据可查，我对泉眼的记忆，也就是从七八岁时开始的。那时候泉眼的水很旺，涌出的那些涓涓细流，滋润着泉眼周围地里的那些庄稼，收了一茬又一茬！七八年的光景，村里开始大面积使用农药时，泉眼的这种宁静与美好就被打破了。一开始，人们使用农药用水都是从自家里用大桶装好往地里带，慢慢地实践中，发现从就近的一些小水渠中取水冲药似乎更省事儿，于是就由从自家里带水变成了直接找一些小水渠取水，等那些小水渠被污染时也几乎全部干涸了，这事上，没出过什么大的异议。比起村子地里那些水源处，泉眼被污染算是最迟的，刚开始有人用泉眼的水冲农药时，虽已是在泉眼水流出很远的地方了，但依旧有许多人反对，怎么说那也是人们经常下地取水喝的地方，而且老人们说，泉眼就是家乡这片土地的眼睛，有灵气，用泉眼的水装药壶，怎么能说得过去？更现实一点，万一前脚有人在泉眼那儿舀着水冲完农药了，后脚就有人过去喝水了，中毒了咋办？这反对声一开始很见效，可时间久了，越来越多的人用泉眼的水装药壶时，人们就有些见怪不怪了，你用我用，大家都用，谁也别说谁，谁也别嫌谁，统一的认识：泉眼的水以后再也不能喝了！

　　泉眼彻底干涸是在我出村念书以后，那时候脑海中所理解的干涸只是暂时的，总觉得干旱年过去了，碰上雨季长，下几场透雨，泉眼一定还会跟之前一样，咕咚咕咚往出涌水，泉水流经的那些地方，肯定还会长出嫩绿的水草，被人们引去泉眼水灌溉了的庄稼，肯定还会收了一茬又一茬……可没想到的是，泉眼自那干涸以后，再没有往出冒过水，直到现在。

　　村里有人修复过泉眼，泉眼干涸以后把上面那些杂物全部清理干净，又往深挖了挖，不见效。有人建议，从家里拉上水往泉眼那儿倒，等上面的水与地下水接住了，说不定就能把泉眼的水给引上来了，做是有人做了，但依旧没见效。再后来，泉眼的事儿就被搁开了。时间越久，人们修复泉眼那意识也就越淡了，说干旱年景让河流、池塘以及一些小型水库都干涸了，更别说是泉眼了，情理之中的事儿，人工哪能修复得了，要是泉眼还是活的，说不定过几年，雨季稍长一点儿就又开始涌水了，要是泉眼彻底死了，再怎么折腾那也是白搭。

这种说法似乎有些道理，有人认同，也有人附和，唯独对这种说法叹气的，是村里那些坐街的老人们，他们虽然没有太多的言语，但是叹气声中所要表达的，足以给村里所有年轻人深深地上一课！

小时候学过寓言"亡羊补牢"，如今说到泉眼，在修复上，我希望也能亡羊补牢，为时不晚。老天爷帮不帮忙是另一回事儿，但人为因素我想肯定也占很重要的一部分。最起码的，谈到修复，至少能够先从拒绝破坏做起，不破坏，无意中那也就是保护，要说到有意，那更应该去尽力做些什么，千万别让泉眼到了子孙后代们那里，成为传说！

眼下又快到端午节了，前几天有朋友打电话，问端午假期回不回村子。我说肯定回，心想着，到时要是儿时的那些伙伴们要在的话，怎么也得叫上他们，到田野里，好好拔一回艾草。

端午节前到地里拔艾草的事儿，已经搁开好几年了。闲着时静下来想想，也不是因为自己长大了或是现在不常在村子里了，很明显的感觉，就是现在整个村子里，除了一些老人们外，也似乎再没人把这郑重地当回事儿了。过节图的是个氛围，尽管现在物质条件好了，但像拔艾草这种节日氛围，远没有记忆里的浓厚。

那时候过端午节，老早就盼着了。一进农历五月，头一天，戴五色线，也管那叫花线绳儿；初二，开始张罗剪老虎、公鸡、青蛙以及编端午符之类的；初三，到地里拔艾草；初四开始包粽子、蒸凉糕；初五，不见红日就全都起来了，之前准备好的那些，正好全在这一早上用。这期间，所有活儿都是大人们做，尤其是妇女们，但唯独拔艾草这事儿，一般都是孩子们去做。

那时村子里的原野很广阔，草滩也多，拔艾草几乎是有固定的去处，不过后来拔的次数多了，我慢慢发现，艾草的生长似乎有什么特性似的，同一片大草滩上，东边有，西边可能就没有了，而且要么是没有，要有的话，就是一大片，原地转那么一圈，就能拔一大把。刚一开始，我们大都以为艾草越高越好。拔艾草时，专拣长得高、比较粗的拔。应了村里人的那句俗话：憨憨拣大的！可后来觉察到了不对劲儿，同样是一起拔的艾草，那些我们认为不好的低艾草，遗弃似的被其他人拔走后，一路上，艾草味儿光是从他们那里往出散发了。我们手里拿的那些自认为是上等货的艾草，几乎没什么味儿，偶尔有一点，也近似于"寡白菜"味儿。问过大人后才得知，原来我们这地方的艾草有水艾和旱艾之分。水艾就是那种长势喜人但没有艾草味儿的那种，而旱艾，就是那种长得不起眼，艾草味儿却很浓的那种。刚时兴起说水货那会儿，我们管水艾就叫水货。在学校里谈论到一个班里男女生个子时，有人倒是拿水艾和旱艾作比喻，说男生的个子偏高，就像是水艾；女生的个子偏矮，就像是旱艾。不过认可这比喻的人少，更多的人都说，想出这话的人整个儿就是一水货，这哪儿跟哪儿的比喻？

没接触《本草纲目》之类的医书前，我就听村里的医生说，艾草也是一种中药材。但那时在村里，人们除了端午节用艾草外，其余的就是把艾草晒干，夏天用来熏蚊子，至于用艾草治病，村里没人试过。有一年夏天，我去姥姥家住，晚上为了凉快，我跟几个姨兄弟们在闲房西屋里睡。大人们怕我们夜里被蚊子咬，睡之前让我们点些艾草，熏蚊子。拿上那些晒成灰白色的干艾草后，姨弟点着点着就跟玩出瘾似的，最后把一大把艾草全在屋子里给烧了，艾草灰都烧了多半铁盆子。蚊子熏没熏走不清楚，但那艾烟在屋子里很难往出走，呛得我们前半夜连屋子都进不去，更别说睡觉了。

　　我后来在医书上看过艾草的药效，书上直接称艾，后面没有带草字，艾草的称呼也许是人们习惯了的口头用语。书上的详细记载为：艾多在山上及平原地区生长。二月宿根重新生苗成丛状生长，它的茎直生，为白色，高四五尺。叶向四面散开，形状似蒿，分为五个尖，桠上又有小尖，叶面青色背面为白色，有茸毛，柔软而厚实。七、八月，叶间长出穗如车前穗。开小花结果实，累累盈枝，内有细子，霜降后开始枯萎。在五月五日收割茎，晒干后收叶。李月池赞道：产于山阳，采以端午。治病灸疾，功非小补。《荆楚岁时记》中记载，在五月五日鸡未叫时，采集像人形的艾，收藏好以备灸病，非常灵验。当日采的艾作为门神，挂在门上，可避邪气，称作"艾虎"。

　　我向村里的一些老人请教过，既然流传下来是五月初五这天拔艾草最好，为什么人们都在五月初五前就拔艾草了。老人们说，这事上，人们是为了早准备，提前拔艾草，是怕如果五月初五那天拔的话，时间紧来不及，因为那天早上用的时候必须是在日出之前，不能见红日，别的倒没什么讲究。听了这话，我不知怎么想到曾听过蛤蟆躲端午那事儿了，也是不见红日。不过家乡的习俗里，端午节这天早上，吃粽子，贴剪纸，贴端午符，用艾草、葱须等泡着水洗脸，也都是不见红日。感觉端午节这天清早就像是跟红日过不去似的。这里面的原因，我也向老人们请教过，但没有得到过很有说服力的解释。刚学过"遥知兄弟登高处，遍插茱萸少一人"的诗句后，我们倒是插着艾草模仿过，说那就是我们这儿特色的茱萸。

　　不知什么时候，我们这地方也有人开始拔着卖艾草了，倒也不是大量以药材那种形式卖，就是端午节前村里人拔上一些艾草，拿到县城里卖，也不称斤论两，一块钱一小把。卖艾草的也都是一些上了岁数的人，有时在县城大街上看到，我常会想起村里曾经那位挖着苦菜去县城里卖的老奶奶。我跟那些老人手中买过艾草，原因不是家里没有，只是看到那些上了岁数的人在路边卖艾草，心里总有种说不出的同情感。我弟曾经说我，自个儿还不怎么样呢，就处处想着同情别人。仔细想想，说同情，更多的我只能是在情感上，用我弟的话说，我自个儿还不怎么样呢，物质上拿什么同情去？这事上，更多的，我想或许跟自己从小在农村长大有关，类似的人，类似的事，记忆深处里，承载着我童年的一部分，不管什么时候，在哪儿见到，都会有所触动。毕竟，那片土地养育了我。

端午节前有人拔着艾草卖了，但村子里大众化拔艾草的人却少了。这里面，倒不是说都去拔艾草就好，只是觉得这里面传统流传下来的有些东西，有被现代快节奏生活冲淡甚至遗忘的可能，过节的意义远不是讲物质上的！前几年，国家把清明、端午、中秋这些传统节日确定为法定节假日，真心为之叫好。这里面的意义，不言而喻。

眼下又快到端午节了，前几天有朋友打电话，问端午假期回不回村子。我说肯定回，心想着，到时要是儿时的那些伙伴要在的话，怎么也得叫上他们，到田野里，好好拔一回艾草。

之前一直觉得石板桥厚实，但现在感觉，再厚实
的东西也经不起时光的打磨！

　　家乡的河不多，桥自然也少，偶尔有几座桥，也都是祖父辈那个年
代修大渠时建的旱桥。有的年久失修，坍塌以后或是被拆除，或是被填
平了。那些完整保留下来的，现在也大都被人们遗忘在少有人问津的荒
野里了。与现代建筑的那些公路桥、铁路桥相比，家乡的那些石板桥显
得有些小，缺溪少河，也很难营造出"小桥流水人家"的意境。那些石
板桥倒是比较厚实，厚墩墩的。我那时一直的印象是，村里的石板桥就
跟家里那些烧火板凳似的。

　　近距离接触那些石板桥，大都是在村子里那会儿，尤其是童年的暑

假期间。我们男孩子有些不太安分，假期里不是到村庄的街巷就是到村外的原野上玩了。而在原野里玩的时候，碰上下雨，那些石板桥下便成了我们避雨的地方。久而久之，在原野上玩的时候遇到下雨，到石板桥下避雨就像是成了我们那些孩子们的一种习惯，但后来被大人们知道以后，那种习惯就被遏制住了。大人们说万一下大雨石板桥下聚水了，待在那下面避雨，跑都跑不掉。其实关于在石板桥下避雨，我听村里一些现在已经不在世的老人们之前讲过一些他们那个年代发生的但听起来却又像是传说一样的事。那也是在我们村边的一处石板桥下，那石板桥相对比较高也比较宽一些，下面的那道渠比一般的那些渠要深，一个中等身材的人站下去都能直起身子。但那桥不知什么时候塌了，成了座断桥。平日里，人们走那桥本来就比较少，塌了以后，人们走路过桥就更少了。渐渐地，那桥便被搁置得荒芜了。有次，村里一中年人在地里劳作时，遇到了下大雨，那雨来得比较凶猛，乌云密布，电闪雷鸣的，几道闪电过后，顷刻间就暴雨如注了。那中年人拿着一草帽边挡雨边找避雨的地方，出了地以后看到石板桥上面有位穿红衣服的女子正走着到桥下避雨了。那人想着，也先到桥下避避雨，不过他边走边还想着，这是谁家的媳妇儿了，怎么穿着一身红衣服到地里劳作。那人边走边犯了这么一嘀咕，到了石板桥下，那人忙着找地方避雨，也没注意刚才看到的穿红衣服下来避雨那女子。雨越下越大，雷鸣闪电越响越凶。那人在石板桥下避了一阵雨后才猛然间想到刚才那位穿着一身红衣服的女子了。四周环顾了一下，并未看到有什么人，那人也就没怎么在意了，遂拿出一根烟坐在那儿划着火柴点起烟来，划了几下，火柴还没着呢，刹然间，一个响雷劈在石板桥下炸开了。那人惊慌失措，条件反射似的尖叫了一声之后，扔掉手里的东西箭步向外跑去。说来也怪，那响雷劈过以后，不一会儿工夫就雨过天晴了。太阳又红彤彤地挂在了天空。那人定了定神，缓了挺长时间，说自个儿没做过啥丧良心的事儿，咋好端端地就会遭雷劈了呢？说啥也得下去看个究竟。当那人再走到那石板桥下时，看到刚才雷劈过的地方有一条拇指粗、约半米长的蚯蚓被斩成两截瘫在那里。

那中年人着实被吓了一跳，活了大半辈子，还从来没有见过那么长的蚯蚓！不过转即一想，别说是怕了，简直吓得头皮发麻寒毛直竖了，村人们常说雷劈成精的东西，刚才那响雷劈的肯定就是眼前这蚯蚓了。那刚下雨那会儿看到的那个穿着一身红衣服的女子，一定就是这蚯蚓变得了……那人越想越怕，离开石板桥忙着往回赶。没几天工夫，那事儿就在村子里传开了。在风传的途中有些人加油添醋，那事儿说着说着就像是成了一个传奇故事了。一开始，人们感觉真像是有那么一回事儿似的，但时间一久，再听到有人提及那事儿，也就都一笑了之了。经历这事儿那中年人同人们坐街时辩解，说的确就是他活生生经历的事儿，咋能是假的呢？辩解的言语以及那发急的表情，就差跟人们发毒誓证明那事儿是真的了。但尽管那样，人们也没再当真，说估计是他看花眼了。再后来，就很少听到那中年人说他经历过那事儿了，即使再听到，主题也似乎变了，那人不再说遇到了成精的蚯蚓，而是说那次是老天爷的那个响雷救了他一条命。人们听到这话，同样也大都是以笑作答。不过那人不管什么时候说起，始终说自己没有看花眼，那确实是他亲身经历、亲眼看到的。唯一有些遗憾的是，那人经历那事儿时只有他自己，倘若再有一个人的话，或许就更有说服力了。待那人去世之后，那件事就真的成为传说了。

刚听老人们讲完那事儿时，我多少有些害怕，尤其是晚上自己走在那些黑漆漆的街巷里，总是不由自主地去想那事儿，生怕从背后冷不丁冒出一妖精或是妖怪来。但渐渐地，时间久了，那种自己吓自己的恐惧退却之后，生出来更多的便是好奇了。由于那石板桥是在村子最边缘处，一般很少有人走那里。我听了那事儿之后，一直想去看个究竟，可总有些胆量不足，想着还是多拉几个人壮着胆子去比较好。和一些伙伴们商量之后，人倒是拉上了，但去了那石板桥后，现状把之前想象中的那些神秘全给冲走了，站在那石板桥边缘上，给人的感觉，只是荒芜中的荒芜，别说人来了，看下面那半人高的草，就知道一些食草的动物都没来过这地方。有人想下去，但又止步了，倒不是怕有啥妖精妖怪的，大白天里人多的情况下，那种想象几乎没有生命力，怕的是那么密的杂草中别藏了蛇或是什么其他咬人伤人的动物。我们看完谁都没有下去，跟村人们讲的那传说一样的事儿一联系，感觉也没什么大的收获。不过那次去，倒像是给其中一伙伴他们家的牛打了前阵，几天后，那伙伴拉拢着我们一起去那地方放牛，在石板桥下没多大工夫，那牛的肚子吃得就像是吹气球吹起来似的，圆鼓鼓的。尽管那时候我们也经常放牛，但牛肚子吃成那样的，还真不多见。有伙伴看了后直说，再不回家牛肚子就要吃得爆炸呀！那一次，不光是把石板桥下以及周围的那些草吃平了，而且我们还着实找到了一个骑牛的好方法，就算是个子再低的人也不用再有人给牵牛或是别人扶着上牛背了，只要把牛牵到石板桥边缘底下，斜跨着轻轻一迈腿，就轻而易举骑到牛背上了。由于骑牛比较方便的缘故，光顾石板桥的次数比较多了以后，村人们说的发生在那地方的传说一样的传说就成了"白话"了。

搞新农村建设的时候，石板桥上那条路又往宽扩了不少，成了通往邻村的主干道，石板桥也用钢筋、水泥加固了，还修了桥沿、桥柱，看上去更加厚实了，也多少有点儿现代建筑的气息。那时候我们那些孩子们都出村念书了，往后的日子里，再去光顾石板桥的次数就越来越少了。

有一年冬天，表哥从内蒙古那边回来，下了一场大雪之后，他说要带我们去套兔子，就是用细铁丝绾上那种松紧的套子支在兔子经过或是藏身的地方。跟着表哥走了几遭，听了他的一些技巧讲解后，我想这有啥难的，不就跟打伏击似的设伏嘛！第二天没跟表哥商量，我就带着几个小伙伴们到村东边的一处石板桥下下套了。那连环套支的整个石板桥下几乎都是，想着肯定能套住。其实在那石板桥下下套，我们也是经过再三分析的，从别处，我们还看不出"兔道"来，而桥的那边有口自流井，水常年往外流着，野生动物想喝水，方圆几里之内，那几乎是唯一的水源，而穿桥而过是村北整个片区唯一的捷径，我们早上支上套后，下午日落时去看的，想着肯定会有收获，但到了那石板桥近处才发现，收获是有，但不是我们想要的那种收获，兔子没套到，倒把许多羊给套住了，铁丝大都紧束在了羊蹄上。我们看时，牧羊人正穿着黄大衣半蹲在石板桥下给羊蹄子解套呢！我们没敢细看，调转身后一个个赶快都溜了。回村后大笑不止，心想牧羊人心里肯定骂人了！石板桥那么低，半蹲在下面一个个给那些羊解套，想着都难受。不过后来我们再聊到石板桥，那件事倒成了比较深的记忆。

初秋时节回了趟村子，绕路从邻村走时，见到了一座石板桥，也是曾经在村子时到原野上玩常看到的石板桥，走进细看，那石板桥因年久的缘故都成了黑褐色的了，由于现在那条路走的人比较多，那石板桥可能要重修了。之前一直觉得石板桥厚实，但现在感觉，再厚实的东西也经不起时光的打磨！

再回首看这乡间小路，这不也如同人生路一样，祖辈走过，父辈走过，而我也走过，但我没有走完，回过头来看看，在它上面未走完的那段路，也许就如我以后的人生，很未知，但也很期待。

深秋已至，秋风不停地刮着，时大时小且方向不一。地里那些零碎的庄稼叶子或是枯萎折断的草叶，有时被风吹得很高很高，而且能在空中飘浮很久。抬头望去，仿佛一只飞得很高的风筝。树叶在秋风的摇摆中，大片大片地从树上落下来……乡村里的秋天，这些似乎是最明显的标记。

很多时候回村，我喜欢在这个时节选择一个比较柔和的下午，准确地说，应该是后半个下午，伴着西斜的红日，想着一些琢磨已久的事，独自踏上那条乡间小路。

之所以对它有印象，是因为童年时期常在这条乡间路上赛车，不过我们那时候赛的全是自行车。我们当时称自行车为洋车，也不懂是什么意思，大人们这么称呼，我们也就跟着叫了。最后知道了，说洋车、洋枪、洋火、洋炮、洋布、洋油、洋钉……都是外国人生产的，运到咱中国后才加了洋字。从老师那里得知，出现这种情况的根本原因是我们国家当时落后。之后赛车时，有伙伴建议，说以后只许叫自行车，谁要再叫洋车，就去给当年的洋鬼子当孙子。我们一致同意。

文学作品中，许多人常把人生比作路，或用路来比拟人生的春风得意或坎坷沧桑。先前写过一篇有关路的文章，里面有几句话这样写道："只有在泥泞的道路上才会留下自己的脚印。""蓦然回首，自己已经走了很远，抬头望望，前面的路却还很长。"我当时写这些话，是一种总结，也是一种倾诉。许多事，经历过了也就明白了。记得小时候有一次跟爷爷去地回来，半路上下起了雨，走在乡间小路上，那脚下就跟粘了胶似的，越走泥粘得越多，两只脚变得又宽大又厚重，跟两个大面包似的，最后带都带不动了。我停了下来，扶着路旁的树，开始往下刮鞋上的泥，我爷爷跟上来后笑说："这一下子长大成人了，脚印比我的都大。"我边刮泥边回过头去看，一行又大又深的脚印正被雨水冲刷着，有的已经模糊了。雨不停地下着，脚印里全都被水灌满了。我刮完泥后，擦了一把脸，继续朝前走去，留下的依旧是那样的脚印，天晴后，那脚印倒真的成型了，人们去地时常赶车走大路，因此，那脚印还保存了挺长时间。出村念中学以后，我回村子很少去地了，也很少再走那条乡间小路了。如今走在这条乡间小路上，显得有些亲切，特别是踩在那些堆积的比较厚的落叶上时，听着那种声音，感觉那是聆听到了大自然的声音。其实不光是秋天，如果用影像记录的话，一年四季中，乡间小路每个季节都会有它美的特别之处。初春，路两旁的那些树抽枝生芽，充满生机，给人以新的希望；盛夏，绿树成荫，走在树荫下，让人觉得绿意浓浓，沁人心脾；深秋，伴随着纷纷而下的落叶，人们秋收的车辆在乡间小路上来来往往，一派丰收的景象；深冬，要是有白雪的覆盖，乡间小路定会显得一片冰清玉洁。

踩着松软的落叶，不时在树旁边停下，伸手触摸那些有了裂痕的干枯树皮，让人能够静下心来感悟生命、感悟人生，而且看着那些树木和正飘落着的树叶，觉得那似乎就是在演示着这个轮回的结束和下个轮回的开始。

小时候跟伙伴们在乡间小路上赛车那会儿，也不懂得浪漫与诗意，比赛开始后只是一个劲儿地狂蹬自行车，从未留意过什么，那时候好胜心强，只是想着争名次，尽管拿了名次也无非是我们几个孩子的自娱自乐，但那也非要争出个我高你低。投身社会以后，那次回来有村里同一茬的同学打电话，说一起出来走走，其中还有几个女生。当我们一起谈笑着走在乡间小路上时，有的女生忍不住感慨，说要是以后能和心爱的人牵手走在这样的小路上，或者骑着一辆单车，听着音乐，那多有情调，显得也多浪漫啊！但有位男生说在这乡间小路上几乎是从小走到大的，除了石头就是土的，有啥好浪漫的，想有情调想浪漫估计也得找其他的地方。女生们不赞同，说各有各的意境，那男生挺实在地说那女生干吗还都想往大城市里找对象呢，要她们几个女生干脆全都嫁在本村算了，啥时候想浪漫啥时候浪漫，春种秋收去地走在这乡间小路上，早晨、中午、晚上那全都是浪漫。那几个女生说那男生是在抬杠，那男生说现实生活就是这，最后，辩论声被笑声代替。

日落之时，渐渐起风了，回头看看来时的路，不知不觉中我已走了很远了。伴着余晖，我顺着原路往回走，但多少感觉到了点儿孤单！

一段距离，一番倾诉，一种感悟，一次成长，一截人生！

再回首看这乡间小路，这不也如同人生路一样，祖辈走过，父辈走过，而我也走过，但我没有走完，回过头来看看，在它上面未走完的那段路，也许就如我以后的人生一样，很未知，但也很期待。

有些东西，因岁月的流逝而愈加变得底蕴深厚，
这一点，长城古堡正在上演着。

　　家乡这边有个因"长城"而命名的乡镇，叫长城乡。据说这在全国
也是唯一因长城而得名的乡镇。至于这种说法是否完全正确，我倒是没
有仔细考究过，不过长城乡境内所辖的那些明代古长城以及那些带有
"堡"的古村落提起来远近闻名，这却是真的！

　　其实对于长城，打小的意识里就有，但那时候一提到长城，想到更
多的，大都是课本里提到的北京八达岭长城之类的。人们常说，近水楼
台先得月，这要用在我对家乡长城乡那些明代古长城以及那些村落古堡
上，我倒觉得没"先得"到哪儿去，尽管离得那么近，但却很少有机会

真正走近它，包括好多次的一些文化活动，本来都是计划要去参加的，但最终都因其他事而未能赶上。后来想想，或许是我与它的缘还不够，所以一直以来也没能够"因缘而聚"。

前些日子，正逢休息天，几位搞摄影的老师约我去长城乡参加一个大型的户外文化活动。本来对于这样的活动我也谈不上有多积极，但是一提到长城乡，而且具体地点是在镇边堡村，这样一来，怎么都有些按捺不住了。于是放下手里其他的事，腾出时间，怀着向往已久的心情专程去了趟长城乡镇边堡村。

活动也确实不算小，参加的有将近三四百人，而且有许多人都是从周边地区开车赶来的。看着那些古长城以及村落里高大的古堡，由衷地感慨，在这么一个偏远的地方能够吸引来这么多的人，这也许就是长城古堡深厚的文化底蕴以及它独特的艺术魅力。

曾听人说，在我们家乡这一带，凡是带有"堡"的村落，曾经都是军队安营扎寨的地方。之前查找过有关资料，但没找到比较翔实的记载，在电脑上输入"镇边堡"进行搜索，出现的相关内容为：镇边堡位于山西省阳高县境内。明长城大同镇重要关堡，所辖"内五堡"之一。据《三云筹俎考》载，镇边堡原非官设驻兵这城堡。嘉靖十八年（1539）更筑此城，以守备驻之，并以镇边堡名之。万历十一年（1583）砖包。城周"三里八十步，高四丈一尺"。明时镇边堡分守长城"二十一里，边墩三十座，火路墩六座"。究竟哪种说法更为准确，一时也难以考究，而且面对着那些厚重的明代古长城以及镇边堡村的那些个古堡，心思也不完全在考究哪种说法更为准确这事儿上了。

启动仪式结束后，我们没再参加其他活动，穿过堡门，先去"明代一条街"看了看。这条街前几年刚修建过，可以看得出是集文化旅游、观光经营为一体，应该是属于中心地带了。街两边的商铺门店全都是仿明代式建筑，走在街上，看着那些各色各样的门店以及门店上那些古色古香的牌匾，还真有置身当时那种热闹集市氛围之中的感觉，仿佛穿越时空回到明代一样。走到街的另一头发现，原来这条"明代一条街"的东西两头各为一个高大的古堡，我们进时的那个堡门看样子已是和街道两边的那些仿明代建筑同时被加固修建了，外面全都是青砖垒砌，看上去显得格外高大。而这头的这个古堡，还是原型原貌的古体建筑，尽显在外面的大都是厚重的黄土，抬头仰望，虽高大，但也尽显沧桑，不时有鸟儿从上面飞过，停落下来后走动着尖啄几下，有的鸟儿也像是把古堡当成驿站一样，飞落到上面，停留片刻后鸣叫几声便又向远处飞去了。几位摄影老师从不同的角度拍摄古堡，而我站在高大的古堡下面，思绪不由得穿越到了远古，遥想假设着这里当年的金戈铁马以及边塞古堡风土人情中一个又一个传奇的故事。我希望着，将来的某一天，我的文字中会出现它们。

中午时分，我们在"明代一条街"上选择了一家餐馆，推门而入，还真有些古装剧里那种客栈的感觉。店主夫妇看上去很纯朴，见我们在他家吃饭的主意已定，说坐客厅里也许有些冷，就进里屋吧，七八个人里屋也能坐下。我们相视之后遵了他们的意思。里屋不大，进去后地上那个传统式的火炉子烧得正旺，这无形中为这寒冬里又添了几分暖意。有老师提议，说吃饭时喝点酒也许就更惬意了，我们其他人相视而笑。

等菜期间，几位老师也和店主夫妇搭几句话。店主说他们这里自"明代一条街"建好后，各种文化活动比以往更多了，马上就要过春节了，到时候这里各式各样的文艺表演更多，尤其是像传统的扭秧歌、踩高跷之类的文艺节目，要热闹很长时间。听店主说着，几位老师说，到时候要有空，一定得再来看看。店主笑说，到时来了就知道了，可红火了。菜都上好后，我们还真喝了点酒，那种地域特色很浓的饭菜以及小屋火炉子给营造出来的氛围，让我们真真切切有了长城塞外人家的感觉。

走的时候，店主夫妇把我们送了出来，看到他们客厅里墙上挂的那些照片后，我们驻足浏览。店主夫妇跟我们说，那是前不久央视一个节目摄制组来这边摄制节目时拍的，而且节目里把他家一些传统独特的菜肴以及做菜肴的过程也给录了进去，已在央视频道播了……这话像是点醒了其中的一位老师，他看着店主夫妇挺意外地说，原来演的正是这儿啊，我看了那节目，没想到节目里演的正是你们！店主夫妇笑着说正是他们，也就是在这儿拍的，说着脸上已洋溢出了真诚的喜悦。

离开"明代一条街"后，我们又开车去了附近一个朋友的农家庄园。这位朋友是北京人，摄影水平很高，拿过不少摄影大奖。几年前在这儿投资建了这么一个农家庄园。庄园里面的建筑大都有着长城文化鲜明的地域特色。那位朋友跟我说，他在阳高待了八年，拍了十几万张的片子，他想把长城边塞文化更多、更广地记录下来，更远的传播出去。在展厅看过他的那些照片后，确实让人感到很震撼，也有理由让人相信，在影像艺术的传播下，家乡这边的长城文化，会越来越受到更多人的关注。

日落西山之时，几位摄影老师看着那西沉的红日，说难得这么好的意境，切不可负了这么好的美景，一定得去长城脚下拍夕阳下的古长城与烽火台。我们其他人也都同意。碰巧的是，我们到了长城脚下时，正好有牧羊人赶着羊群走过，那画面，顿时把所有的相机镜头全给吸引过去了，咔嚓咔嚓的快门声之下，定格着长城边塞文化一幅又一幅的画面。当夕阳"落"在那些烽火台上时，几位老师选好机位，将那些瞬间的美景一张一张拍了下来。

离开长城古堡时，天已经开始黑了，村落里的炊烟陆陆续续升了起来。透过车窗，夜幕下的长城古堡开始变得朦胧模糊，若隐若现中，仿佛又增添了几分人们对它无尽的探访之情。老师们在车上回放那些照片时，我看着外面远处那些此时只能看到黑影轮廓的古长城，深深体会到，有些东西，因岁月的流逝而变得愈加底蕴深厚，这一点，长城古堡正在上演着。

伴着夕阳撒下的余晖，仰望着眼前高大的烽火台，曾经金戈铁马、烽火狼烟的悲壮，仿佛穿越时空而来。两个民族、两种文化、两个政权在这里较量、碰撞、交融。书写着一个个不朽的传奇，演绎着一部部民族融合繁荣的喜剧。

烽火台

fenghuotai

好多次，夕阳西下时，总喜欢独自到家乡十多里以外的山下走走。闻着微风中夹杂的各种叫不上名来的草香，觉得那是感悟生命与自然最好的地方。

每次到山下走，总会到长城前的烽火台下去驻足观望。仿佛那上面有许许多多无形的字在吸引着，使人不由得想靠上前去细细品读。曾看过一段史料，家乡境内的长城建于北齐天保六年（公元555年），也有说建于东汉年间。明嘉靖二十五年（公元1546年）补旧修新。境内长城约46公里，有三种建筑形式。即台地长城、口隘长城、山上长城。烽火台建筑规模依地形而定，一般高6~10米、宽5~8米，每隔百米左右置一墩台，台高15米左右。

伴着夕阳撒下的余晖，仰望着眼前高大的烽火台，曾经金戈铁马、烽火狼烟的悲壮，仿佛穿越时空而来。两个民族、两种文化、两个政权在这里较量、碰撞、交融。书写着一个个不朽的传奇，演绎着一部部民族融合繁荣的喜剧。

很小的时候就听人说，翻过家乡的山，到了那边就是内蒙古。童年的心总是好奇的。课堂上学到内蒙古有一望无际的大草原时，总想着翻过山那边去看看。并且也为这想法付出了行动，但到了长城边下我们就停住了。想着翻过长城，就是出了家乡，而出了家乡，就是离开了父母，离开父母，许许多多的安全感就没了。那时候小，根本不懂得修筑长城的伟大意义。那种下意识的安全感，完全像是一种本能反应，家和父母给人的安全感，仿佛就是与生俱来的。当时听村里一些三十多岁的人经常哼唱我家住在黄土高坡时，我们当中还有小伙伴开玩笑，说听到没，那人说他家住在黄土鸡窝。

家乡的黄土高坡与内蒙古的大草原，在这里被长城分隔开来。此刻看着那些通往塞外的盘山的羊肠小道，耳边回响的不再是那首高亢的《黄土高坡》，而是凄凉的《走西口》。有人说，山西人腿短，走不远。也有人说，山西人恋家，不肯离乡。但山西先辈当年走西口创造出的一个个商界传奇，不就是用脚踏出来的一首壮歌？不就是离乡创业成功的一部血泪奋斗史？而这最真实的一切，在这里，在烽火台的瞭望下，被古老的长城所一一真实地记载。山西人走西口离乡时的凄凉，创业路上的悲壮，烽火台看到了，古长城见证了。在岁月的长河中，那些东西全都化成了历史的音符，随风飘荡在塞内塞外的天空上，久久回响！

村里祖父辈的一些人，当年迫于生计，也走过同样的路。家乡有一个因长城古堡而得名的村庄叫镇边堡。听人说，那是家乡通往内蒙古唯一的官道出口。里边的称为口里，出了口以外的地方称为口外。小时候误以为人们所说的走西口就是家乡镇边堡的这个口，但后来查阅资料，知道还有一个地方，叫作"杀虎口"。

风萧萧，路漫漫。曾经以生命为代价探踏出来的苍茫古道，如今已被历史的风沙所掩埋。那上面长满了各种各样的荒草。而那些被掩埋了的，也不单单只是那些山路而已，更多的，应该是一种精神，是一种文化。那些透着极强生命力的荒草，无疑成了被掩埋的精神与文化的生命的延续，一年又一年，漫山遍野。

岁月同样在烽火台上留下了不可磨灭的印迹。那些饱经风吹雨淋、时光打磨所出现的沟沟壑壑，在微风中，正诉说着历史的古朴沧桑。偶尔有几只鸟雀飞过，在烽火台上停留片刻后便又轻盈地飞去。看着那些鸟雀飞去的身影，不免会有些疑问，它们为什么不在烽火台上安家？

曾有一些专家和学者来探访过家乡的古长城和烽火台。他们无不惊叹，这片黄土地上的祖先，当年以怎样的毅力、忍耐和艰辛，发挥了怎样的智慧，将这一奇迹完成。但对于依山而居、长城脚下的那些村民们来说，这样的探访者以及感慨已是习以为常的事了。村民们不懂更深层次的精神，也不去追溯更古老的历史和传说。对于古长城和烽火台，他们有一个共同的认识：那是老祖宗留下来的！时光对古长城和烽火台的打磨村民们无能为力，但人为的破坏，他们决不允许。曾有人想盗取烽火台里那些古老的方砖，村民们自发组织，全天候轮流看守。并事先商量好，如果发现有多人偷盗，寡不敌众时，看守者就以响三个大炮为信号。村里听到炮声的人，一传十、十传百地相互告知，最后全体出动，给偷盗者以最有力的回击。这一传递信号的做法，又着实上演了一次烽火台作用的现代版。来探访古长城和烽火台的那些专家和学者，走的时候带走的是惊叹，是感慨，是一幅幅生动的古迹照片。同时，也带走了村民们一次次殷切的期望。村民们嘴上没说，但眼神和内心里在祈盼着。祈盼这些人是冲着保护古长城和烽火台来的，祈盼在这些人到访之后，古长城和烽火台会受到更多人的关注，祈盼这些人感慨惊叹中带走一幅幅古长城和烽火台的照片后，不久的将来，会有一项保护和修复工程会在这里奠基开工……

　　每一次探访后的结果是怎样，村民们不得而知，但一次又一次，他们依旧在祈盼着，在等待着。

　　前不久，听到一则消息，古长城保护被规划到政府的一项建设工程当中了。这里面，与之前那些一次又一次来探访的专家和学者有没有直接关系，那些祈盼着的村民们依旧不得而知，只是消息传到村子里后，村民们一个劲儿地欢呼着，直为政府的举措叫好。人生在世，最重要的是学会感恩。村民们不会用多么华丽的语言来表达，但那些朴实的行动，已将感恩深深地阐释。

　　日落西山时，站在烽火台下，投来的是长长的身影。放眼望去，山下的那些村子和庄稼地，在夕阳的映衬下，像是披了一层薄薄的金纱。或许，这便是田园风光的又一迷人之处。而此时的古长城和烽火台，仿佛变得更加威猛高大了，就如同一头雄健的狮子俯卧在半山腰上。日日夜夜，用庞大的身躯，守护着这片土地以及这里所有的人。

俗话说，金窝银窝，不如自家的草窝。小时候，钻草垛子时，我们把掏出来那洞称为草窝。长大了，对于每个人来说，特别是那些漂泊在外的人，我想，家乡，应该就是那个草窝了吧？

家乡大面积种麦子的时候，村子里有一个专门脱麦子的场圃。那会儿还没有麦子收割机来村子里，人们收割麦子大都是人工。割好麦子后拉到那场圃里。那地方很平整，固定着一台脱麦机，拉去麦子的一家一家挨着脱。大多数人为了省事儿，脱完麦子后，直接就把那麦秆儿堆成一个大草垛子了。也有的人比较勤快，脱完麦子后把那些麦秆儿全都打包成捆立在场圃边了，大老远看去，有点稻草人的感觉。

我们那时候刚上小学，玩字当头，学字次要。不过那时候学生的负担也几乎为零，就算有家庭作业，也顶多是写几个生字，算几道数学题。

不像现在，除了正常上课外，假期里还报着各种特长班、补习班之类的，学习负担着实不轻。

那会儿每年放暑假的时候，也正是麦子混收的时节。除了下雨天之外，场圃上白天晚上，几乎都有人在那儿忙碌着。虽然那时候没有现在这种专业合作社，但那时候在场圃里脱麦子，几乎是大伙儿一起干，东家帮西家，西家帮东家。边干活儿边有说有笑地拉着家常，很是惬意。白天的时候，我们孩子们也到那上面凑过热闹。不过除了帮大人们扒口袋子外，其余的啥都干不了。就是扒口袋子，也是三分钟热度。大人们也没指望孩子们能做点儿啥，扒口袋子也就是碰上了搭把手。孩子们玩儿的时候，每家的大人们都会叮嘱几句："好好玩，别打架，注意着点儿，别磕碰着。"

我们在场圃上玩耍，大都是围着那些像稻草人似的麦秆儿捆或是直接堆起来的那些大草垛子。看完那些抗战影片后，我们男孩子模仿得很快，把那些大草垛子掏通，躲在里面说那是我们的地道。后来有伙伴说这躲着玩不过瘾，咱得跟小鬼子干。于是我们就把那些立在场圃边的麦秆儿捆当成了小鬼子，学着儿童团里的那些人，自制着木头大砍刀和红缨枪，朝着那些麦秆儿捆又砍又杀的。没几天工夫，那些麦秆儿捆就全都"瘫痪"了。大人们看到后把我们狠狠数落了一番，说整个儿一群破坏分子，再这样搞破坏，就等挨打了，那好不容易都捆好了，这给弄成啥样了？被数落后，我们也没叛逆，觉得大人们说得在理。每天也能看到，他们脱麦子扎麦捆，皮肤晒得紫红紫红的，有的甚至都发黑起皮了。于是我们觉得真不能再那样了。有一伙伴倒跟玩出瘾似的，不对那些麦秆儿捆打打杀杀了，倒却成天在草垛子里钻来钻去，最后不知怎么想出一损招来，说是玩钻地道救人。我们问他咋玩，他说找个人，用绳子绑在场圃边的那棵树上，我们钻着草垛子的通道过去，顺顺利利解救过来就行。有人挺不屑一顾的，说又没有小鬼子看管，咋能不顺利。要真想玩，得有人扮演小鬼子。一听扮演小鬼子，我们全都后撤了。那时候虽然小，但英雄主义很强，谁都不愿意演反派，更别说是演小鬼子了。无奈之下，想玩救人游戏的那伙伴自告奋勇，说他来演小鬼子，但前提是他也能在草垛子的通道里自由出入，谁先被发现了谁就算输。一听他自个儿要扮演小鬼子，我们倒没心思跟他说这些细则了，就想着咋给他好好打扮打扮，用时下的话说，接下来的时间里，我们就开始包装那伙伴了。木头棍子做枪，找了张白纸，在那上面画了个大圆圈，把那圆圈里面染成红色的，当作太阳旗粘在他那木头棍前面，又找了个破旧的草帽，把帽檐全都去掉，剩下那形状就跟钢盔似的。他戴的时候，我们又给他左右两侧各垫了块毛巾，戴上帽子正好撑得紧紧的，两边又全都耷拉下来了，走起路来呼扇呼扇的。最形象的一点是我们用黑墨水给他画了一块长方形的小胡子，还没开始演，我们就被那伙伴的造型逗乐了。不过把那伙伴包装好之后准备演时，才发现没有人质。这回干脆不在我们当中找了，有人给出主意，说小鬼子一般都抓花姑娘，要玩就玩得像点儿，咱也抓个花姑娘。上小学那会儿，男女之间几乎就是不相往来，有时男女生之间说句话都可能被一些调皮的男生用食指划着他们自己的脸，嘴里说着"羞、羞、羞"地在那儿笑话好半天，所以玩的时候找个女生，显得格外困难。

扮演小鬼子那伙伴正苦想着，看他家那未脱的麦捆时，突然傻笑了一下，说有了，还胸有成竹地说让我们好好等着吧！说着整顿好他那身行头，拿起那粘着太阳旗的木棍子向那边去了。我们朝那边看时，发现那伙伴他姐正在他家的麦捆旁跟几个女生玩石子。我们想着，他肯定把他姐当成花姑娘了。果不其然，那伙伴学着电影里鬼子抓人那样子，边往过走边还说着："吆西，花姑娘！"

在那边玩石子的那几个女生都没防住，被那伙伴过去那么一吓，有人尖叫了一声，顷刻间全都起来跑着散开了。不过那伙伴的目标是他姐，别的女生起开没事儿，他姐却被他端着那粘有太阳旗的木棍子紧追不舍。他姐边跑边问他干啥了，那伙伴根本不理会，嘴里说着花姑娘的哪里跑，不停地追着。我们在那儿看着笑得前俯后仰的。最后，麦场圃上的那些大人们也全都停下来了，看着那伙伴那身打扮追他姐，也都大笑不止。

追了有那么一阵子后，那伙伴他爸妈来了，看到后也是特意外地笑了一下，见那伙伴还一个劲儿地追着，他爸喊他："你个二愣子，干啥了？"那伙伴他姐趁机躲到他父母跟前了，累得满头大汗，脸很红涨，扎着的两条小辫子也因刚才不停地奔跑有些散乱了。见那情形，那伙伴他爸喊着数落他，说你个二愣子，再敢欺负你姐，小心我揍你，也不怕人笑话，赶快把那东西全都给我摘了。那伙伴这才停下了。过来后我们笑话他，说鬼子遇上八路了。后来，这事儿就成了一个笑柄，时常被我们提说。那伙伴还有一哥哥，他在家里是次子，人们平日里称他连小名儿都省了，直接叫他二小。有一次从草垛子里出来后有个大人逗他，说让他猜个谜语，二小二小，头上长草，这是啥了？那伙伴回答得特干脆，说管它是啥，反正不是我！在场之人听后全都笑了。

待后来收割麦子全都是大型麦子收割机开到地里作业时，村里那麦场圃就被闲置了。而且那些大型收割机收割麦子，把麦子秆儿全都粉碎了。自那以后，村子里几乎再没出现过稻草人似的麦秆儿捆以及用麦秆儿堆起来的大草垛子。大型收割机收割麦子没几年，村里人就不再种麦子了，取而代之的是玉米、蔬菜以及一些比种麦子经济效益好的农作物。自此，麦子就退出了家乡耕种历史的舞台。

村子里刚开始大面积种植玉米的时候，我们那时的伙伴还在人们秋天拉回来的玉米秸秆儿垛子里掏过洞，但那玉米秸秆儿显然比麦子秆儿硬多了，而且玉米秆儿的垛子一般都很大，我们掏了好几个，但没有一个被打通。有时钻到那里面多少有些害怕。慢慢地，我们在草垛子玩儿的时光就被画上了句号。

那次在网上看到一篇文章，也是关于童年时农村收割麦子的事。文章里附了好多割麦子、脱麦子、晒麦子时的照片，并且每一张图片下面还有文字说明。文章结尾处说童年时的美好记忆，这些场景或许真的再也看不到了！看完文章后，不但勾起了自己许多童年时的美好回忆，也更想起了曾经的那些伙伴。于是心头不由得翻腾着涌出一句话：曾经一起钻过草垛子的那些小伙伴们，你们现在一切都还好吗？

每次逢年过节回村子，总会在一起聚聚，但从来没有一次聚得像曾经钻草垛子那样齐楚过。那时候扮演过小鬼子，喊着花姑娘抓他姐的那伙伴，自投身社会后一直在南方沿海城市打拼着，都好几年没回家了。我们聚在一块儿时跟他通电话，他特感慨地说，还是小时候好啊，人一大了就不自在了！简单的一句话，像是道出了人生路上以及现实生活中的许许多多！

俗话说，金窝银窝，不如自家的草窝。小时候，钻草垛子时，我们把掏出来那洞称为草窝。长大了，对于每个人来说，特别是那些漂泊在外的人，我想，家乡，应该就是那个草窝了吧？

我们就以葱绿的瓢葫芦藤及上面挂的那几个显眼的大瓢葫芦为背景合了张影，发了朋友圈后，点赞评论的一大堆。引起不少人的共鸣。的确，用那句话说，瓢葫芦承载着我们共同的记忆，而有种记忆如酒，越陈越香。

对于我们那一茬农村的男孩子来说，瓢葫芦绝对是承载着我们那一茬人共同的记忆。每年夏天，自家院子里别的种不种不清楚，但是瓢葫芦十有八九都会种，而且大都是我们那些孩子自个儿种的，尽管那时候年龄小，但从小生活在农村，对于父辈们日出而作、日落而息的农耕生活多少也懂些。瓢葫芦从种到收，悉心打理得绝不比父辈们打理地里的庄稼差，而且瓢葫芦一般种的也不多，多的也就是十来根，少的则是三五根，打理起来有足够的时间跟精力，绝对能够精耕细作。

那时，小学语文课本里有篇《我要的是葫芦》的课文，讲的是有个人种了一棵葫芦，一开始细长的葫芦藤上长满了绿叶，还开出了几朵雪白的小花，花谢以后，藤上挂了几个小葫芦。小葫芦很可爱，那人每天都要去看几次。有一天，他看见叶子上爬着一些蚜虫，心想有几个虫子怕什么，还盯着葫芦自言自语地说要小葫芦快点儿长大，长得赛过大南瓜才好呢！一个邻居看见了，对他说别光盯着葫芦了，叶子上生了蚜虫，得赶快治一治，那人感到很奇怪，说叶子上的虫还用治，他要的是葫芦。没过几天，叶子上的蚜虫更多了，小葫芦慢慢地变黄了，一个一个都落了。老师在讲课时说，这篇课文告诉我们，事物之间是有密切联系的，要联系地看问题，如果只顾结果，不考虑其他，有可能到头来什么也得不到。学完这篇课文后，对于里面所讲的道理有没有彻底理解、记不清楚，但是我们各自家院子里种瓢葫芦的那些孩子，一放学回家就围着院子里的瓢葫芦藤仔细打量，生怕瓢葫芦的叶子上也有书上说的那些蚜虫。其实没学那课文之前，我们种瓢葫芦也遇到过瓢葫芦上起害虫，但感觉也没对瓢葫芦造成多大的影响，倒是学了那课文之后，开始对种瓢葫芦变得有些小心翼翼了。有个伙伴见他的瓢葫芦上起了害虫，正好他爸去地打农药回来了，药壶里还剩了点农药，于是那伙伴又往那药壶里加了些水，背起那药壶过去就往他的瓢葫芦上喷。一般打农药，无论是蔬菜还是大田庄稼，其实大田庄稼打农药的时候也很少，除非病虫害特严重，否则一般情况下不打。蔬菜要是有病虫害了，轻的，喷上一遍农药就行了，要是病虫害重的，一次也顶多喷上两遍，但那伙伴背起那药壶，来来回回给他那几棵瓢葫芦喷了十几遍农药。尽管那农药又被他加水稀释了，但那药壶底怎么说也是沉淀后的精华，而且他一次性来来回回一直喷，直到把药壶里的药全都喷完为止。药量大，见效也快，当下喷完，那瓢葫芦上面的害虫就全部被灭得一干二净了。但没过几天，那瓢葫芦叶子就有些不对劲儿了，颜色绿不绿黄不黄那种，而且上面挂的几个瓢葫芦也不像之前那样嫩绿油亮了。那伙伴到学校后有些担心地问我们是啥原因，而且还让我们下午放学后去他家给看看究竟是咋回事儿。下午放学后我们几个一起相跟着去了，看那伙伴的瓢葫芦蔓，还真成"病秧子"了，而且那叶子上面有很多类似盐碱地里碱一样的白色东西。我们问那伙伴他那瓢葫芦叶子上白色的东西是啥，那伙伴说他也不知道，之前还好好的，就是前几天起了虫子，喷过农药以后就成这样了。一听农药，我们当中有人问那伙伴，喷的是啥农药，喷了多少。那伙伴说他也不知道是啥农药，就是他爸到地里打完农药回来后药壶还剩个底子，他又加了些水给瓢葫芦喷了喷。一听这，有人断定，说这绝对是农药喷得过多造成的，那瓢葫芦枝叶上白色的东西肯定是农药干了结出来的。那时候还很少有人说农药超标或是农药残留，后来我们再回想起那事儿时笑说，哪能是农药超标或是农药残留，那简直就是农药过剩啊！当时那伙伴一听是农药喷得过多造成的，脸色立马不好看了，说话也像是带出了哭腔，问我们该咋办。我们都说估计没办法，看那些武打片，有人中毒了有解药就能解，眼下这瓢葫芦也相当于中毒了，这上哪儿找解药去。见我们这么说，那伙伴的眼光顿时就有些黯淡了。有人安慰他说没事，等秋天瓢葫芦能摘的时候，大不了我们其他人每人送他几个。那伙伴没言语，只是沮丧地看了看他那些"中毒"的瓢葫芦。过了些时日，就在我们快要忘记那事儿时，那伙伴到学校后兴高采烈地跟我们说，他的那些瓢葫芦全都活过来了。见我们半信半疑的表情，他又重复了一遍刚才说的话，没等我们问，他就跟我们说了，说那天我们说完他那瓢葫芦没办法医治后，晚上他自个儿难过得都差点儿哭了，极度伤心之下，他差点气得把那些瓢葫芦全都给拔了。晚饭也没吃，怕被他父母数落，晚上去了他爷爷家。他爷爷奶奶见状问他咋了，起先，他还没心思说，他爷爷奶奶再三追问下，他才说了缘由。他爷爷问他那拔了没，他说拔不拔也一样，反正那瓢葫芦活不了了。他爷爷笑说让他先吃饭吧，说不定那瓢葫芦没啥事儿。那伙伴以为他爷爷是在安慰他，也没把那话当回事儿，但是第二天，他爷爷到了他家后，用洗干净的药壶给那瓢葫芦喷了好几次的清水，相当于把瓢葫芦的藤跟叶子全给洗了，喷完水以后，剜开瓢葫芦根蔓周围的那些土，放了些用干牛粪跟土拌好的那种农家肥，埋好后浇足了水，而且还安顿那伙伴，要勤搭照的，见瓢葫芦根那儿干了就浇水，要是有工夫，再给瓢葫芦藤上叶子上也喷些清水。那伙伴还说跟他爷爷学了句种地的口诀：水葫芦旱西瓜。说来也怪，那伙伴照他爷爷说的那样做了后，没几天，他那些瓢葫芦就又脱胎换骨了。那伙伴感慨，说看来还是上了岁数的人有经验，要不是他爷爷指点，他那些瓢葫芦说不定只剩下那几根枝蔓的木头棍子了。那年秋天，那伙伴的瓢葫芦一个个都成熟得格外好，用我们的话形容，那瓢葫芦一个个都长得愣头愣脑的。有人评价那伙伴的瓢葫芦，说那也是大难不死必有后福。第二年再种瓢葫芦的时候，我们都想着咋能让自个儿的瓢葫芦长得大些、品相好些。除了给瓢葫芦上农家肥、勤浇水、见有病虫害就适量喷农药外，大都向长辈们讨教方法了。不过有的伙伴没问到方法不说，还被长辈们给数落了一番，说不好好学习才思谋咋种瓢葫芦呀，那瓢葫芦是能换吃还是能换喝，再不用正心思学习，当心把院子里的瓢葫芦全都给拔了。有的伙伴倒是问出些眉目来，包括我在内，我问我爷爷时，除了说那些浇水、施肥、喷药之类的，我爷爷说授粉也比较重要，平时种瓢葫芦人们都不用操心授粉，那是因为平日里蝴蝶、蜜蜂比较多，而且瓢葫芦的花又小，蝴蝶、蜜蜂在花上飞飞停停的就都给授粉了。要是那些长在边头沿脑授不了粉的瓢葫芦，长不到拇指大就都枯萎掉落了。我爷爷那么一说，我还真想起来了，之前确实见过一些干枯掉落的小瓢葫芦，我还以为是风吹雨淋或是冰雹给打下去的，原来是没授粉的原因。我将我爷爷说的那咋给瓢葫芦授粉的方法跟小伙伴们说了以后，他们当中有的也从长辈那里了解到了。有人说这就跟大人们平日里套瓠一样，也是那做法。不过我们那时候也分不清南瓜、冬瓜、瓠瓜的，凡是院子里种的那些，一律统称为瓠。而且村里人说话比较朴实，就拿瓠一类的作物来说，人们几乎不说雄花、雌花之类的书面语，直接就是公花、母花，说是带瓠瓜蛋子开的花就是母花，不带瓠瓜蛋子开的花就是公花。有个伙伴不知咋就有了一个想法，说是用瓠的公花套瓢葫芦的母花会是啥情况，说不定瓢葫芦到时会长得很大很大。他那么一说，我们当时在场的人都觉得这想法挺新鲜，说那就试试。于是，有自家院子里种瓠的那些伙伴，真就用瓠的公花套瓢葫芦的母花了。让我们有些吃惊的是，用瓠花套出来的瓢葫芦，那个头还真挺大的，有的个头是一般瓢葫芦的两倍多。不过那些瓢葫芦虽然个头大，但品相不怎么好，比例有些严重失调，长的单不单、双不双的。我们一般种的瓢葫芦，有单双之分，所谓单的，就是只有一个葫芦肚子，村里有人还把一些长得比较大的单瓢葫芦一分为二，纵切开用来当瓢使用，后来理解人们说那"照葫芦画瓢"，也许指的就是我们平日里说的那种单瓢葫芦。所谓双瓢葫芦，就是有两个葫芦肚子，上小下大，有的中间还有点脖子，单手拿的话正好用虎口握住了。人们一般种双瓢葫芦的比较多，双瓢葫芦要是长匀了，格外好看。用公瓠花套出来那瓢葫芦，实在不知该咋叫，那会儿课本上刚学了有关"杂交水稻"的内容，一伙伴说这也算"杂交瓢葫芦"，另一伙伴笑说，说得好听，还杂交瓢葫芦，整个儿就是"杂种瓢葫芦"，冷不丁的一句话把我们都给笑喷了。后来那伙伴说的"杂种瓢葫芦"不知咋让他父母听到了，把那伙伴给骂了一顿，说再敢说杂种啥的小心挨揍。自那，那伙伴再不敢说杂种瓢葫芦了。

看动画片《葫芦兄弟》那会儿，有时候一放学回家，我们那些男孩子常到自家院子里的瓢葫芦藤下面打量，那看得心思就跟藤上吊着的瓢葫芦哪天也会突然变成葫芦娃似的。说"杂种瓢葫芦"那伙伴看动画片可能入得比较深，看《葫芦兄弟》那段时间，说话动不动就是葫芦娃，每天下午放学回家看动画片的时间点把得比上学都准，平时说葫芦娃的各种本领自不必说，就连他爸妈去地里浇地他都说要是能变成水娃就好了，轻轻吐点儿水他家的地就全浇了。后来那伙伴可能嫌说得不过瘾，星期天到他家玩时，非要头顶个瓢葫芦装葫芦娃，但挨个儿过的那些瓢葫芦个儿都太大，找个小一点比较好看的瓢葫芦还挺不容易。有人给他出主意，说在瓢葫芦小的时候选个好看一点儿的摘下来，等放那儿养熟了不就行了。那伙伴还真照着做了，但没想到那小瓢葫芦摘下来放在院窗台上被太阳晒了没几天就开始瘪了，而且那表皮也没啥硬度。那伙伴挺伤心，说绿的时候捏得还挺硬，没想到越晒越软，好端端一个瓢葫芦给毁了。

我们看那些武侠剧、神话剧，里面大都有什么酒葫芦、药葫芦，我们没用瓢葫芦做过啥酒葫芦、药葫芦，但有人用瓢葫芦装过水，也不知他那是瓢葫芦里面的瓤没掏尽还是瓢葫芦没干到，别人喝他那瓢葫芦里的水时都说有一股生瓠味儿，越回味越恶心得想吐。

后来一伙伴种瓢葫芦时说是跟他姑父学到了嫁接技术。他姑父有个果园子，常弄一些嫁接品种，不是苹果嫁接梨就是梨嫁接杏儿的。那伙伴问他姑父，说是把瓢葫芦的秧苗嫁接到瓠秧上行不。他姑父说估计行，瓠的根蔓比较粗大，而且根也扎得深，吸收的营养也多，用来供给瓢葫芦肯定绰绰有余，到时候瓢葫芦肯定能长大。为了能在秋天收到大的瓢葫芦，那伙伴还专程叫他姑父给嫁接了几根。我们也想试试嫁接的瓢葫芦，但没法叫他姑父给弄了，于是只能照那伙伴说的他姑父给他嫁接瓢葫芦的步骤进行操作，但我们自个儿嫁接的没一棵活了的，瓠苗、瓢葫芦苗倒是毁了好几根。那伙伴嫁接的瓢葫芦成活以后，结出来的那些个瓢葫芦显得膘肥体壮的，整体而言，他的那些嫁接瓢葫芦都比较大，有的跟之前用瓠花套完的瓢葫芦大小差不多，但是品相却比那好得多。那伙伴市里的亲戚回来看到后格外喜欢，说是拿回去能加工成艺术品。那伙伴一听，也格外大方，一口气送出去好几个。后来他那亲戚还给他捎回来一个加工好的，我们也都看了，那瓢葫芦上面又是文字又是图案的，感觉挺古色古香的。一开始我们以为那些文字跟图画都是写上去或是画上去的，但用手一摸才知道，那些内容全像是刻好以后又上的颜色。

待我们投身社会以后，见到的工艺品瓢葫芦就比较多了，大的、小的、写字的、画图的、图文并茂的，各式各样。有一次我到一个现代农业观光园去参观，见那里有的瓢葫芦有半米多高，上边的葫芦肚子大小跟哈密瓜差不多，下边的葫芦肚子比篮球、足球都大。我随机拍了张照给儿时那些种瓢葫芦的伙伴们分发了过去，没想到他们当中有人转手就给转发到我们之前建的一个微信群里了。好长时间没人说话的微信群一下子活跃了起来。

　　有次我见当初说"杂种瓢葫芦"那伙伴发了条动态，说有些人头上顶坨屎，还假装自个儿是个葫芦娃。我看后笑笑，随即跟他通了电话，问他咋发起这牢骚了，他说没啥事儿，就是工作中遇到些让人恶心的人。我跟他开玩笑，让他在心里鄙视那些人就行了，别发火儿，气大伤身，不值得。聊了一会儿，他突然想到似的问我，能不能找些上次我发的那大瓢葫芦的种子，他想在村子里种。我说回头我给问问，但不敢保证能弄上，他说行。挂了电话后，我又打电话托农业部门的朋友落实种子的事儿，反馈回来的信息是那大瓢葫芦的种子是一代种子，是那儿的老总从某农科院带回来的，不好弄，要是只找那些大瓢葫芦里的种子，那可多了，往开弄一个瓢葫芦就一大堆，但是不敢保证种子的纯度。我跟那伙伴把这情况说了后，他说咱自个儿院子里种哪还有那么多讲究，能给找上那大瓢葫芦的种子就挺好了。我那农业部门的朋友也挺实在，我去跟他拿种子时，他直接送了我两个大瓢葫芦，放在车后座上，一路上拉着我自个儿都想笑。那俩大瓢葫芦我自个儿留了一个，送了让我给找种子那伙伴一个。我的那个没往开弄，直接放书房一角当艺术品了。那伙伴把那大瓢葫芦弄开后取出种子在村里的院子里种上了，夏天他回村的时候给我们几个近处的伙伴打电话，邀我们一起回村在他家聚一次。到了他家看到院子里那大瓢葫芦后，我们感觉既亲切又新鲜，大都感慨好多年没种过瓢葫芦了。不过那种子也挺给长脸，虽然不是一代种子了，但那个头一个个都挺大，品相也很好。我们去的那几个人看过后霸王式地约定，秋天瓢葫芦能摘了得给我们每人好好留一个，那伙伴笑说没问题。

　　那次聚完，离开那伙伴家时，有人提议，说投身社会以后想聚一次真不容易，这又分别呀，合张影吧。我们一致同意。那伙伴让他妻子帮我们拍照，背景就是那些瓢葫芦藤蔓。拍照时那伙伴还特意吩咐他妻子，一定要把藤上的那几个大瓢葫芦给拍进去，瓢葫芦承载着我们童年共同的记忆，得拍好。听了那句话，也不知是酒劲上来了还是那话把气氛渲染得沉重了。有人捏捏太阳穴，说是好好调整姿势照一张，但那红红的眼睛分明有些湿了。最后，我们就以葱绿的瓢葫芦藤及上面挂的那几个显眼的大瓢葫芦为背景合了张影，发了朋友圈后，点赞评论的一大堆，引起不少人的共鸣。的确，用那句话说，瓢葫芦承载着我们共同的记忆，而有种记忆如酒，越陈越香。

有时候，我自个儿安慰自个儿，或许放弃也是一种美。我觉得那些鸽子在广阔的天地间自由自在的也挺快活。虽然它们放弃了我家的屋檐，但它们又找到了另一片天地，而且是更为广阔的天地，就像送我肉鸽的那人说的那样，鸽子终归得飞。对鸽子来说，哪种环境能比得上蓝色的天空和广阔的大地所给予它们真正的自由呢？

我爸一贯的教育法，在我念书的时候不准我养鸽子，说玩物丧志，生怕把我弄得跟古时候那养鱼喂鸟的花花公子一样。我那时候挺不平衡的，就我家那条件，经济上动不动就财政赤字了，我咋能成了花花公子，拿啥花去？我亲戚送了我一对鹦鹉，挺讨人喜爱的，没想到我爸倒挺会做事儿，说喂鸟的事儿不用我操心，好好学习就行了。第二天他提着鸟笼挂到了我爷爷的屋檐下，乐得我爷爷一下午坐在竹椅上跟鹦鹉对话。晚上去我爷爷家时，我奶奶气得说我爷爷一下午啥活儿也没干，光顾的学鸟语了。于是乎，我觉得自己在家里养鸽子养鸟算是没戏了，就经常跟小伙伴们掏着鸟在外面玩。

有一次回家，见地上放着一个纸箱，人为地在上面弄了几个窟窿。我没太在意，写作业时听到里面有咕咕的声音。我小心地弄开后，里面竟是一只白鸽子，看上去翅膀有点不利索，只会跳，不会飞，不时歪着脑袋向上看看，也不知是在看我还是在看箱子。我把它拿了出来，放在炕上，依旧是跳着飞。我逮住它细看了一阵，左翅膀受了伤，看那伤痕，估计不是被弹弓就是被气枪打的。我妈回来后说鸽子是在我们院子里发现的。一开始它就掉在墙角处，翅膀还流着些血。我妈以为它死了，过去后发现它眼珠子在动，用手逮它的时候，它像是受了惊吓，扑腾着翅膀想飞，没飞起来不说，翅膀因挣扎又流出了不少血。我妈把它逮住后给清洗了伤口，顺便喂了它些玉米……

我边听我妈说边把鸽子放进了纸箱，顺便问我妈这事儿我爸知不知道。我妈说我爸早就知道了，还说先把这鸽子就这么养着，等翅膀好了就把它放生。我心想我爸这人就这样，不想让我玩鸽子就明说，还等伤口好了放生，就跟自己有多爱护小动物似的。

我每天喂鸽子时都在琢磨，究竟该咋弄才好，翅膀不好吧，它是一个半残废鸽子，拿出外面也不能飞，要是好了的话，我爸就得把它放生，到时候别说玩鸽子，就连鸽子毛也见不到了。我把我的困惑告诉了伙伴们，想让他们帮着出主意，讨论过后，他们也没啥高见。临回家时一伙伴来了挺狠的一句，说索性把它弄成杨过算了，好歹比没鸽子玩的强。这话听得我直发慌，我家又没出过屠夫，况且我奶奶她们又都信佛，哪能干得了那事儿，多残忍呐，这建议我没采纳。

礼拜天，我在自家院子里训练鸽子。虽说它翅膀的伤口已快好了，但还是飞不高。看着鸽子在那儿挣扎起跳着飞，我嘴里不知怎么就哼出："我是一只小小小小鸟，想要飞呀飞，飞呀飞，却怎么也飞不高……"唱着唱着就难过起来，最后差点儿把我自己给唱哭了，这算咋回事儿啊？于是拿上鸽子向兽医家走去。去了以后兽医说看不了，况且哪有给鸽子看病的？我心里骂了他一句狗屁兽医，一点儿医德都没有。我拿上鸽子又到了我姨父的门诊那儿，跟他拿了瓶抹伤口的药。回家后，我每天按时给鸽子上药、喂食、进水。几天过后，伤口痊愈了，但我又不敢把它拿到院子里放了，生怕它飞得一去不回头。我爸不知咋就又关心起了这事儿了，其实我觉得这事儿也瞒不住了，就跟他说了实话。我爸说那就应该把它放了。我心想不说我也知道了，要放你去放。没想到的是那鸽子挺念情，我爸把它拿到院子里放了以后，那鸽子飞了一圈又落在了我家的屋脊上。我爸吓唬了它好几次，但它都是在我家院子上空飞上一阵就又落了下来。我看着挺乐，见这情形，我爸也不再管了，说不想走就让它留下。我爷爷还在屋檐下吊了一个弄开口的纸箱，说正好鸽子鹦鹉一起养。

每天放学，我都会给鸽子喂食，渐渐地，我跟鸽子的感情加深了。每天只要我回来，那鸽子都会落下来，咕咕咕咕地叫着，像是跟我要食。一个多月后，放学回家，我发现屋脊上一下子多了八九只鸽子，我不明白咋回事儿，忙着进屋问我妈，我妈也不清楚，我又跑去问我奶奶，我奶奶说可能是那鸽子给领回来的流浪鸽，知道这儿不缺吃的，吃上几天它们可能就都不走了。我有些半信半疑，但过了些日子，真的应了我奶奶的话，那些鸽子真的不走了。见鸽子多了，我爷爷又在屋檐下多吊了几个箱子。盛夏时节，鸽下蛋，蛋孵鸽，那速度比跑的都快。没多长时间就是一大群鸽子了。每天早上，鸽子总会绕着院子的上空飞，而带头的，总是白鸽子。慢慢地，飞的范围越来越广，而且也越飞越高。我爷爷还给弄了个尾铃，戴在了白鸽子的尾羽上，鸽子一飞，那铃就响。我想听铃声的时候就经常撺着那白鸽子叫它飞，它一飞，带动的就是一大群。但有一次白鸽子被鹞子给盯上了，追得满空地飞，要不是我跟小伙伴们的弹弓打得狠，兴许那白鸽子真的叫鹞子给吃了。晚上，我把那尾铃弄了下来，而且从那以后，我家的鸽子再没带过尾铃。

我爷爷小时候也养过鸽子，所以他对养鸽子并不外行。他对我说小鸽子得晒眼睛。眼睛要晒过来了，它到哪儿都能记得飞回来。我问爷爷得咋样晒，晒到啥程度？我爷爷说就把刚出窝的小鸽子放在屋檐上让它们晒太阳，眼睛晒得越红越好，好鸽子的眼睛比鲜血都红。我说信鸽是不是这样，我爷爷说差不多。于是我专程挑了一对红褐色羽毛的鸽子，除了天阴下雨以外，几乎天天都把它们放在屋檐上晒。一个多月后，那对小鸽子也混在鸽群中飞了，不过飞不久，经常掉队。我以为是它们眼睛没晒好，但其他那些小鸽子也是那样。听村里其他那些养鸽子的大人们说，小鸽子一般不往远飞，待眼睛彻底晒过来后，体力也够了，这才跟着鸽群往远飞。

秋天的时候，夏季里的那些小鸽子也都成大鸽子了。我表姐她们回来走的时候，我把那对红褐色的鸽子给她们带上了，叫她们回到那边后放飞鸽子，看看它们能不能飞回来。我表姐她们挺担心，说挺好的一对鸽子，要飞丢了咋办？好几百里地呢！我说没事儿，要飞不回来，丢了也不可惜。结果这对鸽子挺争气，第二天就落在我家院子里了。我接风似的给它们既添食又添水。后来这事儿不知怎么传出去了，有人主动找上门来，说要高价买我这对鸽子，我没答应，一来，我舍不得，再者，啥高价，多个二三十谁稀罕。我们村里人的俗话，钱大锅都卖，看你给不给那价？见我不卖，那人又说用一只得过奖的信鸽换，而且把那鸽子也带来了，瓦灰色的，腿上戴着一环，上面还写着几个数字。我们以前听过，说信鸽腿上都戴有编号的环。我有些犹豫，一伙伴说咱又不打算赛鸽，换了也没用，况且这对鸽子挺好的。我说也对，于是也没换，只见那人直瞅我那伙伴。

假期到市里姑姑家时，表哥带我逛狗市，那儿卖的鸽子，腿上全都戴着环，而且那儿也卖环，五毛钱一个，要多少有多少。我心想，幸亏没跟那人换，要不真后悔了。那人真不地道，骗我们小孩儿不懂事呀？土鸽子腿上戴个环就成信鸽了，那种地的腰带上挂个死耗子还说自个儿是个打猎的了？

我的鸽子多了，伙伴们也想要。我说除了白鸽子跟那对红褐色的鸽子以外，其余的喜欢哪只他们自己挑。给虽然都是给了，但他们的鸽子都没啥好结果，不是叫鹞子逮了就是夜里叫猫给拉了，再么就是叫黄鼠狼给"慰问"了。我问他们要不要了，他们一个个垂头丧气地说不要了，以后要玩鸽子也只能来我家玩，他们家不适合养鸽子。

待我的鸽子快到八九十只的时候，村里有人养起了肉鸽。那个头，跟半大鸡似的，听人说有的肉鸽光肉就够一斤多。但肉鸽在村子里没养成，那养殖户半年赔了两万多，剩下几只肉鸽全都送我了。说来也怪，我没给那几只肉鸽喂过啥饲料啥防病药，但个个也都活得好好的，最后还给繁殖了几只小肉鸽，但它们显然不纯了，有时候飞得很高很远，接近土鸽子了。事后听我爸说，送我肉鸽的那养殖户挺感慨得说，鸽子终归得飞，把它们圈起来养，不死才怪。

禽流感的时候，我把一间小闲房弄成了鸽堂。喂养得挺好，但被黄鼠狼钻进去叼走几只。起初，也没太在意，亡羊补牢嘛，但黄鼠狼狡猾得很，堵住一处，它刨一处，第二天依旧是少鸽子。我心想这黄鼠狼够狠的，莫非非得把我的鸽子吃光才算罢休？于是我也下了功夫，晚上睡觉前，我常会拿上手电筒在鸽堂等一阵子。时日多了，总算有次让我碰到把它给收拾了，不过我也是那次才知道，夜里用手电筒照住黄鼠狼的脑袋时，它不跑。见它在那里不动了，我顺手提了块半头砖向它砸去，也不知砸哪儿了，只听见"叽"的一声惨叫，过去后见那儿有一摊血，估计没死也是重伤，弄不好好了以后也是个残废。不过那一半头砖打得挺管用，从那以后，鸽子再也没丢过。

禽流感过去以后，我把鸽子全都放了出来，但它们显然已有些不适应了，尤其是在里面长大的那些鸽子，放到外面后陌生得很。我想着过上几天就适应了，没想到适应阶段又丢了几只，也不知是咋弄丢的。我感觉养鸽子没那么顺了，于是变得细心、小心起来。放学后准时给它们喂食进水，看看数量够不够。早晨鸽子飞的时候看看周围有没有鹞子，晚上还得防猫、防黄鼠狼。鸽子彻底适应后，我总算是松了口气。不过不幸的是那年我奶奶去世了，家里一下子变了许多。发丧期间也没谁管过鸽子，而且它们的生活规律也被打破了。出殡的前天夜里，按家乡的习俗办了几项事仪，响了许多炮。屋檐下所有的鸽子在炮声中仓皇地飞到了漆黑的夜空中，也不知它们最后落在了何处。自那以后，鸽子再也没有回来过，有时候看到成群的鸽子从院子上空飞过，我总幻想是我的鸽子，但每次都以失望告终。

后来，有伙伴对我说，他们在田野里见到我的那些鸽子了，集体在草地上寻食，但显得很怕人，大老远的见人就飞，跟野鸽子没啥两样了。我也到田野里找过，看到了那群鸽子，领头的还是那只白鸽子，但它们对我也陌生了，没等我走近就都飞了。看数量，好像又增加了那么几只。我站在那儿看了很久，它们在天空中盘旋着，像是经历了大风大浪生死考验的洗礼后留下来的，飞的动作又比以前灵活多了。

有时候，我自个儿安慰自个儿，或许放弃也是一种美。我觉得那些鸽子在广阔的天地间自由自在的也挺快活。虽然它们放弃了我家的屋檐，但它们又找到了另一片天地，而且是更为广阔的天地，就像送我肉鸽的那人说的那样，鸽子终归得飞。对鸽子来说，哪种环境能比得上蓝色的天空和广阔的大地所给予它们真正的自由呢？

我祝福我的鸽子，或者说祝福我曾经的那些鸽子，愿它们能够在广阔的天地间，平安、快活、自由地飞翔！

每次回村子，风和日丽的时候，我常会一个人出去走走。房前屋后，田地原野，散散心，亲近亲近大自然。但不管到哪儿，看到枝头上那些喜鹊翘着尾巴，喳喳喳喳叫着时，愧疚之余，总也感觉心里暖暖的。由衷地感慨，大自然间，和谐相处真好！

玩弹弓的年纪里，被我伤害过的鸟雀们不计其数。打伤的，打残的，打死的。最多一次，十颗石子二十几分钟的时间里打下七只麻雀。那时候玩弹弓，也很少"单打独斗"，常常是几个小伙伴们相跟着，一人拿着一把弹弓，裤兜里装着许多石子，走街串巷，或是到房前屋后树密鸟多的地方打。碰到斑鸠或是乌鸦之类体型稍大一些的，条件允许，通常是好几个人从不同的角度一齐开弓。那阵势，就跟书上所说古时候围猎似的。

我那时因弹弓打得准，许多小伙伴们都称我"神靶"。一到星期天，跟我一块儿玩弹弓的人特多。我自个儿被他们神靶神靶"称呼着，多少有点自满自傲的心理，但玩弹弓的伙伴中，有些人那弹弓打得确实不知该怎么形容。有的跟没吃饭似的，打出去的石子都超不过稍高一点儿的树头，有的打弹弓时站那儿闭只眼睁只眼地瞄，怎么看都觉得是花拳绣腿，有的倒是挺舍得卖力气，但打出去的石子离目标偏的牛都拉不回来。因此，很多人都被我数落过。不过童真年代里，恼得快，好得也快。有些人被我数落完虽没还口，可那脸阴得就跟快要下雨似的，但一顿午饭过后就雨过天晴又屁颠儿屁颠儿地来找我了。有些被我数落完还嬉皮赖脸地说神靶教教我不就也能打准了之类的话。面对这情形，本来挺气，但后来看着看着自个儿也笑了。这些人让老师在课堂上都颇感无奈，何况我们是在一块儿玩了。有人倒是挺认真地问过我怎么才能打得准，但说实在的，我还真讲不出个什么技巧来。我打弹弓，大都是"跟着感觉走"，眼睛盯哪儿，子弹就打哪儿，从来没闭只眼睁只眼地瞄过，而且出手也快。有一次因为我的出手快，刚刚落稳又被我们惊起的一群麻雀中被我一颗石子打下两只来，一只是翅膀擦伤，一只是正中后背，小伙伴们都惊呆了。自那以后，我打弹弓的能耐就被他们传得神乎其神了，说飞着的麻雀都能打下来，还是一石二鸟，有人因为这事儿还说是要拜我为师。不过说真的，一石二鸟的情形我倒真是蒙的。

那时村里的鸟雀们也多，叫上名来的，叫不上名来的。像麻雀、斑鸠、榆雀、大黑雀、啄木鸟等等，我们都打过。大人们大都反对我们玩儿弹弓，怕伤着身体不说，而且常有窗户玻璃被石子打破的事儿发生。有次我们打下一只啄木鸟，被村里坐街的一些老人们看到后可给数落了一番，说啄木鸟又不害庄稼，而且还给树捉虫子治病，打这干啥，真是一群害人精。老人们说的这些，我们都懂，课堂上老师也讲过，但那时候就是有种强烈的占有欲，没玩过的鸟雀，怎么也得想办法逮住玩上一阵子。其实我们也都知道，通过弹弓猎取的手段，确实挺残忍，很难打得恰到好处，严重的打死了，次等的打残了。我奶奶吃斋念佛，常跟我讲一些动物有灵性的事儿，叫我以后别再打鸟雀了，要是有逮住的鸟雀，还应该放生。我听是听，但日子一久就按耐不住了，又碰那么多小伙伴们恭维着，尤其是看到有些伙伴打弹弓那歪把斜式，不拿弹弓我都有些手痒，可只要一拿起，就放不下了。有伙伴给我出主意，说我奶奶要问起来，就说没玩过弹弓不就行了。我白了他一眼，我从小性子烈，不管对与错，做就是做了，没做就是没做，对别人我都没撒过谎，更何况是对我奶奶了。时间久了我发现，像玩弹弓这种事儿，我要不说，我奶奶从来不主动问。在我奶奶眼里，或许认为我的弹弓根本不可能打得那么准，更不会打得那么狠。

有一年春天，村里出现了一种奇怪的鸟叫，白天很少听到，一到晚上就出来了，叫得挺凄惨。人们都没看到过那种鸟，有时碰到大晚上停电，黑灯瞎火地听到那声音都特瘆得慌。不光是孩子们，就是一些中年妇女们听到那声音大晚上的都不敢出门。村东头这块儿有人建议，说要再听到那种鸟叫，让胆子大的男人们出去看看，究竟是种什么鸟，这都叫了大半年了，叫那声音多难听，时间久了，别给村子里叫来什么灾祸。有几个中年男子去找过，但都没看清那鸟的真面目，说晚上出去跟着声音找时，就见一团黑乎乎的，也不像一般鸟那样一直扇着翅膀飞，那玩意儿动作特快，扇一下翅膀就成一道弧形飞走了，根本看不清是啥。就这样，这种不明的鸟叫一直持续到了盛夏。村里人的习惯，夏夜天空晴朗时，吃过晚饭后常会出来坐街拉家常。有次人们夏夜坐街，听到叫声后，许多人都回家拿手电了，出来后跟着那声音去找，确定那棵树后，好几道手电光一齐顺着那叫声射去。那玩意儿落在一个不怎么高的树杈间，好几道手电光的照射下，人们看清了，是只猫头鹰。可能是由于光照的，这次那猫头鹰没像之前人们找它时那样神龙见首不见尾地飞走。我们这一带的方言管猫头鹰叫"吱鬼"，认为那是种不吉利的鸟。以前人们大都是去地时在野地里见过，但没听过它是这种叫声。这大半年，原来就是它在作怪。见那猫头鹰在那儿没飞，几个中年妇女叫我们平日里玩弹弓的那些男孩子们赶快取出弹弓来打。我平时虽被小伙伴们神靶神靶叫着挺得意，但这种情况下，我倒是真不愿意出头。几个小伙伴们回家取出弹弓后，没人敢打第一靶，都怕打不准或打不下来把那猫头鹰给惊走。中年妇女们倒显得挺着急，说孩子们谁打得准赶快打，再不打一会儿看飞了的。一提到打得准，小伙伴们齐推向我了。见状，旁边几个大人们也说让我争取把它打下来，省得天一黑听得人心慌的。我说我没拿弹弓，他们说这儿这么多弹弓，随便拿上一把。没等我说话，就有人把一弹弓塞我手里了。我空拉着试了一下，说不顺手，还回去后便小跑着回家取我自个儿的弹弓了。我离开后听到背后有大人们笑说，这也跟锄地的锄头似的，用惯了就觉得自个儿的家伙好使。见我小跑着进家，我妈问我咋了，我说取弹弓。我妈凝眉问大晚上的取弹弓干啥，我拿上弹弓后又顺手抓了一把我平日里收集的那些大小适中用来做子弹的石子，临出门时说了一句："打吱鬼！"

我出去后，那猫头鹰依旧没飞走，在手电筒的照射下，卧在树杈间一动不动。众人劝我快打，我也没顾得多想，装上石子拉足弓打出了第一靶，但没打中。石子打在树杈上被反弹回了好远。猫头鹰没有飞不说，反而被这一打惊得直立起来，胸脯明晃晃地露在树杈中间，脑袋左顾右盼着。旁边有人压着嗓子说，刚才就差一点儿就打中了。在我拉第二弓的时候，所有人的目光都放在了我的弹弓上。这一弓打出去，听到"砰"的一声。我心头颤了一下，这下肯定打中了。这声音太过熟悉。紧接着有了欢呼声，说打下来了。只见那猫头鹰翅膀耷开着往下掉，但半途中被树枝给架住了，缓了一阵，又扑腾着翅膀往上飞，没飞多高，摇摇晃晃地落在了树枝上。许多人说趁着它现在没飞走，赶快把它打下来。其实这种情况，让它飞也飞不动了。我们平日里打鸟雀的经验，像这种体型稍大一些的，第一靶打中如果没掉下来也没飞走的，肯定已是重伤，一时半会儿飞不走。这也是小伙伴们为什么常跟我在一块儿玩弹弓的原因之一。这种没法"围猎"的情况下，第一靶通常由我来打。见猫头鹰在那儿飞不动了，其他的弹弓全都开弓了，猫头鹰又被打中好几次，但没有掉，也没有飞。最后一个大人来了兴致，拿过一小伙伴的弹弓说这么高儿还能打不下它来。打了几下，没打中猫头鹰，却把猫头鹰站的那树枝给打断了。猫头鹰跟树枝一同落了下来。临落地时，猫头鹰松开树枝向前飞去，落在了五六米远的地上，大人小孩儿一起围了过去。猫头鹰伏在地上，向右后侧转过头来盯着人群。尽管人们都知道猫头鹰这种鸟，但这么近距离看还大都是头一次。那灰褐色的羽毛，圆头圆脑的外形，猫一样的眼睛跟鹰钩鼻子，怎么看着都有些吓人。见没人敢去逮，旁边一伙伴问我要不，我说要。他收好弹弓便上前去捉。那猫头鹰又往起飞，但被那伙伴追上去扑下来给逮住了。人们围上前看了看，说原来这家伙就是这样的，看那脑袋跟眼睛，真就跟猫似的。待人们大都散去后，那伙伴问我咋办，我说先放我家吧！于是我俩就把那猫头鹰放我家院子里一竹篓子里了，怕它跑了，上面还压了一块厚厚的木板。第二天我妈整理院子发现那猫头鹰时，着实被吓了一跳，忙着进来问我："外面竹篓子里那是啥东西了？"看我妈那脸色，肯定吓得够呛，我说"吱鬼"。我妈说我："你这没玩的了，咋啥也往家逮？"我笑笑："没事儿，不咬人。"她又想问我啥，但我趁机溜出去了。

　　没几天工夫，逮住猫头鹰这事儿就在村子里传开了。感觉就跟《水浒传》里武松打虎给除了害似的。坐街的老人们中有的还跟我爷爷说，你那孙子年龄不大本事倒不小，能把"吱鬼"都给打下来，我活这么大岁数都没在近处看到过，就是听说长得跟猫似的……

　　一星期之后，有人到我家想往走买那只猫头鹰。那人去的时候我并不在家，中午放学回家我妈跟我说的，说那人想买去给他老婆治病，这是一个老中医跟他说的，也算是个偏方。先让我妈问问我看行不。那人是我们一个村的，老婆常年有病在身，家里三个孩子，日子过得挺紧巴。我爸妈说一村一院的，啥买不买的，给他吧！我说给就给吧。等我下午放学回来，猫头鹰已经不在了。看着那竹篓子，心里多少觉得空落落的。这几天下来，怎么也有了些感情，一开始喂它馒头不吃，我爸说猫头鹰这种动物吃肉。我还拿了一块钱到村里那小卖部给它买了一块肉。小卖部那人见我买一块钱的肉，还挺诧异地问我原因，我说喂"吱鬼"。那人笑笑，我就说呢！最后把边缘那肥肉给割了一块，也没称重量。回来后我用铅笔刀切成小块儿喂它，猫头鹰吃得特上口，还差点把我手给啄了。这一下子拿走了，心里多少有些难过，但想着想着我有点恨我自己了，这自始至终的罪魁祸首不都是我吗？这会儿装啥好人？接下来好长时间里，我都没拿过弹弓。

我们村子虽在晋北地区，没什么大森林、大草原、大湖泊的，但常有一些稀奇的动物出现。我没玩弹弓一个月后，星期天里，有几个小伙伴们拿着弹弓慌慌张张跑到我家跟我说，他们在村南那池塘边看到丹顶鹤了。我有些不信。我们这地方哪会出现丹顶鹤？再说我们当中谁都没见过真正的丹顶鹤，不一定是看到啥鸟了。有一伙伴挺急的样子，说肯定就是，那丹顶鹤跟我们课本里画得一模一样。其余人也都表现的特急切，想让我赶快去。被他们左一句右一句地说着，我按捺不住后拿上弹弓，装了半裤兜石子便跟他们向池塘边赶去。快到池塘边时，远远就看到了，那伙伴说的没错，确实跟我们课本里画那丹顶鹤一模一样，尤其是脑袋上那大红顶，特明显。那丹顶鹤正在池塘边的浅水处里啄食，周围差不多有三十几只喜鹊围绕着。喜鹊不敢下水，一会儿飞起来，一会儿又落在地上，叽叽喳喳不停地叫着。表现得就跟见了怪物似的。我们跟打仗一样，趴在不远处的渠沿上，露出一排脑袋。有伙伴说就在这儿打吧，再往前，就没什么能够隐蔽的地方了，一会儿看飞了的。我说这儿看着不远，但至少也够百十来米的距离，弹弓肯定打不过去。我本想越过渠沿再往近靠靠，但刚一露出上身，那丹顶鹤就察觉到了，挺起脖子四下张望着，警惕性特高。有伙伴劝我快打吧，我拿出弹弓，使劲拉到极限，但打出去后都看到那石子最后是弧形落下去的，离丹顶鹤至少还有二三十米的距离，掉在水里溅起了水花。丹顶鹤被惊动后要飞，我们见状全都冲了过去，但已经没有再拉弓的机会了。那丹顶鹤飞的时候不像一般鸟雀那么灵活，而是边跑边扇动翅膀，就跟那喷气式飞机起飞似的慢慢往上升。丹顶鹤一飞，那些喜鹊也全都跟着飞了。看那丹顶鹤越飞越高、越飞越远，我们所有的怨恨都怪在了弹弓的不给力上。回去后，把弹弓全都"革新"了，由之前那些用自行车里胎剪的那皮筋换成了那种老式自行车的气门芯。每边各两三根，用了一阵子，感觉还行。但关键时刻，还是出现了不给力。那是我们在村边的树行里打麻雀，看到有一群挺大的鸟飞过来了。起先以为是大雁，但飞近时看到那羽毛都很白，飞得靠前那只叫了一声，跟家里养那鹅的叫声一样，我们都惊了：天鹅！反应过来弹弓全都开弓了，虽然打得"枪林弹雨"，但都没打上去，那些天鹅从我们头顶上空飞过时，都能听到扇动翅膀的声音，看着不怎么高，但没一颗石子打上去。我们看着那天鹅一直朝东南方向飞去，数了数，一共八只。

我们沮丧之际，一伙伴说他那次在电视上看了，像丹顶鹤、天鹅之类的鸟都是国家保护动物，不能打，打了会被抓起来的……我们没心思听他说这些，都想着咋能让弹弓的弓力再大些。后来有人想了一个合乎逻辑但不切合实际的办法，说再多加几根气门芯那弓力不就大了。我们试了一下，一边各五根气门芯，别说打了，拉都拉不动。

我们玩弹弓，最想要的是那种医用橡皮管，就是输液或抽血时用来捆胳膊的，又轻便弓力又大。但我们那时候的条件差，很难找到。后来有一伙伴他姐在县城医院里当护士了，给找了几根。那伙伴自个儿用了两根，多余的给了我们。我用那两根医用橡皮管做出弹弓后，试了几下，手感确实好。我平时不舍得用，大都在裤兜里装着。去我奶奶家的时候，我还跟奶奶说我有新弹弓的事儿了，我奶奶笑笑，说以后别打鸟雀了，我挺痛快地说行。

夏末的时候，我跟我弟到村东那原野上玩，在一棵柳树下休息时，看到那上面有只喜鹊，个头不大，应该是刚出窝不久。虽然平日里常见喜鹊，但还真没玩过，我让我弟在树下等着，我上去逮。可没上到一半儿，就不知从哪儿飞来一只大喜鹊，叽叽喳喳叫着。我想这肯定是过来护这小喜鹊的，也没把它当回事儿，继续往上爬。快接近那小喜鹊时，那大喜鹊突然间向我扑来，我没防住，闪了一下，差点儿掉下来，把住树枝后，感觉心都跳到嗓子眼儿了。我弟惊叫了一声，说不行下来吧。我说没事儿。那大喜鹊扑完我后又飞到枝头上不停地上下跳窜，叫得很高很急促。我弟在下面用土块往走打那大喜鹊，但无济于事，越打越跳窜得厉害，也叫得越厉害。我在那儿缓了一阵，又准备往上爬，手无意间碰到裤兜了，我这才想到我还带着那把新弹弓，于是找了个能站稳的粗树杈，腾出双手后拿出了弹弓，摸另一个裤兜时，没装石子，只有两颗玻璃球。要放平时，怎么也舍不得用那做子弹，但那时也没多考虑，装好后捏着挺顺手。我当时只是想把大喜鹊吓走，也没拉多大弓，打出去后听到"咯"的一声，有许多柳枝挡着，我也不知打哪儿了。我问我弟那只大喜鹊飞走没，我弟说没呢，不过不跳窜了。见大喜鹊消停了，我说先别管它。我怕那小喜鹊一会儿蹦跶着跳到别的树上，于是装好玻璃球想轻轻打它翅膀一下，让它掉下去。但由于那小喜鹊站在树枝上被风吹着有些不稳定。我拉弹弓打出去后，碰巧打在了脑袋上，小喜鹊一跟头栽了下去。我侧身踩树枝时，没想到大喜鹊也掉下去了，原来刚才一直是被树枝架着。等我从树上下来，见我弟把那两只喜鹊整整齐齐摆在草地上，挺难过地跟我说，哥，两只全死了。

我在那儿愣了一下，见那小喜鹊嘴角还流着血。好长时间，我一句话也没说。尽管玩弹弓期间，被我伤害过的鸟雀们不计其数，但从没像看着眼前那两只死喜鹊那么难受过，一种深深的罪恶感将我紧紧围住。之前打麻雀，打斑鸠，甚至打别人家的鸽子，但从来没打过喜鹊。在农村，喜鹊是吉祥的象征，人们常说，喜鹊枝头叫，好运快来到，叽叽喳喳，好事到家。

我跟我弟在那儿看了很长时间，最后我用弹弓架在树下挖了两个坑，把那两只喜鹊埋了。我弟看着那情形哭了，我没哭，但也没像平时我弟哭的时候数落他没出息。做错了，才想到了忏悔。把那两只喜鹊埋了后，我蹲下身子又在两只喜鹊旁挖了个坑，把我那新弹弓也埋了进去。

离开时我在猜想，这两只喜鹊是父子？母子？父女？母女？那肯定还有另外一只大的吧，要是一会儿飞过来，找不到这两只喜鹊，该有多着急？要是知道被我用弹弓打死了，该有多难过？该有多恨？直到我们走的时候，仍然没见另一只大喜鹊飞来，也许，它还在远处苦苦觅食吧？

两颗玻璃球结束了两个鲜活的生命，结束了一个"家庭"，也从此结束了我玩弹弓的日子。到我奶奶家后，我把这事儿说了。我倒是真希望我奶奶能够骂我一顿，至少那样心里会好受些。但是没有，我奶奶依旧和之前那样，说知道错，改了就好，以后别再打了……

待我长大，特别是我接触了佛法之后，我开始认知生命，感悟生命，也更加敬畏生命，可不管什么时候，在哪儿，看到喜鹊时，仍还有种说不出的愧疚。不玩儿弹弓以后，我像我奶奶之前跟我说的那样，遇到被困的鸟雀了，极力去放生，有时主动给鸟雀们施食，我不敢奢望那些被我用弹弓结束生命的无辜鸟雀们能原谅我，只当作那是一种心灵上的赎罪吧！

每次回村子，风和日丽的时候，我常会一个人出去走走。房前屋后，田地原野，散散心，亲近亲近大自然。但不管到哪儿，看到枝头上那些喜鹊翘着尾巴，叽叽喳喳叫着时，愧疚之余，总也感觉心里暖暖的。由衷地感慨，大自然间，和谐相处真好！

偷瓜

之前看过一部电影，里面有段台词，说曾经有个机会摆在面前，没有好好珍惜，如果上天能再给一个机会的话，一定会怎样怎样。我那次想到偷瓜那事儿后，用这语气笑问那时一起偷瓜的伙伴，说曾经有许多偷瓜的机会摆在我们面前，我们都没好好把握，如今再给一个机会……

一伙伴笑笑，说就是再给十个机会，也不会再去偷瓜了。接着又有人补充了一句：毕竟我们全都长大了！

有时看到大街上那些用车子拉着卖瓜的场景时，我常会想起小时候跟伙伴们到地里偷瓜的情形来。

其实在农村，一般像瓜果杏桃之类的，等熟了以后，乡里乡亲碰到了总会让着吃，就算路过瓜地或是果园子，没经主人同意，摘几个解渴，也算不上是偷。我们这地方的土质盐碱较重，不能栽培各种果树，每年夏季在地里能吃的只有香瓜和西瓜。可这事儿落在孩子们身上，感觉性质似乎就变了。种瓜的人见了同村的大人们，大老远就让着过去吃瓜了，可一碰到孩子们，尤其是看到三五结伴的男孩，不让过去吃瓜不说，而且还警告似的说，要是到瓜地里瞎害腾，逮住了非告诉家里大人们不可。告诉家里大人们，言外之意就是挨家里大人们的打骂了。

对于这种警告，起初还行，时间久了，次数多了，心里的叛逆劲儿就被激发出来了。一村一院的，不就是几个破瓜吗，大老远就跟亮嗓子似的警告，于是，就有了我们后来的偷瓜。

在偷瓜上，我算是比较笨的一个，说实在的，我就没在地里偷过什么东西。之前看到有的小伙伴到山下那邻村里偷回杏儿时，我都有点害怕，心想那要叫人家逮住了，可不得好好挨一顿打骂吗，那又不怎么贵，有时来村子里卖，大人们都时常给买着吃。但有伙伴跟我说："你不知道，买着吃杏儿没什么意思，偷杏儿好玩多了。"但他们拉拢我时我依旧没去，我怕被逮住。直到有次我们到村地里的那些树上掏鸟时，被一看瓜的大老远喊话后，我心里就来气了。有伙伴建议偷瓜时，我比他们在场之人谁的态度都坚定，斩钉截铁地说偷。

论偷瓜的实战经验，一块儿经常玩的那些伙伴当中，我是最差的一个，可说到背后出主意，我绝对算是靠前的，有时候都能现学现卖。看抗战影片说什么"声东击西""调虎离山"之类的，我看完之后就给用偷瓜上了。把看瓜那人累得在地两头来回跑，没逮住我们不说，最后累得坐瓜棚下气喘吁吁地说："这群小兔崽子，真够能跑的……"其实他说这话时，我们这边这拨儿人就在瓜棚旁边的玉米地里躲着。偷上瓜，到远处的地方吃完，剩下的那些，其他的伙伴都分着拿回家了，但唯独我不敢，经历了那么几次后，我问那些把瓜拿回家的伙伴，要父母问起来咋办？他们一个个都笑了，说这事儿哪能让父母知道，那些偷回去的瓜，全都自个儿藏在院子里的地窖里了，要万一真让父母碰上了，就说是村里人给的，几个破瓜，谁会刨根问底儿地追问。听他们说完，我有点动了心思了，可后来一伙伴的遭遇，让我把念头又彻底打消了。那伙伴拿着偷上的瓜回去以后，他父母正好刚从地里回来，看到他抱着瓜进来，他爸问他哪儿来的瓜，那伙伴说是村里人给的，没想到他妈又顺着问了一句，谁给的，那伙伴把种瓜那人的名字给说了。可碰巧的是第二天去地碰上了，那伙伴他爸妈一感谢，全给露馅儿了。回去后，那伙伴被他爸给打了一顿，被他妈给骂了一顿。我们听他讲完后笑说，这种感谢还不如不谢呢！本以为这事儿完了之后就算过去了，可那伙伴心里那疙瘩解不开，他那次行动跟我们谁都没说，中午吃完饭后自己就悄悄去那瓜地了。起初见瓜棚外面的棚沿上放着一顶草帽，还挂着一个大褂子，看似有人的样子，可他等了老半天，没什么动静。最后那伙伴用土坷垃朝瓜棚那边扔了几次，褂子都被打中了，依旧没人出来，他这才明白，原来大中午瓜棚里根本就没人，看瓜人用这草帽跟褂子是在唱空城计。那伙伴进瓜地后，拿出他事先准备好的那把小刀，将瓜地里二十多颗大西瓜全给切上三角形了，而且把切出来的那块儿西瓜吃掉后又把瓜皮给盖了上去。兴许是切得不过瘾，他跟我们讲，他走的时候还给几颗大西瓜上刻了字，写着"看瓜人是大坏蛋"。

　　这事儿把看瓜人气得火冒三丈，找村干部解决，说一定要找出"元凶"。村干部去地里看了看，没辙，又惊动了乡派出所，派出所民警到地里看过后，也没辙。看瓜那人说电视上那些破案的不都找指纹吗，这么多大西瓜都被切了，哪还没有个指纹，就在西瓜上找指纹破案。尽管这是说气话，但看瓜人的话不无道理。村干部说这一看就是小孩子们瞎害腾，就算采集到了，那小孩子的指纹到哪儿比对去。后来说是要以那几个"看瓜人是大坏蛋"的字样为线索，村干部问看瓜那人是不是打骂过村里哪些孩子们？看瓜人显得挺委屈的，说一村一院的，哪能打，就算是骂，那也是吓唬吓唬，别过来害腾瓜，可那么多孩子，他哪记得住是谁家的。过了十多天，案子没破，但看瓜人的气消得差不多了，也不再追究那事儿了，就是说要吃瓜也就不说了，那么多颗大西瓜全给切了，那不是纯属害人吗？这话传到我们耳朵里后，有伙伴说要不是他大老远就亮着嗓子骂别过去害腾瓜，兴许就不会有我们偷瓜和那伙伴给大西瓜切三角形这事儿了，害腾完他的瓜了才说这话了，那干吗不早让着我们吃瓜？要是他大老远让着我们过去吃瓜，别说不会偷他的瓜，兴许我们还会帮他看瓜。

这事之后，许多大人们都教育自家孩子，说要是敢去村里那些瓜地里瞎害腾，非打断腿不可。有那么一段时间，我们也确实没再偷过瓜。不过没偷本村人的瓜，礼拜天到原野里玩的时候盯上邻村人的瓜了。那次本来是没有偷瓜的念头的，可在原野里又是上树掏鸟窝又是草地里逮蚂蚱，折腾累了，一个个特口渴，附近又没有水，等着回家喝吧，又渴得难忍。于是，我们村与邻村交界处挺大那片西瓜地就成唯一的希望了。不过与村里的那些西瓜地不同，邻村那西瓜地大，南北地头各有一个瓜棚，里面都有人，而且东西两侧也不是玉米、向日葵之类的高大作物，东边是甜菜地，西边是胡萝卜地，别说弯腰走了，就是蹲在那儿走也会露出大半个脑袋。见此情形，想要靠两边地里的作物打掩护，估计是彻底没指望了。其中有一瓜棚里的人，也不是一直在瓜棚里坐着，时不时出来在地里走动走动，翻翻瓜，拔拔草，然后再进瓜棚里，间隔时间也不确定，这没规律的动作搞得我们心神不定的，在远处干看着，不知该怎么下手。那时候常听人们唱《好大一棵树》，冲这歌名，有伙伴给编出了《好大一片瓜》，但编出来显然是风马牛不相及，内容是这样的：

好大一片瓜

令人太眼花

本来不想偷西瓜

可是我们实在是太渴太渴啦

犹豫啊犹豫

始终没有勇气

这得等到啥时候

我们才能摘个大西瓜

……

那伙伴哼到这儿时，有人说他，别光说不练，有本事就这会儿过去摘一颗，在这儿哼哪能哼出西瓜来。哼歌那伙伴笑笑，说他现在也就这么点儿能耐，要有本事，他早就把西瓜给摘过来了。

见没机会下手，有渴得实在难受的伙伴说赶快回家吧，要一直再这么干等着耗下去，没准儿一会儿都渴得走不动了。有人不甘心，说这么大一片瓜地里，不信就偷不出几颗西瓜来，跟我目光相对时，他问我这次有没有啥办法。我装深沉地说有。一下子听得在场之人全都来了精神，忙问我啥办法。我说这次得学八路军打伏击战，不管看瓜人在瓜棚里也好，走出来翻瓜拔草也好，他们肯定不在地中间停留。胡萝卜种得比较密，爬着前行，运气不好就让人看见了，甜菜行距株距都比较大，爬着进去，只要动作轻点儿，估计能行。我这一说，倒像是提醒另外一个伙伴了，说再用柳枝编个草帽，跟甜菜叶一个颜色，正好打掩护。自编自唱《好大一片瓜》那伙伴笑笑，说感觉咱真像是电视剧里演的那八路了。说做就做，用柳枝编好草帽戴上后，平时比较机灵、偷瓜实战经验强的那几个伙伴一块儿过去了。我们几个没过去的，都在原野里的树上望着。只见那几个伙伴顺着甜菜地匍匐过去，依次挨着，最前边那伙伴摘上瓜后，给后边的传，一个挨一个，一直传下去。摘了四五颗后，再依次退着爬出来，做得还真没给看瓜人露出半点儿破绽来。不过把瓜抱到原野里打开后，有两颗是生的，瓜瓤粉白粉白的，扔了觉得可惜，吃又感觉有些不能吃。把三颗熟瓜吃完后，有伙伴兴许是吃得不解渴，端起半颗粉白的西瓜说，这怕啥，生西瓜也比黄瓜强！最后把那大半颗生西瓜全都吃完了。解渴不解渴我们不清楚，但边吃瓜边相当于洗脸，我们倒是都看在眼里了。

偷西瓜时，我们很难辨别西瓜的生熟，说白了那全靠运气瞎蒙，不像香瓜，香瓜有时能通过颜色看出生熟来，更实用的办法是，趴那儿闻香瓜的底部，香味重的肯定熟了。村里一般大片种香瓜的比较少，而且香瓜比西瓜熟得早，香瓜快吃下去时西瓜那些早熟的差不多才能吃了。我们偷瓜，大都是偷西瓜，不过有那么一次，我跟小伙伴们偷着吃完香瓜后，没多长时间，我一本家大伯去给我家送香瓜时，说他家那块地今年种了半亩香瓜，也不打算卖，留着自家吃，平时也没时间送，我爸妈啥时候有空或是去地路过了，就自己进去摘，那还不跟自个儿家的一样吗，还说我要放学或星期天有空，就自己去，拣那些黄白色的摘，一般那都是熟了的瓜，而且还告诉我那地在哪儿……我这才反应过来，原来前几天我跟小伙伴们把我大伯家的香瓜给偷了！

那时候看电视，常听剧中人物说什么有种不祥的预感，没切身感受过，不是很理解，但有次偷瓜，我却真真切切感受了。那次是中午吃过午饭，天气很热，我们那时候上小学，夏天时候，下午上课时间比较晚，两点半将近三点，老师安顿中午期间是让午休，不能早早到校，谁要早到校让老师逮住了，就罚一天值日，男孩子中午还不能去池塘里耍水，如果耍水被老师知道了，要罚一个星期的值日。离我家住得挺近的两伙伴吃过午饭到我家找我，把我叫到大门外面跟我说，要带我去吃西瓜。我问是谁家的，他俩说不知道，反正他们都吃了好几回了，这次叫上我。那片瓜地不大，四周围全是玉米地，也没有瓜棚，他们是在之前拔草时发现的，也没见有人在那儿看过瓜。虽说跟小伙伴们偷过好多次瓜，有几次我还是幕后策划者，可那次走在半道上我就有些心慌了，打退堂鼓似的说要不别去了，这大中午的……

一伙伴打断我的话说，大中午的吃西瓜才更解渴，没事儿，反正又没人看着。说实在的，其实大中午吃地里的西瓜，远没有早晨或是晚上那会儿吃得舒服，中午地里的西瓜被太阳晒得都是热的，不像早晨或傍晚，地里的西瓜吃起来凉飕飕的，特惬意，尤其是早晨露珠还没落那会儿，更好吃。但见他俩兴致挺高，我也不好意思再退却了。到了之后，还真是他俩说的那样，以前偷瓜，总也得找东西遮挡隐蔽起来侦察侦察，可那次那两伙伴直接大摇大摆就进去了，比进自家瓜地都自在。我跟在他俩后面小声问："要是被人发现咋办？"他俩笑笑，说根本就没人来，放心地吃吧！摘好瓜后坐在玉米地旁吃了一通，我心慌得厉害，说走吧！他俩说不着急，离上课还早着呢，再吃些！俩人又进去摘了一些，大吃一通后还剩下几颗。见我催着走，他俩说走就走吧，还说前几次，他俩吃完瓜还在不远处的柳树下特享受地躺会儿才走呢！我问剩下的瓜咋办，他们说带回去藏好，等晚上放学了叫上其他伙伴一起吃。我们一人抱着一颗西瓜顺原路往回返时，刚一进玉米地，迎面就是一声音："往哪儿跑？"

我着实被吓了一跳，但打头那伙伴反应特快，没被声音吓住不说，听到喊话声扔掉西瓜就跑，紧跟着的那伙伴也一样。唯独我没扔，是抱着西瓜跑。三人没向同一方向跑，各跑各的。他俩都跑远后，我跑不动后就在不远处的玉米地里躲了起来。不过那人也没硬追，追了一截就停下了，返回去后捡起那俩伙伴扔在地上摔烂的两颗西瓜说："这些个小家伙，好端端的扔了干啥？"说着他蹲在那儿大口大口吃了起来。尽管声音听得很清晰，但我没敢溜出玉米地看那人是谁，只是等了很长时间，感觉那人到他瓜地摘上瓜走远后，我才开始往出走。与那俩伙伴会合后，见我还抱着颗西瓜，他俩都傻眼了，说都有人追了咋还不把瓜扔了，幸亏那人没硬追，否则肯定被人家逮住了。我当时吓得够呛，脑子里啥都想不起来似的，后来一想，去的时候半路上心慌，那不就是告诫别去偷瓜吗？

我偷瓜抱着瓜跑没被逮住算是幸运的，有一回一伙伴也是有人追了还抱着瓜跑，被人逮住训了一顿不说，还被罚了三十块钱。气得那伙伴他爸妈把他狠狠打骂了一番，说脸都让他给丢尽了。不过村里也有人说，一村一院的，种瓜那人做得似乎有些过分了，抬头不见低头见，因为几颗瓜，哪能跟孩子较真儿，再说罚那三十块钱所失去的，以后可不是三十块钱能买得回来的，毕竟都在一个村里，日后还得打交道。

对于种瓜人罚那伙伴钱的做法，我当时也挺不理解的，心想这种人或许就是人们常说那种爱钱如命的人，几辈子没见过钱似的。但后来有一次我爸骑车带我去县城，看到那人赶着他家的驴车在马路边卖瓜，切开半颗鲜红的西瓜像是样品在那儿放着，大热天的，他被晒得满头大汗，嘴唇都挺干了也没切颗瓜吃，帮人称完瓜后他边等生意边拿出带着的那半瓶水喝了几口。我爸过去跟他打招呼时，他硬让着我爸跟我吃瓜，不管他是不是真心的，总之，我们谁都没吃，其实看着他那身行头，也真不忍心吃。后来那人把两个孩子供得念出了大学，那时候，人们仿佛又都理解了。

待村里开始大面积发展蔬菜时，村里就很少有人种瓜了。之前看过一部电影，里面有段台词，说曾经有个机会摆在面前，没有好好珍惜，如果上天能再给一个机会的话，一定会怎样怎样。我那次想到偷瓜那事儿后，用这语气笑问那时一起偷瓜的伙伴，说曾经有许多偷瓜的机会摆在我们面前，我们都没好好把握，如今再给一个机会……

一伙伴笑笑，说就是再给十个机会，也不会再去偷瓜了。接着又有人补充了一句：毕竟我们全都长大了！

夏日里回乡，让人感到欣慰的是，夜晚坐在院子里同家人们闲聊时，竟听到了村边那水渠里传来的蛙声或是蛤蟆声，让人听着都觉得有那么一些兴奋，而且听着那声音由衷感慨，这大自然的声音，这大自然的美，又回来了，这蛙声，有些久违了。

从小生在农村，对于蛙声，似乎从来都没在意过。也许是太过熟悉的缘故，认为在农村里听蛙声，那是再寻常不过的事了。在村子时，夏夜里有时热得睡不着，听着村边不远处那些小水渠或是池塘里传来呱呱、呱呱的蛙叫声，都觉得特反感。不过准确地说，那会儿听到的也不一定全是蛙声，因为我们那时候也分不清什么是青蛙、田鸡或是蟾蜍，习惯上把那些全都称为蛤蟆了。

听村里一些老人们说，蛤蟆躲端午，就是端午节那天，蛤蟆都躲起来了。不管是在池塘还是水草地里，全都找不到。村子里有人做过试验，说是五月初四晚上逮了一只蛤蟆，回家后用两个废旧的锅对着扣在院子里了，等初五早上出去看的时候，锅与锅扣的依旧是原来的样子，连个小缝隙都没有，但蛤蟆不见了。这一说法在当时传的是神乎其神的。听人说完，我自个儿琢磨了挺长时间，感觉怎么说的这蛤蟆就跟成了精似的。于是第二年，也是五月初四，放学后我专程到村边那小水渠走了一遭，捉了一只不大不小的蛤蟆，拿回家后我找了一个吃完罐头的玻璃缸，往里面倒了一些水，又放了一些水草，把那蛤蟆放进去后我又把那玻璃缸的原装铁盖子拧上了，怕把它憋死，拧之前我还用钉子在那铁盖上凿了几个洞。晚上睡下后我自个儿还黑灯瞎火地设想着，要是明天起来那蛤蟆真不见了，那是不是就真有点什么说法了？如果真是那样的话，那它会不会真成精了，事后会不会来找我算账？如果不是的话，那就说明之前人们说的那端午锅跟锅扣住都留不住蛤蟆的事儿不可靠了……一直这样想着，直至迷迷糊糊进入梦乡。

　　家乡的习俗，端午节往大门上贴老虎、公鸡，还有符、艾草什么的，都是不见红日，而且用艾草、葱须、花椒等冲泡出来的洗脸水，也必须是在红日未出之前就洗。那次端午节早上，我早早地就被我妈给叫醒了。起来后我也没顾得贴符洗脸什么的，直接就到院子里看那蛤蟆了。出门时，心里不知怎么突然间慌了一下，也说不出为什么，总之那种感觉之前没有过，我还想着，可别真有了蛤蟆精啥的。我走近那玻璃缸时挺忐忑，但拿起细看时才发现，那蛤蟆正趴在玻璃缸的水草上，两眼直溜溜地瞪着外面，可能是我拿玻璃缸时的晃动让它受了惊吓，脑袋又往水草里缩了一下。我看后顿时踏实了，情不自禁地笑了一下。那时候形容不出来，用后来学到的话说，看那蛤蟆那情形，那才整个儿一玻璃缸里的蛤蟆，有光明没前途。不过我奶奶念佛，从小教育我不能杀生，所以试验之后我又把那蛤蟆拿回原地放了。但自那以后，不管是在大人们面前还是小伙伴们当中，再谈到蛤蟆躲端午时，我感觉自己特有底气，这事儿上，起码有跟他们讲的谈资。就蛤蟆躲端午这事儿，后来我奶奶跟我说，习俗流传下来的蛤蟆躲端午，其实是因为人们端午那天逮着蛤蟆用它们入药，而且说那天逮到的蛤蟆质量好，更有一些所谓的偏方，说是像一些比较难治的皮肤病之类的病，用端午不见红日逮到的蛤蟆的皮配些药敷上去能治好，格外残忍的手段，听得人寒毛直竖。蛤蟆为了活命，所以才躲着不出来。听我奶奶说完，我顿时心生怜悯了，为了躲避人们的捕杀，对于蛤蟆来说，不躲还能咋的？不过后来留意到，其实不光是端午，就是夏天的时候，也有外地的一些人来我们村里逮蛤蟆。来的次数多了，或多或少跟他们搭过话，从那些人嘴里得知，他们逮的那些蛤蟆最后全都卖到大城市的饭店里了。有些感慨，蛤蟆被逮住后，没成了药材，倒成了食材。

记得在村里念小学那会儿，有一次一伙伴挺兴高采烈地对我们经常在一块儿玩的那几个人说，放学后要请我们吃烤田鸡。我们听后以为他说的田鸡也是跟野鸡之类的鸟差不多，于是放学后就都跟着他去了。那伙伴把我们带到村边那水渠旁后，俯下身子开始在水草地里找，最后逮住一只红腿儿蛤蟆后得意扬扬地说终于找到了，说着正要用他手里拿着的那根铁丝串，我忙着拦住问他干啥，他说烤田鸡啊！听他这么一说，不光我不理解，其他人也都不理解。我问他哪有田鸡，他说着把手里的那只红腿儿蛤蟆举在我眼前，笑呵呵地说这就是啊！一句话说得我差点儿吐他脸上，其他小伙伴们也开始推搡他，说你小子想跟我们开玩笑也不至于这样吧，拿着蛤蟆说是田鸡，恶不恶心，你自个儿吃去！那伙伴显得挺委屈的，说他前天在电视上看到的，我们经常说的那红腿儿蛤蟆就叫田鸡，烤着就能吃。一伙伴接起他的话说，还烤着就能吃，我们听着就想吐。我也数落了他一番，说从电视上好的没学到，倒学会杀生了，下辈子蛤蟆变成人跟你小子讨命呀！见我们没人向着他，那伙伴把那蛤蟆放了后，耷拉着脑袋不语了。

后来我们才知道，那伙伴真的说对了，我们这儿习惯上叫的红腿儿蛤蟆，学名就是叫田鸡，但那时候，村里的那些水渠或是水草地因为干旱干涸后，全都被人开荒种地了。自那以后，也没人再找过什么红腿儿蛤蟆。那会儿我在县城里上中学，语文课上老师讲辛弃疾《西江月·夜行黄沙道中》的那首词时，里面"稻花香里说丰年，听取蛙声一片"的那意境挺令人向往的，读着觉得很亲切，感觉我们家乡夏夜里的蛙声就能营造出那样的氛围，不过念中学那会儿，由于是在县城里，晚上几乎听不到蛙叫声，或者说听不到我们曾习以为常的蛤蟆声。夏夜，有时走在校园里的操场上，阵阵清风中，传来的只是时隐时现比较容易辨别的蛐蛐声和其他各种叫不上名来的虫鸣声。也或许是因为念中学离家住校了，开始懂得想家了的缘故，夏夜里有时听不到蛙声或是蛤蟆声，反而有些空落落的感觉，总觉得就跟缺了点什么似的。在家乡的夏夜里，蛙声或是蛤蟆声是最明显的标志，那也应该说是乡村夏夜里必不可少的元素，有了蛙声或是蛤蟆声，乡村的夏夜才算是完整的，否则的话，那就缺少了一种大自然的声音，缺少了一种大自然的美。

前些年，家乡这边由于自然、人为等因素，许多池塘、水渠啥的全都干涸了，有的干涸之后平整土地另作他用，还有就是人们对于农药的过多使用，使仅存的池塘、水渠也都不同程度地受到了污染，一度时间里，家乡夏夜里的蛙声或是蛤蟆声有种"销声匿迹"的感觉，很长一段时间里都没有听到过，没想到曾经多得让人反感的那些蛙声或是蛤蟆声，突然间似乎变得越来越远了。

不过好的是，前两年的时候，家乡这边开始实施生态修复、河道清理等工程了，或许真是应了人们常说的那句老话，人努力，天帮忙。工程实施以来，下了好几场透雨，小河涨水了，池塘、水渠里也都有水了，一两年的光景，家乡这边的生态环境就修复得大为好转了。现在无论城里还是乡村，人们的环保意识都在逐步提高，绿水青山就是金山银山的理念也深入人心。夏日里回乡，让人感到欣慰的是，夜晚坐在院子里同家人们闲聊时，竟听到了村边那水渠里传来的蛙声或是蛤蟆声，让人听着都觉得有那么一些兴奋，而且听着那声音由衷感慨，这大自然的声音，这大自然的美，又回来了了，这蛙声，有些久违了。

两人边走边聊着，最后，彼此的言语都消融在了瑟瑟的秋风里。他说去初中母校走走吧，我说行。到了初中母校后，两人也没怎么说话，更多的是走走，看看，追忆曾经撒下的印迹。余晖中，两人的身影被拉得很长，看着地上的影子，他说有时候常会想起中学时的情形，很土、很朴实，但却很亲切！我笑笑，点头认同。驻足回眸时，我看了看天边，曾经在校园操场边共同看过的那抹夕阳，此时，依旧美丽！

秋天的阳光隔着窗户进来，少了夏季时的火辣，多了几分秋季时的轻柔。看看办公桌上的台历，八月份在不经意间又即将过去了。朋友打电话，说是月底就要去省城了，要有空的话，走之前聚聚。挂掉电话后我或多或少有些感慨：不知不觉中，时间过得真快！

上学那会儿，同学们假期回来聚在一起后，总感觉不尽兴，说是等毕业了，时间或许就没那么紧了。如今都投身社会了，但大多数人的时间似乎更紧了，有同学或朋友纵然是回乡，也是行色匆匆。上次有一位朋友给我打电话，说是因为时间紧，只能悄悄地来，悄悄地走了，实在没办法，等过年的时候回来，说什么也得多待几天，好好聚聚。我笑问："你没挥一挥衣袖？"他还挺当真地问我："没啊，怎么了？""别带走家乡的云彩！"他反应过来后笑了一下，说这玩笑开得挺诗意。

去年的这个时候，同几个即将远行的同学聚在一起了，聊之前的事，回忆过去，谈以后的路，畅想未来。感觉挺好，但最后聊着聊着就有些惆怅了。我最深的感受是，回忆之前共同经历过的事时，亲切之余总会带出些许伤感。也许是长大了，也许是离乡了，眷恋故乡之情不知不觉中就加重了。最后有同学提议，说是走之前想回初中母校看看，从初中毕业到现在，好多年没去过了，也不知初中母校现在变成什么样子了。我们其他几个人相视过后都同意，而且也挺向往，确实，好些年没有回过初中母校了！

对于初中母校，印象最深的是学校东边的那条柏油马路，具体有几公里，我没去深究过，人们口头上一概说是两公里！上学那会儿走在那路上，总感觉特长特长，刚升初三时，暑期里补课，由于学校装修，不能住校，我们每天都得早去晚回。邻村一同学跟我骑自行车走在那路上，特享受地说："骑着自行车听着音乐，再看看两边开阔的原野风景，每天来来回回，这小日子挺不错的！"我戏弄他，要不中午也回吧？那同学考虑都不考虑，直口说道："行啊！"第二天中午回家的时候，我没跟他一起走，那哥们儿没生气不说，还特仗义地说："这大热天的，来的时候弟兄们给你弄几颗西瓜消消暑！"我笑了一下，没当回事儿。不过碰巧那天下午考试，都已经开考了也没见那同学来，我心想这小子是不是午睡得过头了？差不多开考快半个小时了，那同学才气喘吁吁地喊报告进来。事后他跟我解释，说他们村看瓜那老大爷大中午都不回家，他蹲在那儿跟老大爷耗了老半天了都没机会，最后才想起下午考试，紧赶慢赶来学校后还是迟了。我听后挺乐的，我说以为是他家自个儿种的瓜呢，原来是打算去偷瓜。我又问他明天中午回家不，那哥们儿心有余悸地说："看情况吧！"记忆比较深的一次是我俩在那条路上放开双把骑车，因为路比较宽，而且也特平坦，又碰上那条路车少。那哥们儿说这条件不放开双把骑一会儿，太对不起这条件了。我们前后看了看，确定远近都没有车辆后，便张开双臂骑车了，边骑边还瞎摆动作。那哥们儿伸直手臂两手摆着 V 形字样，说什么自行车飞机，飞机中的战斗机。正骑得尽兴时，我回头看到后面挺远处有辆摩托车，我收回手后提醒他，说后面有车子。他回头看了看，挺不在意地说："没事儿，还远着呢，再骑一会儿！"又骑了几分钟后，我俩听着后面那摩托车声都感觉到不对劲儿了，这声音怎么那么熟悉？再回头时才发现，骑摩托车那人是我们班主任！顿时，我俩骑车就跟飞车似的，狂蹬自行车，一口气都不敢松，一下头也不敢回，骑了好长一阵子才骑到岔路口躲开了班主任。停住后我俩满头大汗，精疲力尽，连话都说不出来，扶着车子直喘粗气，最后俩人相视着都笑了。那事儿之后，有一个多星期，我走路时腿还有些发软，就跟打了麻药似的！班主任强调那几天跑校的纪律时说，同学们来回的路上一定要小心，注意安全，前几天不知是哪个班的两名男生，在大路上放着双把骑自行车不说，最后飙车飙得连他的摩托车都追不上……

班主任在上面讲着，我俩光在下边低着头乐了。那同学用笔捅了捅我胳膊，压着声音说："老班的想象力真够丰富的，啥叫咱俩飙车，要不是他那破摩托车跟轰炸机似的在后面跟着，咱能骑车跟飞车似的吗？"不过听班主任那口气，他没发现骑车的人是我们！

今年夏天，我跟同事去乡里办事，路过中学时，我还特意进去看了看。虽说见到几位老师，但那全都是工作以后认识的，我们念书那会儿的代课老师，大都调走了，而且中学现在也改成小学了，生源很少，多少显得有些冷清。碰巧那天下雨，除那条砂石路以外，校园其他地方都很泥泞，我也没到曾经的教室里去看，走的时候，多少有些留恋，于是透过车窗用手机给远处的教室拍了张照片。离开时在QQ空间写了一条说说："再见，初中母校！"有几位同学看到后说是倍感亲切，说看着照片回想起了许多，等再有空回来，说什么也得去初中母校看看！

初中刚毕业那会儿，因为怀念曾经相处过的那些同学，我写了一篇题为《逝水年华忆兄弟》的文章，记录曾经共同走过的路，一起经历过的那些难忘的事：在操场上用树间距当球门踢足球；雨雪交加时几个男生挤在教室外面听《冰雨》；操场上逮只蚂蚱放女生笔袋里，顺便写个纸条，送你只蚂蚱版的小强；元旦假期前一天在宿舍通宵玩扑克，怕老师发现，先出牌那哥们儿扔下对五说 double five；秋天打扫校园里的树叶时，点着树叶堆后唱"狼烟起……"；冬天打雪仗，说那是用旺仔大馒头送礼……

直到现在，有许多事回想起来，感觉就仿佛发生在昨天一样。上学的时候，时间紧，是为了学业；投身社会后，时间紧，是为了生活。有时在时间跟现实面前，我们颇感无奈。

朋友走的前一天下午，我抽空去了他那里，聊了挺长时间，红日西斜时，他说想到外面走走，再看看家乡的风景。我问他国庆或是元旦假期是否回来，他说时间紧，可能再回来的时候就应该是年底了。两人边走边聊着，最后，彼此的言语都消融在了瑟瑟的秋风里。他说去初中母校走走吧，我说行。到了初中母校后，两人也没怎么说话，更多的是走走，看看，追忆曾经撒下的印迹。余晖中，两人的身影被拉得很长，看着地上的影子，他说有时候常会想起中学时的情形，很土，很朴实，但却很亲切！我笑笑，点头认同。驻足回眸时，我看了看天边，曾经在校园操场边共同看过的那抹夕阳，此时，依旧美丽！

中国古人常说，不孝有三，无后为大。后，不是说儿女子孙多，不是这个意思。儿女子孙再多，没有人才，没有德行，没有学问，没有智慧，那没用处。对于成爷来说，他留下的那些用柳条编筐子的手艺，还有他的那种德行，那就是我们这个村子的"后"。那就如同家乡原野上那些小草的种子一样，在春风中破土而出，在夏日里茁壮成长，在金秋中满满收获，在寒冬里厚实储藏。一年四季，斗转星移，生生不息！

在农村，用柳条编筐子，绝对算得上是一项技术活儿。那时候，村子里家家户户几乎都有柳筐。下地干农活儿，给牲畜添草，全都用得上。村子里用柳筐的人不少，但会编柳筐的人却不多。而且那些会编柳筐子的人也全是一些上了岁数的人。

我的一位本家爷爷，编筐的手艺在村子里算得上是首屈一指的。因为老人名字里有个"成"字，所以村里的一些晚辈后生都称他老人家为"成爷"。老人心肠好，乐于助人，七十多岁了身子骨依然硬朗。平日里也勤快，那么大岁数了每天把自家院子里打扫得干干净净不说，还把房前屋后的那些空地也整理得格外整洁。成爷家院子东墙外还有几棵杨树，人们农闲之时，常会聚在那里闲聊，特别是夏夜晚饭之后，聚在那里聊天的人更是多。有时冬天天气好的时候，也有许多老人们拿着个厚棉垫子在成爷家院子外南墙根的青石头上坐着，边聊天边晒太阳。后来有位老人开玩笑，说因成爷的勤快，村里才有了他们这支"赶死队"，成天在这儿排队晒太阳，就等着"赶死"了，黄土埋到脖子的年龄，晒着太阳，日子过一天算一天。

　　成爷不但编筐的手艺好，而且心也细，做出的活儿没人不称赞的。村里常有一些人割上柳条子拿去请他老人家给编筐。当时老人已经七十多快八十岁的人了。但除了往回弯筐系时力气不够得有人帮忙外，其余的根本不用人打下手。有些人过意不去，请成爷编筐时或多或少给老人家带些东西，比如像鸡蛋、自家地里种的菜等等。但成爷看后总会笑着说同样的话："一村一院的，你这孩子不是埋汰我吗！想要筐子的话，你这些东西怎么拿来的你就还怎么拿回去，要是下次再这样，我就不给你编了啊！"成爷给人编筐子不光不收那些人拿给他的东西，有时碰上吃饭的时间，成爷跟成奶奶还会特热情地留他们在家吃饭。有些在成爷家吃过饭的人说，成爷跟成奶奶真是金砖配玉砖，成奶奶做的饭真好吃！

　　成爷编筐，一般都是在他家大门口的空地上或是院子东墙外的杨树下，而且几乎天天都有人在那儿坐着拉家常。用村里人的话说，成爷家那儿有风水。我们孩子们有时放学回家路过，也会在那儿待一会儿，听听大人们聊天，顺便看看成爷怎么编筐子。

　　有句俗语，叫长圣人短艺人。我想，如果把成爷说成是"艺人"的话，这句话就被打破了。成爷会的那些手艺，只要有人想学，他全都毫无保留地端出来。教的时候还鼓励着说，年轻人心灵手巧，做几遍就会了。出于好奇，我那会儿还问过成爷，他编筐的手艺是跟谁学的？老人家看看我，眼里全是对孩子们的那种慈爱。边编筐子边笑着说，教的不会看的会，多用心，看看就会了。那时候时兴那种稍比手指宽的比较硬且有颜色的包装带。成爷用那编出来的菜篮子，各式各样的。也不知成爷是怎么搭配那些有颜色的包装带的，编的时候又不画图，但编出来后，那图案比画出来的都整齐漂亮。要放现在的话，或许也能申请专利了。

成爷不光会编筐子，像草帽、菜篮子、草垫子，小到蝈蝈笼之类的，也都样样精通。我小时候喜欢养小动物，天上飞的，地上跑的，水里游的，能玩的几乎全都逮过。有次上山听到蝈蝈叫后，又悄悄地跟小伙伴们去了好几次。父母一般不让孩子们到附近那山上，说是怕碰到蛇。我们逮住蝈蝈后差不多每人都分了一只。我回家找了一个小塑料瓶子，把蝈蝈放进去后还弄了几个小孔，但挂在屋檐下没几天就死了，难过了好几天。我爷爷说可能是那瓶子上的孔比较小，通风不好，又碰有太阳时，塑料瓶被晒得里面的温度比较高，所以蝈蝈才活不长。见我挺难过，我爷爷说过几天他给找一个放蝈蝈的，到时再逮一只。但没过几天我就把这事儿给忘了。有次放学回家路过成爷家时，见成爷正在那儿编筐子，看到我后笑着说蝈蝈笼给你编好了，说着进院子里给拿了出来。那蝈蝈笼比香瓜大一些，形状跟梨差不多。成爷说回去后叫我爷爷再拴一枚铜钱当盖子，就能放蝈蝈了。拿着蝈蝈笼，一路上我特高兴。回去后，听我爷爷说，这个蝈蝈笼是用榆树条编的。按家乡习俗，人们一般都不栽榆树，说是怕家里出"愚"人。我爷爷跟成爷说了想请他给我编个蝈蝈笼后，成爷还叫他儿子去外地回来时专门给割了些榆树条，说榆树条编出来的蝈蝈笼结实耐用。的确，那蝈蝈笼一直用到我出村念书时还好好的。

不过不幸的是，就在我出村念书的第二年，成爷的儿子，就是给我割榆树条的，也是成爷的独子，按辈分，我管他叫大伯，难受看病时，检查出了不治之症。起初，怕成爷受不了打击，谁都没敢跟他老人家说，但后来大伯病情恶化，身体日渐消瘦，出院后只能躺在家里养了。说是养，其实说白了，那就等于是在家等死了。成爷虽然年纪大了，但心里跟明镜似的，一点儿都不糊涂。有时年轻人的思维都赶不上他老人家。家里人觉得瞒不住后，缓和着向成爷说了。其实成爷自己早就猜得八九不离十了。家人把大伯的病情跟成爷说了后，老人家只是叹了一口气，啥也没说，默默出去后，独自坐在了院子外南墙根下的青石上，抬头看着远处的天空，豆大的泪珠从眼里滚落了下来。听本家的亲戚说，大伯病重期间，成爷就去看过大伯一次，两眼红红地盯着大伯看了很长时间，最后只哽咽着对大伯说了一句话："想吃啥，叫你妈给你做！"一句话，说得在场之人全都潸然泪下，有的最后泣不成声。

自大伯病了以后，人们再不好意思找成爷编筐了，也不再到成爷家大门外坐着闲聊了。有些老人们走过去也是很沉重地叹口气，想说什么，但却欲言又止，最后边走边无奈地摇几下头，很惋惜的样子。但成爷每天依旧早早起来打扫房前屋后，有人路过，看到他老人家后敬重中带着些许同情，问候话也大都是简单的一句："成爷，您又打扫了！"成爷顶多是勉强着笑笑，算作回答。有几次，老人家好长时间才像是反应过来，停下来后，成爷左手压右手撑在那根立在面前用芨芨草扎成且已磨得很秃的扫帚把上，停顿一会儿后才说："打扫打扫，怕有人过来坐时不干净！"成爷每天打扫着，但再没人到那儿坐着闲聊过，不是不愿意，而是不忍心，更多的是爱莫能助！

没多久，成爷大清早起来打扫时摔了一跤，待人们发现时，老人早已不知在那儿躺了多久了。弄进家醒过来后，人们发现，成爷摔得不会说话了。村里的老中医，年轻的西医大夫，全给看过，但都没找出病因来。家里人想把成爷弄到县城的大医院里检查，但又怕老人去了后不能活着回来，况且家里又有大伯那么一个重病之人，时常得有人照顾。最后成奶奶说，就让老头子在家里养着吧！要真有个好歹，也是在家里走的，总比活着去医院到头来拉回个死人强。以后的几天下来才发现，成爷不光不会说话了，而且连吃饭喝水也不会了。输了好多天液都不见有任何起色，医生也不敢给用药了。

爷爷去看过成爷，回来后啥也没说，只是满脸的沉重，最后长长叹了一口气。

半个月后，成爷走了。出殡的那天，村里的男男女女、老老少少，能出门的几乎全都去送了。人们没有太多的语言，只是一直默默地跟着、走着、看着，直到满眼泪花！

那天晚上，我去了爷爷家。吃饭的时候，爷爷独自倒了一杯酒。印象中，爷爷之前好长时间都不喝酒了。说到成爷时，爷爷顿时满眼满眼的泪花。奶奶惋惜说那么好个人，怎么说没就没了！爷爷粗糙的手抹了抹眼泪，说他哪是摔死的，他那是自己把自己活活给饿死的！村里之前在成爷家院子外面坐着青石头晒太阳的那些老人们也这样说过。爷爷说他去看成爷时，成爷虽没开口，但眼神里已经把他想说的说出来了，爷爷听得懂。村里人都知道爷爷跟成爷那是最要好的。我虽没去，但听爷爷说着，想象中，脑海中也浮现出了当时爷爷去看成爷时的情形：成爷没有说话看着爷爷，爷爷也没有问话看着成爷，两位老人通过眼神在用心交流。人世间最痛苦的事，莫过于白发人送黑发人，成爷刚强了一辈子，晚年咋能眼睁睁看着独子走在自己的前面？小时候听人说，人不吃不喝，生命最多能够维持七天七夜，而成爷，一口饭没吃，一滴水没喝，整整十三天！

成爷走后没多久，大伯也去了。如果说成爷家之前是盏灯的话，那大伯走后，这盏最后的灯也灭了。成爷家房前屋后之前一拨儿人一拨儿人坐着拉家常的热闹场景从此被一片沉寂所取代。深秋时，院子东墙外的那几棵大杨树上的黄叶大片大片地飘落下来，但再没有人打扫了，看着树下那些堆积的厚厚的黄叶，不由地会让人想起落叶归根这个词。

成爷不在后，村子里用柳条编筐子的场景就很少再看到了。而且随着农村农业生产生活条件的提高，人们用柳筐的地方也比较少了。现在有些土产日杂店里也有专门卖柳筐子的。我那次看到后还专门留意了，不是自己有私心，真的，总感觉土产日杂店里卖的那些柳筐子不如成爷编的那些筐子好。

中国古人常说，不孝有三，无后为大。后，不是说儿女子孙多，不是这个意思。儿女子孙再多，没有人才，没有德行，没有学问，没有智慧，那没用处。对于成爷来说，他留下的那些用柳条编筐子的手艺，还有他的那种德行，就是我们这个村子的"后"。那就如同家乡原野上那些小草的种子一样，在春风中破土而出，在夏日里茁壮成长，在金秋中满满收获，在寒冬里厚实储藏。一年四季，斗转星移，生生不息！

从豆腐坊出来回家的路上，我就在想，德喜爷的豆腐坊开到现在，能有这样的成绩，对于一个村里人来说，已实属不易了。老人从没自个儿宣传过自个儿的豆腐有多好，更没做过啥广告，但十里八村的人们提起德喜爷家的豆腐，没有不称赞的。老人不会断文识字，更不会自卖自夸，做了一辈子豆腐，凭的只有良心。最质朴，也最有力量！

一年四季中，无论什么时候，村子里黎明前的夜空，总像是被豆腐坊里微弱的灯光划破的。

豆腐坊很古老，古老到那时候我们十多个孩子的岁数加起来都没有它岁数大。村子里像豆腐坊这样老式的房子，一般都比较小，而且大都是土木结构，房顶上面的瓦通常都是蓝灰色的，远远看上去，给人一种很古朴的感觉。如果按照产业划分的话，豆腐坊同村里的磨面坊、麻油坊都可算得上农产品加工业之类的了。不过村子里那豆腐坊一般都是在黎明前人们还都熟睡那会儿做豆腐，等太阳出来人们开始劳作时，豆腐坊里已几乎忙完了。剩下的就是一上午等着村人们陆陆续续到豆腐坊里捞豆腐。家乡一直以来的习惯，人们很少说买豆腐，一般都是说捞豆腐或是换豆腐，说是这样说，做也几乎都是这样做。古代流传下来的货物交换在捞豆腐上还能体现出来。村人们一般都是拿上几斤黄豆去换豆腐，或是平日捞豆腐时一直累计着，等秋天黄豆下来一并偿还。

电视上刚有豆浆广告那会儿，我们村里的孩子们不懂，以为做豆腐那种浆水就是豆浆。这事儿还出过笑话，有伙伴看了电视上那广告后，用吃完罐头的玻璃缸到豆腐坊装了多半缸浆水，拿到教室里后说是请我们喝豆浆，知道的伙伴说那东西不是豆浆，不能喝，他爸每天清早到豆腐坊挑回浆水拌着玉米面喂猪呢！用我们后来常回想起那事儿开玩笑的话说，见识短了就是可怕，当初一大伙儿人差点被以为浆水就是豆浆那伙伴给当猪喂了。

对于豆腐坊里生产豆腐，我倒是看过，但时间不长。那时候我正上小学，那会儿冬天教室里取暖还都是生炉子。同学们轮流值日。有次轮到我时，我调的闹钟是凌晨四点半，起床洗漱完全都收拾好后还不到五点。出门后，凛冽的寒风吹得身上不停地打寒战，拿着手电走在路上，感觉格外的静，脚步声听得很清晰，平日偶尔会从村巷里传来的犬吠声那会儿也没有了，整个村子好像还都在熟睡着。我小时候胆子倒是挺大的，不懂得害怕。独自到了教室后开门开灯，清理炉子，然后将拿着的那些柴火放好，不过那次我忘拿火柴了，整理好炉子后在那儿坐了挺长时间，想着等天亮了有抽烟的男老师来了跟他们借火柴或是打火机，但越想越觉得行不通，时间迟不说，要是到时候弄得满教室的烟走不出去，那就更糟了。那会儿听大人们常说万事俱备只欠东风的话，我那阵的情形是万事俱备只差点火了。后来想起那事儿我都想笑，万事俱备只差点火，不清楚内幕的人听了以为要发射火箭似的！

在我返回家取火柴的途中，路过豆腐坊时看到里面的灯亮了，旋即一个念头，到豆腐坊里去借火柴。进去后，正在做豆腐的德喜爷父子俩看到我后颇感意外，我说明来意后他俩齐看着我笑了笑，不过拿上火柴之后我没有立即就走，在那儿看他们做豆腐看了一阵子，那口大锅正翻云吐雾地冒着热气，旁边还放着几个用木头做成的正方形的模型，还有一些是我叫不上名来的，但那些跟纱布似的我猜想应该是用来过滤的。见我在那儿站着没走，德喜爷以为是我害怕不敢去了，说天还这么黑，叫你叔去送送你。本来我是想多看会儿，但一听德喜爷这么说，我也不好意思再多待了。我说我敢去，我爸说要帮我去生炉子我都没让。我转身走后听到德喜爷笑着嘀咕了一句："这小子……"

中午放学回家路过豆腐坊时我进去还那半盒火柴，德喜爷还以为我是帮家里捞豆腐，说上午我奶奶跟我妈她们都已捞过了，是不是不够了？我说我还没回家呢，这是刚放学路过，进来还火柴了。这一说德喜爷才像是想起黎明前那会儿我到豆腐坊跟他借火柴了，说这孩子，半盒火柴还啥？

出于较强的好奇心，我那会儿很想看看德喜爷他们做豆腐的全过程，但除了那次借火柴看了那么一阵子后，再没见过，就是在过年那会儿家家户户整锅整锅捞着回去炸豆腐的情况下，也没见德喜爷他们大白天做豆腐，有好几次路过豆腐坊时，大都是见德喜爷他们父子俩在外面整理黄豆。我想德喜爷他们毕竟不是单单只靠做豆腐养家，除了做豆腐外，他们跟村里其他人一样，也得去地里劳动，只是做豆腐忙的时候，他们可能睡得很晚，起得很早！

做豆腐对水质要求比较高，这是我在后来知道的。不过知道这事儿是因为德喜爷家的豆腐坊关门了，而关门的原因是德喜爷家的那口水井的水质越来越差，做出来的豆腐不仅口感大不如从前，就是颜色上也没有之前那么光鲜亮丽了，用德喜爷自个儿的话说，豆腐越做越成豆腐渣了。其实不光是德喜爷家，就是其他人家水井里的水也都大不如从前了。有人说是由于这些年比较旱造成的，也有人说跟附近山上那些私挖滥采开铁矿的有关。但不管怎么说，对德喜爷豆腐坊关门这事儿，村里人大都不理解。德喜爷做豆腐好歹也算半个生意人了，哪有生意人自个儿嫌自个儿的东西不好的？况且村里人也没人说他家豆腐咋样不好，他却自个儿嫌弃自个儿关门了。他老伴儿还因为豆腐坊关门这事儿跟他闹了好长时间别扭，说老了不想做了就说不想做了，还说啥水质不好，那水质好时也没见一块豆腐多换过几两黄豆。这话听得德喜爷脸就跟被霜冻打了的茄子似的，闷声闷气地说，你个妇道人家懂个啥？

有一次夏天午后，德喜爷到我爷爷家串门，他俩在墙根下那阴凉处坐着闲聊时，也说到豆腐坊关门这事儿。德喜爷挺感慨地跟我爷爷说，老哥，咱都是从苦年代过来的人，那么穷时咱也没因为想着挣钱做过啥昧良心的事儿，你说我这做了一辈子的豆腐，总不能到老了叫自己良心过不去，那豆腐坊开着肯定比不开强，但你说做出来那豆腐我都看不下去，乡里乡亲的……说到这儿德喜爷停住了，也没再往下说，最后只是挺沉重地叹了口气。

我爷爷说不行的话洗洗井，再往深钻钻，现在那机器也先进。德喜爷家那口井还是那种老古式的，井口差不多有水缸口那么粗，再往深钻也不怎么费事。

听我爷爷说完，德喜爷缓了缓，说自个儿都这岁数了，儿子又对做豆腐不感兴趣，关就关了吧，一门心思只想着种地也好。

豆腐坊关了差不多两三年，新农村建设村里饮水工程改造，在村里水源好的地方打了一口很深的井，还盖了水塔，家家户户全都吃上了自来水。人们说吃着水感觉又有之前的甘甜味了。有人建议说让德喜爷再把那豆腐坊开起来吧，也正碰巧，德喜爷的儿子不愿种地在外面打了两年工，感觉没什么前景后又回村了，定下心来一门心思想在做豆腐上做文章。就这样，德喜爷将豆腐坊整理好，添了些新设备后又重新开了起来。做了几锅豆腐后德喜爷脸上有了难得的笑容，说这豆腐做得还像回事儿。

人们常说，大难不死，必有后福。豆腐坊似乎就印证了这句话。在经历了关闭的疼痛后，豆腐坊在重新开张后迎来了新的春天。碰上逢年过节，十里八村的人都来整锅整锅地捞豆腐。县城里的一些小商贩还以德喜爷家的豆腐做起了豆腐买卖。质量好是一方面，但许多人看中的是德喜爷因自个儿嫌自个儿豆腐不好关了豆腐坊的那种诚信跟道义，都说这年头像德喜爷这样的人，真的太少太少了。里面不给掺和就算好的了，有的就是掺和了也还铺天盖地打广告说是纯天然绿色食品什么的。直至被识破后人们才知道被那虚假产品跟虚假广告骗了很长时间不说，且把健康搭进去不少。

当我再去豆腐坊帮家里捞豆腐时，已是在县城里读高中的时候了。那时候一个月顶多回两次家，而且回家后我也很少出门。去捞豆腐时碰巧德喜爷在，但他差点没认出我来，说都长成大人了，要是在外地见了，兴许都不敢认。捞上豆腐后我在那儿站着跟德喜爷寒暄了一阵。德喜爷虽然老了许多，但老人家身子骨还算硬朗，说豆腐坊现在全都交给儿子打理了，他就是闲时过来帮着捞捞豆腐啥的。他儿子说再过一阵子，想在县城里买间门市，专门经营豆腐。他也挺支持，但他说不管在啥地方开豆腐店，只要他活着，村里这豆腐坊就得留着，这是根！

从豆腐坊出来回家的路上，我就在想，德喜爷的豆腐坊开到现在，能有这样的成绩，对于一个村里人来说，已实属不易了。老人从没自个儿宣传过自个儿的豆腐有多好，更没做过啥广告，但十里八村的人们提起德喜爷家的豆腐，没有不称赞的。老人不会断文识字，更不会自卖自夸，做了一辈子豆腐，凭的只有良心。最质朴，也最有力量！

事后，我一直在想，其实无论做什么，只有良心，才是永远的金字招牌。

我时常琢磨，是机械的发达让人的体能逐渐退化了，还是条件的优越让人缺少那种吃苦的精神了？这样的因素或许有，但肯定不是主导。舅爷用一根扁担挑着两大筐子杏儿走十多里的路，肯定有着他合理的解释，但我左思右想后，粗浅地得出了这么一种说法：用爱挑起的扁担，不沉！

扁担用来挑水，这是之前在村子里最为常见的事，以至于常见地让人都形成了一种概念，只要一提扁担，那就是在说挑水。但我记忆比较深的是，我有一位亲戚，却是用扁担来挑杏儿。

那亲戚是我奶奶门上的，住在离我们村子十多里以外的一个小山村。家里有个不大不小的杏园子，据说那是他从我奶奶他们村搬到那个村子后自己栽种的。每年杏儿熟季节，那亲戚总会用扁担挑两大筐子的杏儿给送来。那时候看那亲戚岁数都挺大了，憨厚老实的脸上挤满了深深的皱纹。每次来，穿的都是那件浅蓝色的粗布褂子。我私下里还问过我奶奶，那是我啥亲戚，我该叫他啥。我奶奶说那亲戚比她都大好几岁，论辈分，我得管他叫舅爷。我一直知道的是，我爸只有一个舅舅，那会儿演电视剧说亲妈后妈，我不知怎么就想到那词儿了，待那亲戚走后，我悄悄问我奶奶，说那亲戚是不是也算我后舅爷。这一问，把我奶奶给逗乐了，笑了很长时间，见我还一个劲儿地侧仰着脑袋等回答，我奶奶笑问我，说这称呼是听谁说的。我似乎想都没想就作了回答，说是我自个儿琢磨的。我奶奶没说啥，看着我那表情，又忍不住笑了笑。事后我得知，那舅爷是我奶奶的本家，但已是出了五服之外的了。在我奶奶还是孩子的时候，他们家遭了难，危难关头，是我奶奶的父亲帮了他们，自那以后，那种亲便像是成了一家人，一直以来，延绵不断。应了村里人常说的那句话，亲戚亲戚，越往来越亲。那时候的人心也真的纯朴，滴水之恩当以涌泉相报的话，在他们身上，绝不是说说而已。也许是往来的次数多，村里许多人，尤其是我奶奶家附近这一片的人，全都认得我那舅爷了。那时候条件差，交通工具顶多是辆自行车。舅爷平时来，有时还骑自行车，可每到杏儿熟的时候，总是用那根中间已磨得发亮的扁担挑两大筐子的杏儿，十多里的路一直步行走来。小学课文里有一篇《挑山工》的文章，我背那课文时，脑海里的第一印象就是想到我那舅爷了。每次来，我奶奶总会说拿这么多杏儿干啥，舅爷却总是那么憨厚地笑笑，说一年也就这么一次，给孩子们吃。而且每次来送杏儿，顶多是在我奶奶家吃顿中午饭，下午天稍凉下来的时候，便又开始往回返。好几次，舅爷走的时候，我爷爷、我爸他们硬要骑着车子送，但舅爷却死活不肯，说要这样，以后他还咋来。我爷爷还是不忍心，说要么就住下，要么就让人骑车送，要不这做成啥了。舅爷解释，说他家里养的牛呀羊呀的，晚上得添夜草，老婆孩子干不了，他说啥也得回去。最后还是我奶奶发话了，说就让他走着回去吧！可有次舅爷吃完午饭坐了一阵子，又跟往常一样用扁担挑着那两个空筐子走后，我奶奶在那边整理杏儿边用手抹起了眼泪。

待我后来会骑自行车时，舅爷依旧每年杏儿熟的时候用那根扁担挑着两筐杏儿往来送，但我明显地留意到，筐里的杏儿远没有之前那么满了。我在村边跟小伙伴们玩的时候，大老远看到过舅爷，在离进村百米远的距离中，他足足歇了三四次。我跟小伙伴们跑过去帮忙时，舅爷说啥也不让，笑着说我们小孩子抬不动，说着给我的那些小伙伴们每人分了两大捧的杏儿。小伙伴们拿不了，全都用衣服兜着了。舅爷还安顿他们，吃杏儿的时候分着吃，每次少吃点儿，吃多了肚子疼。到我奶奶家后，已是红日当头了。吃饭时，舅爷还跟之前一样，憨厚地笑笑，但像是挺不好意思的，说在园子里给牛羊割了些草，安顿好才走的，所以有些晚了。我不知道爷爷奶奶以及家里其他人是怎么想的，但我很确定地认为，那肯定是一位憨厚老实的人说了一次善意的谎言。我不相信他是走得晚。如果没在村口碰到的话，我或许会信，但百米远的距离足足歇了三四次，十多里的路，那得歇多少次？那一路是怎么走过来的？我虽不信，但吃饭期间我一句话也没说，只是不经意间看舅爷时，发现他比之前老了许多。

　　舅爷走的时候，仍和之前一样，谁都不让送。不过我那会儿表现得挺逞能，推出家里那"飞鸽"牌的老式自行车后说我去送。当时的个头稍比自行车高一点，那时候也没有像现在那种没有车梁的小自行车。我们当时骑自行车，全是左手握住车把，右手臂撑握在车梁上，把腿掏过去骑。

　　我推出自行车后那么一说，把所有人都给怔住了，但停顿了那么一下后全都开始笑我了。我还一本正经地说，我会骑车，能去送。舅爷笑着摸摸我的脑袋，说等你长大了，舅爷就让你送。见他们没人把我说的话当回事儿，我找了个话题，问舅爷这几天他们那儿有小松鼠了没。这一问舅爷倒是把我的话当回事儿了，说早就有了，前一阵子他还在园子里看到几只，看那样子像是刚出窝没几天。我说那正好，我去住几天，碰着了逮只小松鼠回来玩玩儿。我爸打住我的话说不让我去，想去了等过几天他带着我去。我没听他的，而且一听说我要去住几天，舅爷也说正好孩子放假了，去那儿走走。有时候，大人们办不成的事儿，放在孩子们身上却改变了。舅爷摸着我的脑袋，说那今天就让你送舅爷吧，正好去走走，到时给你逮只小松鼠。我奶奶也说想去就让我去走走。最后是我爷爷给打点的，把那扁担横绑在自行车后架上，两边各绑了个筐子，我还笑说这咋就跟我们这儿用自行车驮着俩篓子卖香瓜那人的车子似的。不过说的时候是让我骑车送，但走的时候却是舅爷骑车带的我。路上，我问舅爷，给我奶奶家送杏儿时为啥不骑自行车？他说骑自行车拿不了多少杏儿，而且路不好走，等去了说不定杏儿几乎就全颠烂了。

　　舅爷三个女儿，没有儿子。大女儿嫁在了本村，其他两个女儿在外地打工。我去的当晚，大女儿一家也都到舅爷家了，而且去的时候在他们村那小卖部买了许多吃的，感觉把我当成啥贵客一样对待。我那大姑还叮嘱她那比我大七八岁的儿子，要他带我好好玩儿，上山或是到园子里的时候小心点，注意蛇。起初，我多少有些不自在，但两天下来，陌生感拘束感啥的全都没了。表哥带我上山，逛杏园子，逮蚂蚱。说到玩松鼠时，表哥说，出了窝的松鼠就算逮着了也养不熟，顶多养在小笼子里看看。他在村里的一个朋友，为了往熟养一只松鼠，自己攒钱买了袋奶粉，从松鼠掏回来没睁开眼一直喂到大，现在人走哪儿松鼠就跟到哪儿，用我们这儿的方言说，那松鼠就是被"耍熟"了。听表哥说着，我挺好奇的，最后他还带我见那朋友跟他的那只小松鼠了。果真不错，表哥那朋友走到哪儿，那松鼠就跟到哪儿，而且那松鼠自个儿活动或是人看不到时，只要表哥那朋友一吹口哨，那松鼠便窜着出来，走到表哥那朋友跟前，顺着他的裤腿，一直爬到肩膀上，然后立起身子翘着尾巴左顾右盼，样子十分可爱。喂它东西时，它只用两个前爪抱捧着吃的，要么蹲坐着，要么稍蜷缩着身子，吃的时候把两腮撑得鼓鼓的。表哥还跟我说，之前他们朋友当中有人说后山上有圆尾松鼠，就是尾巴立起来像个扇子一样。那种松鼠最好，平日里见到的那些都是单尾或是双尾松鼠，不值钱。表哥他们听了以后还拿着镐子、铁锹之类的工具去后山上掏那种松鼠了。表哥他们朋友当中倒真有艺高胆大的，看到一窟窿后说这估计就是那圆尾松鼠的洞了，凿了又凿，挖了又挖，估计差不多时，他戴上事先准备好的能护到胳膊肘的那种皮手套，对在场的人说，等着看圆尾松鼠吧！伸进手去掏了一阵后，挺兴奋地说，运气不错，好像逮住了，估计是只大松鼠。一听他这么说，众人都围上来了，但掏出来一看，是条棍子粗的蛇，蛇头正被他死死地握着。不过对于从小在山脚下长大的孩子们来说，蛇似乎并不怎么可怕，但我们不行，有时说蛇都能把女生给吓哭了，就是男生有时谈到蛇都觉得头皮发麻。那晚，我跟表哥都住在了舅爷家，吃完饭后俩人待一屋，他说要我多住几天，看能不能给我弄一只能够"耍熟"的松鼠。说实话，我是真想要，也真想再多住几天，但他们一直把我当贵客看待，我实在不好意思再住了，于是找借口，说我想回家了。

回的时候，我要自己骑车走，但舅爷说啥也不让，最后让表哥也骑了辆自行车一路把我护送回来。路上表哥还跟我说，要是弄到能"耍熟"的松鼠，他到时给我送下来，说以后放假，有空了就去找他玩。不光是表哥，我走的时候，舅爷舅奶跟大姑他们全都那么叮嘱我了，叫我有空常来。

往后的日子里，我还真不拿自个儿当外人了，特别是一到放暑假，不光我去，而且我还带着经常跟我在一块儿玩的那些伙伴去。有时我也叫我奶奶给打点好，给舅爷带些自家院子里种的菜啥的。但奇怪的是，尽管我们回的时候舅爷已经给我们拿了些杏儿了，但每年他还是用那扁担挑着两筐子杏儿往我奶奶家送。表哥还跟我说过这事儿，说表哥要替舅爷送，但被舅爷拒绝了，说只要舅爷在，就用不着别人。说是吃鲜杏儿，其实舅爷每年送去的杏儿我们也吃不了几个，杏儿储藏的时间又不长，一般吃几个鲜杏儿后，剩下的那些就全被我奶奶拿出去晒杏干了。

有一年夏天，吃杏儿的季节快过了也没见舅爷挑着杏儿来。我还想着，兴许舅爷真的老了，挑不动了。可没过几天，传来噩耗，舅爷去世了。这消息似乎让所有人都有些猝不及防，一点儿征兆都没有，过年去看望舅爷时老人还好好的，用我那大姑的话说，舅爷走的前几天还在杏园子里锄草呢，好端端一个人，说没就没了。不过老人走得安详，没啥痛苦，也算是善终了。

　　发丧时，我也去了。亲戚们都在那儿哭诉着，我虽难过，但没落泪。可在院子里走动，看到门顶上横放着的那根扁担时，我鼻子一阵的酸，舅爷之前每年送杏儿的样子，那挤满皱纹的脸，憨厚纯朴的笑，在村口歇息了好几次累的样子，我说要骑自行车送他却是他带着我……那些情形如同放电影一样在我脑海里回放，直至回放到我泪流不止。

　　舅爷走了，但那种亲还跟之前一样，一直在我们这些后辈中延绵着，那绝对超越了血缘。嫁在本村的那位大姑现已是白发苍苍了，而当初带我上山逛杏园给我弄能"耍熟"松鼠的表哥，也已成家立业有了孩子。每年过时过节，我们常常往来。现在交通工具先进了，而且路也好走。不过每当我看到那些爬几层楼梯或是拿点儿东西步行走一段路就会累得满头大汗甚至龇牙咧嘴的人时，我就会想起舅爷来，那么大岁数，两大筐子的杏儿，十多里的路，只用一根扁担挑着走下来，真的有些不敢想。

　　我时常琢磨，是机械的发达让人的体能逐渐退化了，还是条件的优越让人缺少那种吃苦的精神了？这样的因素或许有，但肯定不是主导。舅爷用一根扁担挑着两大筐子杏儿走十多里的路，肯定有着他合理的解释，但我左思右想后，粗浅地得出了这么一种说法：用爱挑起的扁担，不沉！

现在每次看有关国外战争的报道时，总会幻想，那些隆隆的枪炮声要都能够被叮叮当当的打铁声取代该有多好，"铸剑为犁"就如同三铁那铁匠铺里的活儿，一年四季都不歇停，像细水一样，永远长流着！

叮叮当当的打铁声像是铁匠铺的代言广告，每天断断续续都能听到。除了过年过节外，铁匠铺一年四季几乎都没歇停过，不管大活儿小活儿，总是有的，给人一种细水长流的感觉。

按人们习惯的称呼，一般是姓氏后面加上所从事的行业就行了，就好比称呼老师医生一样。但村里人对铁匠的称呼不知怎么就打破常规了，不是以姓氏称呼，而是以铁匠在家里的排行称呼。铁匠在家排行老三，人们就都以三铁匠称呼他了。他两个哥哥虽不是铁匠，但也被他的行业所笼罩，最后也都被人们称为大铁匠二铁匠了，感觉像是逆流而上。自古以来国人喜欢简约，这一点在人们对三铁匠的称呼上就体现得真真切切。一开始人们都叫他三铁匠，但后来叫着叫着就把"匠"字给省略了，直接叫"三铁"。刚一开始，听得人直想笑。邻村有人来找三铁匠弄犁时，打听的时候直接问道："你们村叫三铁那人住哪儿？"这事儿在村子里传了很长时间。人们拿三铁寻开心，说没想到三铁这名声都远扬在外了。后来有人跟三铁开玩笑，说他大小也算是村里的名人了，以后别叫三铁了，干脆叫三金算了。再过几年没准儿就是村里的金字招牌。三铁笑笑，说啥称呼不都是你们给瞎起的。三铁那人为人处事憨厚老实，而且热心肠，但是一打起铁来，那几乎就是一根筋，只要是他认准的，别人谁都拗不过他。有次村里有人拿了把断了把的菜刀叫他给修理一下，三铁看后说这菜刀用得都有弧度了，得全部烧好重新打一下。那人说没事儿，先凑合着用。三铁说那咋行呢，正好一起弄弄，还笑说又不多要你钱。那人见势不对，紧叫着，但三铁已把那把菜刀放进烧得正旺的火堆里了。好心是好心，但差点弄得人家中午没做成饭。那人跟村里人说起这事时，笑说啥三铁三金的，打起铁来整个儿就是一"三铜"！

我们那时候小，对铁匠铺并不怎么感兴趣，顶多有时候有伙伴拿着家里破旧的镰刀、锄头之类的铁具到铁匠铺修补时，我们其他人没事干也跟着去看看。但后来电视上常演武打片，那里面不是刀呀剑呀的就是什么飞镖暗器，练武功耍兵器想当英雄，估计是那会儿我们那群男孩子每个人心目中都有过的想法。觉得用木头片削出来的刀剑玩得不过瘾后，我们便想着怎么让三铁给我们打真正的铁刀铁剑了。想是这样想，但怎么开口就是个问题。平日里，村里称三铁的全是一些上了岁数或是跟三铁年龄差不多的人，我们小孩子叫三铁，顶多是私下在背地里这么说说，论辈分，三铁都是祖父辈的人了。有伙伴建议，说要不管他叫三铁爷，但有人嘀咕着念叨了几句后说这称呼拗口，而且还有伙伴笑说，这念起来咋就跟"三咸盐"似的。想了挺长时间都没想出什么合适的称呼来。有次有伙伴拿着家里一损坏的镰刀到铁匠铺叫三铁修理时，我们那些小伙伴也都跟去了。虽然不懂，但围在那儿看时，也都左一句右一句地问这问那。见我们一个个兴趣都挺浓，三铁倒像是没把我们当小孩儿看，边干活儿边跟我们说起了打铁的事儿，像打一般农具时铁要烧到什么程度，往水槽里冷却时要注意啥，菜刀镰刀用什么样的钢做刀刃比较好等等。我们一直在那儿听着，那情形，就跟一老师傅给一群徒弟传授技艺一样。有伙伴挺会见缝插针，三铁说到菜刀镰刀用什么样的钢做刀刃比较好时，他顺口问道，说大片刀用啥钢做刀刃比较好。三铁怔了一下，问啥大片刀。又一伙伴忙着补充，说就是武打片里那大片刀。三铁笑笑，说这个倒不清楚，没做过。那伙伴又忙问能不能给我们做几把。三铁说刀咋能随随便便乱玩，一不小心就伤人了，而且还说我们得想着好好学习，不能尽贪玩儿。那时候，我们从大人们那儿听到的几乎都是类似的话，不管是有知识的，没知识的，搞农业的也好，耍手艺的也好，教育孩子大都是"好好学习"这四个字的主旨。有孩子叛逆时常会拿村里一暴发户说事儿。那人大字不识几个，只念过小学二年级，他自个儿都说写名字时笔画常常缺胳膊少腿儿，但就是这么一个人，在外面混腾了几年后成了十里八村的富人。曾经那些比他学习好的人骑辆自行车就觉得不错时，那人早已开上了高级小轿车。因此那人也就成了村人们眼中没知识人的杰出代表。有时回村子里，我们小孩子常追着他那小汽车看新鲜。不过大人们引用时那人是活生生的例子，但孩子们引用时招来的全是教训声，肚里没知识，咋能有出息，不好好学习，哪有那么多瞎白丁暴发户！古人万般皆下品，唯有读书高的教诲，在乡村是真正扎下了深根。

我们想让三铁造兵器的事儿当时没成，后来软磨硬泡了几回也没成。之前那俩伙伴愤愤不平，其中有一伙伴还把他爷爷跟他说过那"人间有两难，登天难求人更难"的话给端出来了。说三铁不给弄咱自个儿弄。不过除了他俩挺认真外，我们当中也没人把这当回事儿。挺令我们意外的是，过了几天，那俩伙伴倒真拿着他俩弄出来的所谓"飞镖"让我们看了。长度、宽度、厚度以及整体的形状，几乎都一样，怎么看都不像是打出来的。细问时，有一伙伴悄悄告诉我们，那是他们拿着铁钉在铁道上压出来的，还说等再有空了就拿着他们已准备好手指粗的钢筋去压刀和剑。那时候村里的铁道两旁还没有护栏，虽然老师跟大人们常说不能到铁道上面玩，但常有孩子到铁道上捡那些跟蚕豆差不多大小灰黑色的圆石子玩。不过那俩伙伴还没来得及去压刀和剑就被他们的父母发现了，各自都挨了一顿打。虽不敢去铁道上压了，但又都不死心，两人拿着斧头叮叮当当打了挺长时间，没造出什么刀和剑不说，最后还因那事儿被我们给他俩各自起了一外号，一个叫"铜锤"，一个叫"铁斧"。

三铁没给我们打刀铸剑，但有次我们玩的时候路过他那铁匠铺时，他把我们叫住了，说他这里有几个铁环，我们要想玩的话拿去玩吧！这说的倒使我们对三铁另眼相看了。我们拿上三铁白给的铁环后，他还用稍粗一点儿的铁丝给折出了推铁环用的铁钩子。比起我们那时候玩的弹弓、木头刀剑之类的，推铁环应该算得上是文体运动了。有时在礼拜天，我们常会到村东那马路上比赛谁推的铁环跑得快。最后推铁环就跟推出瘾似的，上学放学的路上都推。不过推铁环倒是真的推出成绩了，练得个个都跑得特快。有一年乡里组织各村小学过"六一"儿童节时，文体比赛赛跑项目上的第一全被我们拿了，乐得校长直说，没想到孩子们都能跑出这速度啊！我们拿奖后回来推着铁环到三铁那铁匠铺了，报喜似的跟他说了一番。三铁听后乐呵呵地说道："这多好，不比玩你们说的那刀呀剑呀的强，要好好学习，争取考试时也都个个第一！"

当时我们或许还无法真正明白三铁作为一个祖父辈的人对我们的那种教诲，就如同常听到大人们教育孩子时大都只是说要好好学习一样，总感觉那是老生常谈的事。后来从书本中学到"铸剑为犁"时，我倒是常常想起三铁为何不给我们打刀铸剑而却主动送我们铁环。《孔子家语·致思》中说："铸剑戟以为农器，放牛马于原薮，室家无离旷之思，千岁无战斗之患。"三铁虽说不出那么高远的话，但那做法总也是那种思想在最底层的一个真实缩影，就如同大人们教育孩子常会说好好学习那样。现在的科技是发达，但有时却发达得让人后怕，一个按钮就能毁掉一个地区的科技时代，如果没有伦理道德的约束，那发展的结果无疑是人类自掘坟墓。

现在每次看有关国外战争的报道时，总会幻想，那些隆隆的枪炮声要都能够被叮叮当当的打铁声取代该有多好，"铸剑为犁"就如同三铁那铁匠铺里的活儿，一年四季都不歇停，像细水一样，永远长流着！

夕阳余晖的衬托下，云淡风轻，青色的大山，葱绿的树木，洁白的羊群，嫩绿的小草，牧羊人甩鞭娴熟的动作……真的是很美的一幕！我们一直看着，直到牧羊人甩着鞭子赶着羊群消融在远处的夕阳里。

现在回村子里，很少见到之前那些早出晚归赶着一群羊去放的牧羊人了，村里人现在养羊，大都是圈养的多，赶着出去放的少。小时候那会儿在村子里，看到牧羊人赶着羊群经过时，总想着看牧羊人甩鞭，感觉他们甩鞭的技术特高超，动作轻巧，鞭声又响。看完武侠剧里一些用鞭子当作兵器的侠士时，感觉村里那些鞭子甩得好的牧羊人要是到了那里面，或许也能成为侠士。不过后来更让我们佩服的是牧羊人数羊的本事，一大群羊，无论是停着的还是走着的，牧羊人盯上一阵子，一会儿就给数清了。村里有人不服，说只要是个会数数的，哪有数不清的。因为这，有人还打过赌，但结果是一般人真的数不清，别说是数走动着的羊了，就是站在那儿的羊有时数着数着就眼花了，要是数的中途有羊再走动一下，感觉数得一下就头大了。后来有人就说，老人们的话没错，三百六十行，行行出状元，什么样的人来世上，都有自己的特长，都得有碗饭吃呢！

　　小时候那会儿，我们村里的水草比较丰富，放羊看上去自然也不怎么费事，平日里见村里放羊的那些人找一个比较开阔一点儿的草滩，一个人就能看管一大群羊。不过后来的一次经历让我觉得放羊远没有想象中的那么简单。即使在开阔的大草滩上，要想把羊群看管好，那也得多少是个有点经验的人。我们儿时一伙伴家里养羊，有次他爸妈出门到亲戚家，走的时候安顿那伙伴给羊割些草，也不知那伙伴是不想割草还是想着到草滩上玩，硬拉拢着我们几个经常在一块儿玩的伙伴跟他一起放羊。怕我们不跟他去，那伙伴还把他家里那些长鞭短鞭、大鞭小鞭全跟亮家底儿似的拿出来了，给我们六七个小伙伴每人分了一杆。我们觉得新鲜，拿上鞭子后只顾着甩鞭了，到草滩的路上，那伙伴还特自信地说，今天羊肯定吃得特饱。我们其余几个人没心思管他家羊吃饱不吃饱，只顾着比谁的鞭子甩得响。把羊赶到草滩上后，那伙伴家的羊不知是兴奋的还是被我们左一声右一声的甩鞭声给惊吓的，不好好吃草不说，而且东一只西一只地四处乱走。我们没啥经验，哪只羊乱走就跑过去往回撵，只想着把羊往一块儿赶，但越是那样，那羊越乱跑得厉害，最后炸群了。我们一个个累得跟跑马拉松似的不说，而且有几只羊跑进玉米地差点儿没找到，着实把我们吓了一番，要不是碰到村里两个放羊的大人过来帮忙，兴许那天真收不了场了。事后那伙伴他爸常因为那次放羊的事儿数落他，说不好好学习，以后放羊都放不了……老师在课堂上讲内蒙古大草原"风吹草低见牛羊"时，有同学想象不到，我们在课下开玩笑，说羊跑玉米地里那情形估计跟"风吹草低见牛羊"那情形差不多。家里养羊那伙伴听后苦头苦脸的，私底下央求似的跟那天和他放羊的那几个伙伴说，放羊那事儿就算过去了，以后别再提了，还说以后真得好好学习了，要不真的啥也干不了。一听这话，我们其余人都开始唏嘘了，骂他废话不说，还东一句西一句跟上思想品德课似的数落了他一番，说放了一次羊，一伙伴又补充，说不对，应该是失败地放了一次羊，就学会猪鼻子插大葱了，装啥大象啊？那伙伴听着，脸色比那次放完羊回来都难看。

后来由于自然及人为因素，村里有些水渠全都干涸了不说，大草滩上的草也长得大不如从前了。村里放羊的那些人每天都要走很远的路，找好几个草滩，还得找水源比较宽阔的地方，早出晚归，一整天几乎是不停地走，挺辛苦的。有人感慨，说现在放羊都不好放了。之后村里来了几户从内蒙古那边搬迁过来的人家，来的时候几乎每户都带着一群羊。搬迁户中有一个年龄跟我们相仿的男生插到我们班念书了，不过那男生性格比较内向，平日里表现得比淑女都淑女，一开始我们以为他是刚来的比较陌生，但好长时间了还是那样，有时看他孤零零地坐在那儿，都觉得挺可怜的。有次放学，我们经常在一起玩的那几个伙伴相跟着回家，在巷口一拐角处看到那男生了，半蹲着倚在墙角下，书包在一边放着，两眼红红的。我们几个过去问他咋了，起先他不说话，但问了几句后，那男生顿时就哭得止不住了，而且越哭越委屈，边抽搭边狠狠擦着眼泪。问清后得知，同年级外班的几个男生经常欺负他，放学那会儿又推攘他了，还说小放羊的来我们村干啥了？要放平时，估计我们顶多找欺负他的那些人说说话，怎么说他现在也是我们班同学了，以后别再欺负他就是了，但碰巧的是那阵子我们正都看电视剧《水浒传》，那感觉，就跟给"路见不平一声吼，该出手时就出手"找到十足的借口似的，我们找机会在背地里把外班那几个男生狠狠收拾了一顿，还叫他们以后不许欺负我们班那男生不说，要是敢把这事儿告诉老师，下次收拾得更狠！我们说的他们倒是全都做到了，但后来那事儿不知怎么被一个让我们给收拾了的男生他爸知道了，碰到我们后说，一村一院的，以后在一起好好玩，甭打架。家里养羊那伙伴说，早知道是这样，当初就应该多安顿他们一句了，要是敢把那事儿告诉父母，同样收拾他们！

自那以后，插班进来那男生慢慢跟我们玩在一块儿了，而且对我们也是特感激的那种，时不时把他从内蒙古带过来的像比较小的蒙古刀之类的拿给我们，不光让我们玩，有的还直接送我们了。那男生知道我喜欢养狗后，还说等他再回内蒙古老家了，给我弄条牧羊犬，那狗比较大，他们那地方的人放羊，一般都带着牧羊犬。一听这话，家里养羊那伙伴挺来劲，说要能弄到的话多弄几条，他也想要。见他积极性挺高，我们又开始用之前"风吹草低见牛羊"那事儿打击他，不过那么一说倒把话题引出来了，许多小伙伴都挺好奇地问那男生见没见过大草原，那男生摇摇头，说他也没见过。于是我们那会儿就有了一个想法，等以后长大了，一起去内蒙古，去看看大草原！

有一年冬天，那男生回内蒙古老家了，回这边的时候，给我们带了一些牛肉干之类的吃的。最让我们没想到的是他真给带了一条纯黑色的牧羊犬，不过把我们都叫去后显得挺难为情的，说他亲戚家就剩下这么一条小牧羊犬了，本来是他亲戚打算把那牧羊犬养大后留着自家看羊的，他好说赖说最后给我们抱来了。他说等以后他亲戚家那牧羊犬再生上小的了，他再给我们抱。我们听着都挺感动的，我也怕他不好意思，说我家有一条土狗看门就行了，那牧羊犬就给家里养羊那伙伴，等长大了正好跟那伙伴他爸去放羊，说着我们全都笑了。

印象比较深的是有次大雪过后，那男生叫我们去他家玩。中午时，他妈妈和他硬留着我们在他家吃饭，那也是我们长那么大第一次吃川羊肉。不过我们那会儿还叫不上菜名儿，只是觉得羊肉卷和酸辣白菜、粉条、油豆腐混在一起吃挺新鲜，味道很好，又碰天冷，我们几个吃得特别香，而且也吃得特别多。吃过饭到隔壁后，有一伙伴问那男生，说中午吃饭咋没见他爸，那男生说他爸放羊，中午不回来，早上走的时候带了干粮和水。家里养羊那伙伴听后挺吃惊的，说这天气咋还出去放羊，有的地方雪还没消呢，天又这么冷，他家的羊都好几天没出群了！那男生说他家没有玉米秸秆儿之类的干草，秋天时他爸妈拉回了一些干树叶，但一直放在草房里，备着下雪天羊不能出群时喂。后来我们才知道，那天那男生留我们在他家吃饭也不是碰巧，他家一年都吃不了几次川羊肉。就跟家里养羊那伙伴说的一样，养羊的吃不上羊肉，不是不爱吃，而是舍不得吃！

那男生请我们吃过川羊肉没多长时间，一次玩的时候跟我们说他们又要回内蒙古老家了。我们听后半信半疑的，家里养羊那伙伴还问了一句，说这咋跟小孩子玩过家家似的，但那男生没说话。几天之后，他们真的又要搬回去了，我们几个小伙伴一起去送的他，本想问他为啥要走，但谁都没说出口，就如他刚到我们村时我们中没人问他为啥要来一样。记得那天一辆大汽车装着他家所有的羊，一辆小货车拉着家具以及他和他爸妈，装好车后，那男生他爸还笑着摸了摸我们几个小伙伴的脑袋，说要好好学习，等放假了去他们那边玩。那笑很憨厚，也很纯朴，黝黑且带红褐色的皮肤把牙齿衬托得格外的白。车子起动走出一段距离后，那伙伴从车窗探出身来向我们招手，隆隆的货车声湮没了他的话，最后时隐时现听到他说，等长大了，我们一起去看大草原。那声音喊得很竭力，也很哽咽，那一刻，我们全都哭了。那男生回去后给我们写来了一封信，信中提到要给我找牧羊犬，要我们去他们那边玩，长大了一起去看大草原，而且还说他们当初来我们村是因为那边遭了灾，又要回那边是因为他爷爷奶奶岁数大了，不愿离开他们那村子往我们这儿搬，身体又都不好，所以他爸又决定搬回去照顾爷爷奶奶了。村子里一起搬来的那几户，也只有他们一家又搬回去了。之后，我们虽然同那男生一直都有联系，但自那次分别后，再未见过面。雁来雁往，多少个春秋眨眼间就过去了，在这期间，不光是当年我们那些孩子，就是农村的变化也太大太大了！

现在，村里养羊的人比较多，但大都是圈养了，喂草喂料，出栏快，见效也快。

有次北京的几位朋友来家乡，我带他们到附近的山上逛了逛，看到山脚下有位牧羊人正赶着一群羊在那儿放时，觉得特新鲜，下车后有朋友便拿出相机拍起照来。其实不光是他们，就是我这从小在农村长大的人也觉得这种放羊的情形现在很少见了，而且看着那牧羊人，我不知怎么突然间想起小学时从内蒙古搬来我们村插到我们班念书那男生以及他爸妈了，那时候许许多多的事儿顿时也都回想起来了，那男生送我们蒙古刀，给我们带牧羊犬，我们到他家吃川羊肉……也许是出于怀旧，也许是觉得亲切，我走上前跟那牧羊人打了声招呼，一听我说的是方言，牧羊人也不像之前那么陌生地看着我们了。在一处背阴沟里坐下后，我递给他一瓶矿泉水，正好借机跟他聊了起来。牧羊人说现在大都封山禁牧了，羊不能上山放，只能在山脚下或是其他空地处放。谈到圈养羊时，牧羊人说那个投资成本比较大，得有硬化了的好圈、装好的设备不说，草料、饲料、水啥的每天都得跟上去，村里除了专业养羊户外，一般养羊的很少圈养，不过圈养羊倒是见效快，听人说最快的有时三四个月就能出栏了。牧羊人说，他总觉得三四个月就出栏的那些羊，人们吃了不健康，这年头这病那病，很多都跟人们吃得不安全、不健康有关。说到这儿，牧羊人还跟我说，现在城里有些人买羊，都想着找像他这样经常放着的羊买，这样的羊都是吃草喝水，喂料时也只是喂玉米，不加其他配方饲料，买的时候，人们给的价格要比圈养的羊多好几块。牧羊人说现在有的人也挺不地道，为了钱，啥事儿都干，在卖羊上，之前就有人找他，说等卖的时候，想把圈养的羊混到他这散养的羊群里卖高价钱，到时候按比例给他回扣。但他没答应，说如果那样做了，利是能得点儿利，但他会良心不安，那些给他高价钱找他买羊的人，是冲着对他的信任，有的都跟他打了好多年的交道了，每年过时过节想找他买羊了，直接打个电话就行，有的连斤两都不看，他说越是这样，他越不能有一丁点儿的掺假跟欺骗……

听牧羊人说着，我的心像是被什么揪了一下，不由地侧过头来又仔细打量了他一番。牧羊人纯朴实在的话，让我对他肃然起敬，现在社会上都讲社会主义核心价值观，而牧羊人刚才那番话里，所折射出的纯朴、善良、诚信、奉献……不正是社会以及我们每个人所需要的？要不是同他交谈，真的很难相信，一位农村里的牧羊人，能够说出那么一番话！

世俗的目光，有时真的抹杀了太多太多的真善美！

夕阳西下时，拿相机那朋友伸缩着他那单反相机的长筒镜头，嘴里说着"真美""漂亮极了"之类的词，找各种角度不停地拍着，直到我们离开时，感觉还拍得意犹未尽。

我们走后，牧羊人也起身了，有一段距离时，听到了牧羊人的甩鞭声，那朋友有些忍不住，停住后转过身去拿着相机又拍了一阵子。我们其余人也驻足回首，夕阳余晖的衬托下，云淡风轻，青色的大山，葱绿的树木，洁白的羊群，嫩绿的小草，牧羊人甩鞭娴熟的动作……真的是很美的一幕！我们一直看着，直到牧羊人甩着鞭子赶着羊群消融在远处的夕阳里。

回的路上，妻子跟我说养蜂那夫妇俩挺不容易的，从浙江那么远的地方来，就夫妻两个，挺令人敬佩。我说勤劳朴实的基层劳动者，都是最值得令人敬佩的。

回乡途中，见路边不远处的一块油菜花地旁有养蜂人，地上搭着一个帐篷，摆着许多蜂箱，隐约还能看到蜜蜂来回飞动忙碌着。妻子说下去买点蜂蜜吧，这绝对是天然绿色的，我说行。按以往，像这种情况，过去买上东西就走了，但这次，犹豫了片刻，最后直接将车开到了那边。妻子看出我的心思后笑问，又收集乡土文章的素材呀？我看着她笑了笑，算作回答。其实想对养蜂人做一番了解的想法早就有了，打小记事起就知道养蜂人了，记得那时每年夏天的时候，常会有一些外地的养蜂人到我们村外的那些地旁，特别是那些葵花地旁"安营扎寨"，住上一个多月，等花开下去了，蜜也采集到了，那些养蜂人也就走了。那时对于养蜂人最深的印象就是他们似乎不怕蜜蜂蜇，卖的那些蜂蜜挺甜，除此之外，就说不上其他的了。后来自己开始写乡土类的文章时，脑海里倒是时常会闪现出养蜂人，但本地养蜂人少之又少，每年夏天见到的那些养蜂人全都是外地来的，有空想去了解时又碰不上，而且他们待的时间也不长，顶多也就个把月。这次碰巧遇上，时间也充足，我还跟妻子笑说，或许是了解养蜂人的机缘到了。

停好车走向帐篷时，妻子有些忐忑，挺害怕的样子问我，这样过去会不会被蜜蜂蜇啊？见她那表情挺逗，我说不偷蜂蜜估计他们就不蜇。妻子还挺当一回事儿地说，蜜蜂咋知道咱们是来偷蜂蜜的还是买蜂蜜的啊……正说着，帐篷里面的养蜂人出来了，一对夫妇，男的差不多六十多岁，女的五十几岁的样子。妻子说想买点蜂蜜，问他们有没有现成的。妇人笑说有现成的，要多少？妻子说拿上三罐吧。妇人说要装好的还是现装？妻子说现装吧。妇人笑笑，说行，不过那些装好的也是他们昨天刚装的，都一样。我们跟着进了帐篷，男子从一个木箱里面取出了三个塑料罐，那塑料罐应该是之前就都订制好的，里面放了很多。随后男子揭开一个大塑料桶，里面全是蜂蜜，他给舀着装了三罐，拧好盖后妇人接过来又给用清水洗了洗外面。不过付钱时才知道，男子给我们装的都是一罐二斤的，还有的罐子是一罐一斤，大小跟腐乳那种玻璃罐子差不多。妻子看我时，我笑着示意，说全拿上吧。付完钱，走出帐篷，我问他们是哪儿的人，男子说是浙江温州人。我问他们忙不忙，要是不忙的话想跟他们聊会儿，男子挺爽快地说不忙，两天打一次蜜，昨天刚打完。那妇人也挺热情，见我们在那儿说着，进帐篷里给找出两个马扎递过来让坐。

聊天中得知，男子二十多岁时就开始养蜂了，到现在，已经有三十八年了，包括每年夏天来我们这儿也有二十来年了。妻子笑问，如果我们现在说方言的话他们能听懂不？男子跟那妇人都说能听懂，还说像我们这儿的乡镇还有许多村子，他们都叫得上名来，而且有许多村子大都去过，对我们这儿也是很熟了。我问他们最远去过哪儿，男子说最远去过包头，不过现在岁数越来越大了，精力有些上不去，再养上几年，他也不打算再养了。现在的年轻人，也很少有人愿意干这个，他们村以前有很多养蜂的，现在村子里包括他们家在内，只剩下四家了。他家的两个孩子，女儿考上了公务员，儿子在学校里教书，养蜂到了他这一代，估计也不可能再往下传了。他之前还计划过把蜂全部卖掉，但一来是当时价格给的不是很高，再者他主要还是有些舍不得，觉得自己还能再养几年蜂，等到了自己真正干不动的时候，再把这些蜂全部卖掉。不过就现在这情况看，想找个好买家也不是件容易的事，说这话时，男子看着那些蜂箱以及进进出出的蜜蜂，似乎有些惆怅。我问养蜂整体收益咋样，男子说这得看年景，匀匀常常能收个七八万，最好的一次他一年收过十几万。我说这收益很可观啊，男子脸上有了笑意，说养蜂辛苦归辛苦，但收益还是比较好的，蜂蜜的用途比较广，像他这卖蜂蜜，这是比较原始的，他们那边有些搞蜂蜜深加工的，那效益更可观，蜂蜜深加工出来的产品，效益是普通卖蜂蜜的十几倍甚至几十倍。随着社会经济以及各方面技术的发展，估计蜂蜜的用途会更加广泛，市场跟需求量也会越来越大。就养蜂整体而言，唯独有些不乐观的是，现在从事养蜂这一行业的人越来越少，这是比较令人担忧的。我说国家在这方面应该有政策支持吧，男子说有呢，搞蜂蜜深加工的都有啥政策支持他不太清楚，像他们这些养蜂的，拉着蜂箱走高速全程免费，他一年光高速费也能省六七千块钱，要是走得远的话，省得就更多。我问那是专门雇车拉蜂箱，男子说也不能算是专门雇的只拉蜂箱，要是那样的话，那费用可贵了。他们雇的都是那些跑长途的货车在路上的一个站点卸完货后顺路捎的，货车也没空跑，跟他们要的费用也相对低一些。不管是来的时候还是回的时候，都得提前跟那些跑货车的人联系，这样就能搭个空隙，省些费用。

我们说话期间，有不少蜜蜂不停地从身边飞过，我问这蜜蜂采蜜能飞多远，要是飞远了，能走丢不，它们认不认生。男子说蜜蜂采蜜时方圆十来里都行，一般匀匀常常也能有方圆七八里，没个啥特殊情况都能飞回来，丢不了。蜜蜂虽然数量众多，但都分工明确，有时感觉就像军队一样。一般情况下，蜜蜂是不会轻易蜇人蜇物的，蜇完了，蜜蜂也活不成了。不过它们是认生的，像一些本地的蜜蜂来偷吃蜜，被群蜂攻击，逃不快的话就被蜇死了。其他不管是啥，只要伤害到它们，蜜蜂都会起来攻击的。他有一位养蜂的同行，在庄稼地放蜂时，有头驴给闯进蜂群了，一下炸了锅，驴被群蜂攻击，越蜇越跑，越跑越蜇，最后连蜇带跑的硬是把一头驴给活活折腾死了。养蜂的赔了人家六七千块钱算作了事。我说这蜜蜂就这么厉害，男子说主要是蜜蜂的蜂毒比较厉害，要多了的话，那毒性可大呢，市场上，这蜂毒还比较珍贵，主要是量比较少，难提取，听人说，蜂毒能够治疗关节炎。我问这在医学上有没有比较权威的论证，男子说他也不太清楚，不过他们这一行的人都这么说，估计是有的人试验过。我笑说这蜜蜂也是浑身上下全是宝啊！那男子笑笑，说就是。

看到帐篷不远处有棵被风刮断的桶口粗的柳树，我说这搭个帐篷住在外面，可得注意安全呢。男子说可不是嘛，他们选地方的时候，可得细看呢，边说边指着那边那棵断树说，那就是前天夜里刮大风刮断的。还说有一年他在外面养蜂时夜里遇到了洪水，人是逃出来了，但一百多箱蜜蜂全被大水冲走了，损失惨重。后来他又花了几万块钱买了几十箱，慢慢又壮大到了现在的样子，现在一共有一百五十多箱蜜蜂，每箱差不多有三四万只。说到蜜的产量上，他说现在一箱一次能打十来斤蜂蜜，两天打一次。不过这主要得看作物的面积跟质量，他之前在大片苜蓿地旁放蜂，最多时一天打过一吨蜜，产量高，蜜的质量也好。要是一些地方果树面积大，还常有一些果农请他们去放蜂，让蜜蜂给果树授粉，但有时那产量跟质量不太理想。我说春天的时候来我们这儿吧，我们县的杏树面积有二十多万亩，春天花开时节，那到处都是杏花，放蜂的地方也好找。男子笑笑，说不行，春天的时候晋北这边天气还比较冷，蜜蜂会被冻死，不能过这边养蜂。春天天气冷那会儿，他们一般往南方走。我说就这么一个帐篷，那平时吃住用电啥的咋解决。听到我问这，在一旁正跟妻子聊天的妇人说，现在好多了，有那个太阳能电板就都解决了，说着指了指帐篷南面斜立着的那块太阳能电板，说平时做饭、烧水啥的有它就行了，晚上出来的话，都用那种容量较大的充电手电，充满一次电能用好几天。他们外出养蜂时，选择搭帐篷住的地方都是离村庄跟大路比较近的，买吃的跟一些生活用品比较方便，特别是用水，离村子近了，也方便到附近的农户家中去拉。我看了看，他们拉水的工具是个有盖子能拧紧的大水桶跟一个手推小平车。妇人说是拉那么一大桶水的话差不多能用三四天。我过去扶那小平车时，发现小平车的侧梁上还拴着一条细链子，原来他们还养着一只小狗。从开始到现在一直没叫过，我说这小狗倒不认生啊，妇人笑笑，说估计月份小，还不懂得看门，不过养只小狗，有时候也能多些乐趣。我说他们这是真正亲近大自然的乐趣，这环境，就跟书上讲那诗意般的生活一样，远离喧嚣，远离吵闹，青山绿树，鸟语花香，看日出日落，看明月星辰，做饭时炊烟袅袅，薄雾笼罩，多美好，多惬意。听我说着，那夫妇俩全都笑了，说反正现在的生活是比以前好多了。

夕阳西下时，我们还在那儿聊着，见我们聊得挺上劲，妻子给我们拍了几张照，说这也是深入生活、扎根人民的创作留念。看时间差不多了，我起身跟他们告别，说打扰了大半下午，了解了不少养蜂的事儿，麻烦了，挺感谢的。夫妇俩都说没啥，不打扰。见状，妻子说给我们三个人合张影吧，留个纪念，我们都说行。合影时，那妇人边整理头发跟衣服边有些不好意思地说这样子照相不好看吧，这脏兮兮的。整理衣服时感觉不合心，最后把外面那件干活时穿的褂子脱掉了，里面是件比较干净的花格子半袖。妻子照完后给他们看了看，夫妇俩挺开心的样子，都一个劲儿地说照好了。妻子问他们用的是什么手机，妇人说他俩用的都是老年机。妻子说老年机结实，电池也耐用。妇人说就是，有时一个星期充一次电就够了，晚上出去还能临时当手电用……我理解，妻子的本意是如果他们用的是智能手机的话，可以把图片传给他们。不过看完照片之后，那妇人也是带着几分不好意思，笑问这手机里的相片能往出洗不。妻子说能洗，等再过来的时候洗几张给他们带过来。妇人听了显得格外高兴，一连说了好几个行、谢谢之类的词。

回的路上，妻子跟我说养蜂那夫妇俩挺不容易的，从浙江那么远的地方来，就夫妻两个，挺令人敬佩。我说勤劳朴实的基层劳动者，都是最值得敬佩的。妻子说她一会儿要发个朋友圈，就当是为那对夫妇做个宣传，让更多的人去买他们的蜂蜜。我说发吧，这也算是一点小小的善举。过了挺长时间，我见妻子还在划手机，我以为她没发完，妻子说早发朋友圈了，她在选照片，挑选几张，等有空了到照相馆给洗出来，星期天了给他们送过去。我说洗的时候别用那种快速打印的，那质量不好，还用之前那种冲洗的，那个质量好，不容易褪色。妻子说知道，还说送照片的时候不行再买几罐蜂蜜，送亲朋好友们，我笑笑，说行。

日落西山了，我们开车走在回乡的路上，猜想着养蜂夫妇也应该在炊烟袅袅中做晚饭了吧！

前几年，我们这地方还举办过几届"杏花节"，影响挺大，反响也挺好，有些外地朋友来过后跟我说，杏花开了好看，杏果熟了肯定好吃。待杏熟时节，一定再来，到时候找个杏果园子，摘完杏以后坐在树下的草地上，聊天喝酒吃烧烤，肯定很惬意！我跟他们开玩笑，说等杏花盛开时节就先来吧，那时候有诗和远方！一女生笑着说，说得这么浪漫啊，那就约定，期待下一个春天，在杏花盛开时节等你！

对于有关杏的诸多情节，追根溯源，都始于儿时记忆里的那片杏园子。

杏园子离我们村有二三里地，虽不算远，但在地理位置划分上，已是属于别的乡镇了。那杏园子也不怎么大，几亩地的样子，不多的杏树中还夹杂着几棵桃树和李子树。那些杏树还都是那种传统的老品种，枝干很高大，结的杏倒是一般，都是匀匀常常的。具体的，人们也叫不来那些杏的品名，只是后来有了那些各式各样且能叫出名来的新品种杏后，村里许多人就把那些传统的老品种杏称为"土杏"了。

我最初去邻村那杏园子，是大人们领着去那里买杏。那时候年龄小，十来岁的样子，见了杏园子里那些挂在枝头上一簇一簇的杏后，很是稀罕。我们村属于滩地，盐碱比较重，不适合种植杏果类的树木，就是村里个别人家院子里有一两棵杏树的，最后长着长着也都枯死了。所以见了那些挂果树，很是稀罕。听看杏园子那老大爷说完摘哪棵树上的杏都行时，我感觉自己像是成属猴的了，拿过一个篮子便攀枝上树地摘起杏来。由于那树高，我在上面窜枝摘杏时，我妈在下面吓得直喊我注意着点儿。杏是没少买，不过我感觉到杏园子里买杏，大都是冲着"看"去的，也像现在人们所说的观光采摘一样，尽管"观光"这个词用在劳作时节的农人身上显得有些奢侈，但这却是事实。杏买回来也没吃几个，剩下的全被我妈晾出去晒杏干儿了。再说杏这东西也不能多吃，老人们常说，桃饱杏伤人，李树底下埋死人，吃多了难受。而且平时也有一些人骑车或赶着驴车、马车来村子里卖杏，我们村虽然没有杏园子，但杏熟时节从来不缺卖杏的。待我后来离开村子走出去后才知道，原来我们这地方最不缺的就是杏，杏树在我们这地方的种植可谓历史悠久了，《县志》上记载，一九九一年杏树被正式确定为我们这地方的县树了。我们这儿生产的杏脯、杏核、杏汁等杏产品都远销到了国外。就是村人们理发有些讲究还跟杏花有关，在杏花盛开时节一般都不理发，忌讳这个，说是怕得杏花癣。至于这讲究是怎么来的，我到现在都还没弄清楚，只是每年杏花盛开时节，走在田埂上或是山坳里，常听到一些村民，尤其是一些牧羊人唱《桃花红杏花白》的民歌，这些民歌的背景，倒是有根源的。我那时候小，没离开过村子，更没读过多少书，感觉自己村里没杏园子，认为那就是我们这地方杏不多的表现了。

邻村那杏园子里全都是"土杏"。那些"土杏"的杏核取出来的仁大都是苦的，不能吃，我们管那叫苦核，除了家里有时炖菜把那杏仁焙熟放些提味外，其他的没什么地方再用了。每年杏吃下去的时节里，常有一些人专门来村子里收购杏核。邻村杏园子里那老大爷骑着车到我们村卖过杏儿，收过杏核，也用鲜杏同人们换过杏核。有次他到我们村卖杏，见一些孩子吃完杏把杏核扔在地上跑耍着离开后，他却蹲在那里拾起那些杏核来。看着他，我不由得就想到了我奶奶门上的一位亲戚，每年杏熟时节，那亲戚常会用一根扁担挑着两筐杏走十多里的路给奶奶家送来，年龄也跟那老大爷差不多。那次回家后，我把看到那老大爷拾杏核的事儿跟我爷爷说了。我爷爷说，那老大爷挺苦的，老伴儿是个残疾人，儿子有病在身不能干重活儿，家里里里外外忙活全靠他一个人，杏园子是他家主要收入的来源之一。有时人们到他杏园子里买杏，距离近是一方面，更多的，也是出于对他们家的照顾。三里五村的，谁见了他家那情况都同情。听爷爷讲着，我内心中突然间就有了一种知情不报的罪恶感。

在这之前，平时经常在一块玩的那些伙伴当中，有几个比较淘的，假期里常到那杏园子里偷杏，有时回来后还得意扬扬地跟我们那些没去的人说，跟你们说了看杏园子那老汉跑不动，你们不信，我们这不都没被逮住嘛！其实那些伙伴去偷杏，也并不是说太想吃或是家里没有才去的，那完全是把偷杏当成孩童时代里带有冒险挑战的游戏了，认为能在有人看杏园子的情况下偷到杏，那是种本事。有时候，都拿上弹弓打杏，说那比平时打鸟有趣多了。有次看完电视剧里演那桃木剑能驱邪的故事后，有伙伴还溜到那杏园子里弄桃木，枝细的不行，枝粗的又撅不动，最后都商量着要拿着锯子去锯人家那桃树的主枝干了。要不是我爸平时管得严，我有几次也想跟着去。不过有次听那几个伙伴讲，他们偷杏没被看杏园子那老大爷逮住，却被杏园子里那大黑狗给吓惨了。他们摘上杏时没有及时走不说，而且还坐在杏园子边的那些土埂上品尝起杏来，边吃边还点评似的说哪棵树上的杏比较甜，哪棵树上的杏比较酸等等，那表现估计比在自家杏园子里都大方自在。看杏园子那老大爷出来看到他们时喊了喊，这一喊不要紧，那老大爷是没追他们，但杏园子里那几间土房子旁边拴着的那条大黑狗却因主人的这一声喊朝着那几个伙伴这边撕咬起来，看到他们后越咬越凶，不巧的是最后竟把铁链子给扯断了，铁链子一断，那大黑狗冲着那几个伙伴箭一样就追过去了……几个伙伴吓得撒开腿就跑，有钻玉米地的，有跑树行里的，总之是四处逃散了。虽然最后没被那大黑狗咬到，但跑的途中，有鞋子跑丢的，有裤子被刮破的……回去后一个个都灰头土脸的。有一伙伴给我们讲的时候看似还心有余悸，说看来这损事儿以后是不能再干了。

我是自打我爷爷跟我说完邻村杏园子那老大爷的事后，心里就有了印迹，彻底消除之前想跟那些比较淘的伙伴去偷杏的念头不说，闲下来再聊到杏园子的时候，把我爷爷跟我说的那些还跟他们说了。一个平时表现得特"软弱"的伙伴嘟囔着说，原来那老汉那么可怜啊！看来以后真的不能再去折腾他的杏园子了！也许是听了那老大爷的事儿让偷杏的那几个伙伴悔改了，也许是渐渐长大懂事了，总之，后来我们那些孩子当中，再没有人去邻村那杏园子里偷过杏。有一年杏熟时节，我姑姑她们从市里回来，走的时候，我爷爷还专门去那杏园子里买了不少鲜杏。去的时候，我还有几个经常一块玩的伙伴也都跟着去买了。见了那老大爷，之前偷过杏的那几个伙伴都跟罪恶感很深似的。那老大爷笑着说，来杏园子了，先尝尝杏，尝过再买，但他们怎么都不吃。说喜欢哪棵树上的自己上去摘，他们也不摘。见老大爷的老伴儿和儿子在一棵树下掏杏核时，他们还过去帮忙了。我心里想着，良心发现后把你们一个个都乖的，于是眨眼向他们示意，说大黑狗在那边呢！不过说来也巧，那大黑狗在我们刚进杏园子的时候还扯着链子咬着，但被那老大爷呵斥过后就消停地卧那儿"闲事"不管了。

我爷爷跟那老大爷摘杏期间，我在杏园子里转了转。杏园子里有三间土房子，四周围着些栅栏，园子里散养着一些鸡和鹅，栅栏周边堆了好几堆霉了的烂杏，走过去有阵阵的酸臭味儿。刚一开始，觉得那么多杏没打理好烂在那里，太可惜了，后来才知道，那是纯属无奈，杏熟了以后挂果期短，忙不过来就只能把那些杏堆在一块等腐了以后取杏核用了。尽管那点收入太少太少，但对于那些卖不出去的杏，唯一能用的，除了挑拣着晒一些杏干外，剩下的就只有等腐了以后卖杏核了。我爷爷问那老大爷杏园子收成咋样，他说杏园子大不如从前了，这些"土杏"的品种有些过时不说，每年挂果时节，也常遇冻害或是冰雹，能拿出去卖的好杏不多，再说自己岁数也越来越大了，出去得比较少，杏卖不动了……走的时候，那老大爷将一个柳筐里许多裂开的杏拿着给我们，说那是早晨他刚在杏园子里拾起来的，都是熟透了的，除了跌伤以外，没其他毛病，拿回家现吃，不碍事。我们不好意思要，但那老大爷说那些杏留着也卖不出去了，我们要不拿，最后也都是扔那儿烂了，我们拿回吃了，总比扔了强，他心里也舒坦。听老大爷那么说完，我爷爷笑着跟我们说，爷爷给呢，拿着吧！付钱时，我爷爷要把那些杏也都算在里面，但那老大爷说啥也不要，说这做成啥了，三里五村的，传出去让人笑话！

那次到老大爷那杏园子买完杏以后，日后杏熟时节真的很少见那老大爷到我们村卖杏了，也许如他说的那样，自己岁数越来越大，出来得比较少了。有五六年的光景，人们又开始发展新品种的杏树了，而且是把杏果做成了一项支柱产业来发展。用那些宣传的话说，那些新品种的杏，杏树枝干低，杏果个头大，果肉色香味美汁多，效益高不说，而且见效也快。渐渐地，之前那些"土杏"就开始淡出人们的视线了。

近些年，时兴起乡村游以后，有一些外地人便开始开着车子来我们这地方体验农家生活，到杏果园子观光采摘了。不过那些杏果园子早已不是邻村老大爷家那杏园子的格局了，那些杏园子大都以"农家乐"或是"度假村"冠名了，里面也不单只是种有杏树能够采摘。

前几年，我们这地方还举办过几届"杏花节"，影响挺大，反响也挺好，有些外地朋友来过后跟我说，杏花开了好看，杏果熟了肯定好吃。待杏熟时节，一定再来，到时候找个杏果园子，摘完杏以后坐在树下的草地上，聊天喝酒吃烧烤，肯定很惬意！我跟他们开玩笑，说等杏花盛开时节就先来吧，那时候有诗和远方！一女生笑着说，说得这么浪漫啊，那就约定，期待下一个春天，在杏花盛开时节等你！

玩笑归玩笑，但说到找个杏园子聊天喝酒吃烧烤时，我最先想到的，还是邻村老大爷家的那个杏园子，唯一有些不确定的是，这么些年了，那个杏园子，现在还在吗？

蹦跶鸡是火江对他那些在半山腰上散养鸡的独创称呼，传到我们这儿时，我们笑了挺长时间，说这人"别扭"了，干事也"别扭"，上中学那会儿，因为他这姓特殊，同学们没少给他起外号。类似火车、火药、火枪、火箭、火柴啥的都叫过，泡面时都管他叫火腿。后来说叨他那名字时，说姓火名字里又带着江，典型的水火无情啊。最搞笑的是，越来越多的人知道他现在养鸡时，有人又给他起了一个新外号：火鸡。

蹦跶鸡是火江对他那些在半山腰上散养鸡的独创称呼，传到我们这儿时，我们笑了挺长时间，说这人"别扭"了，干事也"别扭"，上中学那会儿，因为他这姓特殊，同学们没少给他起外号。类似火车、火药、火枪、火箭、火柴啥的都叫过，泡面时都管他叫火腿。后来说叨他那名字时，说姓火名字里又带着江，典型的水火无情啊。最搞笑的是，越来越多的人知道他现在养鸡时，有人又给他起了一个新外号：火鸡。

火江跟我们是初中同学，那小子性格好，平时又大大咧咧的，像是跟他开过头玩笑、给他起外号啥的，他从来也不恼，上中学那会儿是，投身社会以后磨得就更是了。不过他念完初中以后上了技校，毕业后在山东那边打了几年工，说外头不好混，一年下来攒不了几个钱，正好他父母在这边也催着他成家，于是，他就又回家乡这边了。回家乡这边后在饭店、理发店、门窗加工厂、药厂等都干过，但都不长，用他的话讲，干全了也没钱了。不过那小子也算有能耐，钱没挣上，艺没学上，他父母托人给介绍的对象人家也没看上，但在药厂打工时，自己谈上了。女方没要楼房没要汽车，就要了八万八彩礼。结婚时，他父母乐成了花。我们当中有人逗他，说这小子肯定是先上车后买票了，要不那么早结婚干吗，火江挺乐呵地说：早娶媳妇儿早当爹。这话，他倒是真用事实证明了，我们其他几个人张罗结婚时，他儿子都会打酱油了。

火江啥时候开始养鸡的，我们不清楚，但做得有声有色也就近两三年的工夫。他早叫过我们几次，说是去他那鸡场看看，好歹他现在也是管着两千多只鸡的"鸡长"，但我们一直没聚齐，时间也赶不那么巧。这回他得知在外地那几个哥们儿回来后，挨个儿给我们打电话，说再不去他那儿，就有点说不过去了，最后在调侃我的基础上又调侃其他那几个人，说甭尽找借口一天忙的忙的，上学那会儿董作家不都说谁有啥名言么，时间像海绵里的水，只要愿意挤，总还是有的……

我们接电话那几个人一碰头，说去吧，再不去，火江那小子或许真急呀！去火江养鸡那地方的路上，我们几个人还在车上闲聊，说这小子咋想起养鸡了，再说养鸡就养鸡吧，无非就是不喂饲料的农家散养鸡，还叫个啥蹦跶鸡，一听这蹦跶就让人有点想笑。一哥们儿说或许火江的蹦跶鸡都是吃蚂蚱的，能蹦跶，另一哥们接起话说，过了秋后或许就蹦跶不了几天了，我们听了全都笑了。

按火江给我们发的那个位置，顺着导航一直把车开到了他们村北的山脚下，我们正研究着该咋走时，火江开着他那五菱神车过来接我们了。一见面，又把我们集体调侃了一番，说很多人现在想来他这儿是他不让来，我们这是他想让来我们不来……一哥们笑着说火江别贫了，赶快带路吧！火江笑笑说行，临上车时还问我们，有人愿意坐他的神车没？我们都笑着摇头，这原因，包括他在内，都是明白的。不坐他的车绝不是嫌他车不好，我们坐过他车的人都清楚，有时候他能将自己那神车开出跑车的感觉，我们曾经总结，说他是被汽车耽误了的飞行员。

　　跟着火江弯弯曲曲走了一阵盘山路，最后他开了一个栅栏门，进了一片杏果园子，没走多远，在一处平坦的地方停下了。火江过来后说到了。我们下车后环顾了一圈，这地方环境不错，绿树青山的，空气也格外清新。火江说要是早晨或是刚下完雨时更有点看头，云雾缭绕的，他要我们在这儿住上一两天，体验体验真正的田园生活，还说我这搞写作的更得来他这儿体验生活，这吃的有吃的，喝的有喝的，环境又好，清静，适合写作。

　　看了一阵我问火江，那些蹦跶鸡都在哪儿呢？他说到处蹦跶呢，等到了喂食的时候差不多就都过来了。我问他在哪儿喂，他说好几个地方，到时候把那些青草、青菜啥的剁碎用水跟玉米面一拌就行。夏天比较省事，一天喂一顿就行了。大部分的时间那些鸡都是自己找吃的，青草、各种虫子、树下烂掉的杏、果子啥的，一鸡俩爪，各刨各的。一哥们儿问那蹦跶鸡能逮住蚂蚱不，火江说逮蚂蚱那是常事儿，有次他见好几只鸡嘴里都叼着蜻蜓，还有一次，他见几只鸡硬是蹦跶着把一条蛇给啄死吃了。他住的那三间简易房旁边专门养着好几只大公鸡，很大程度上也是为了防蛇。

　　我问这么大一片杏果园子全是他家的？火江说他家十来亩，承包了别人家二十来亩，现在都连成片了。他当初养鸡的时候用那些铁丝网全都圈了起来，那些蹦跶鸡再怎么蹦跶也蹦跶不出他圈好的地界。他还用铁丝网给那些鸡又在园子里划分了片区，公鸡的、母鸡的、半大鸡的，这样好管理。他这园子里现在差不多有两千多只鸡，能出手的有八九百只，下蛋母鸡有将近三百多只。他这卖蹦跶鸡的同时还卖土鸡蛋，土鸡蛋的价格是市场那些鸡蛋价格的两倍还多，精包装了往远走的活，价格还要高一些。

　　说到卖蹦跶鸡时，他说一开始也挺难，没销路那会儿，全凭自己出去跑，菜市场上摆地摊，请人家水产店代卖给人家回扣，量不大也送货上门，到处发名片，反正是能想到能做到的法子全都用上了，等慢慢有了销路有了市场后，就摆腾顺了。现在，大多数都是客户打电话找他，有他妻子帮忙，在网上销售的也不少。

问他咋就想到叫蹦跶鸡了？火江说这也是他有次跟妻子在园子里逮鸡时突发的灵感。现在市场上人们卖这类鸡时大都是以农家土鸡、散养鸡啥的吆喝，他这想往开打市场，咋也得弄点儿新鲜的，不过这蹦跶鸡的宣传确实效果挺好，现在市场上说起来，他这蹦跶鸡也是小有名气了。再说他这蹦跶鸡都是货真价实的，回头客一多，口碑自然也就上去了，口碑上去了，也就好卖了，良性循环。

火江带我们在园子里走了走，到西北角时，见有从山上流下来的一股水，我问火江这水能喝不？他说能啊，这可是真正的山泉水。他们平时要在这儿做饭啥的全用这儿的水，一般是烧水做饭用水时去上游去取，给鸡用的话就近取水。一哥们儿笑说这蹦跶鸡的待遇可是不低啊，喝不喝都是山泉水，吃不吃都是绿色食。火江特自豪地说那是。

到了火江给鸡划分的那些片区后，见到了那些蹦跶鸡，杏果树下、草地旁、土凹里，分布得到处都是，不过那些鸡悠闲的多，蹦跶的少。偶尔见有些鸡在树下啄地上那些烂杏烂果子，感觉那也是像在"品"食。有些个大公鸡扑扇着翅膀像是在活动筋骨，也有公鸡在相互斗着，脖子上的毛全夛了起来。有哥们拾起个果子给那些鸡扔过去，但跑过来啄的远不是想象中的跑着围过来一大片。火江说园子里现在能吃的东西比较多，相对抢食就少了。要在青黄不接那会儿，扔点儿吃的早蹦跶地打成一片了。

走到那些下蛋鸡活动的片区时，见有几个中年人正在树下、坡上分散着捡鸡蛋。火江说除了他父母帮忙外，他又雇了村里几个人，忙的时候，那些人一个月平均也能收入三几千块钱。

我们说火江这也算是回报家乡了，但火江有些不好意思，说哪能呢，他这点儿力量太小了。不过村里那些人能通过在他这儿干活儿增加收入，他心里觉得挺踏实。问他那些鸡就是在杏果树下、山坡上乱下蛋？火江说刚开始那会儿是，但现在不是了，说着给我们指了指分布着的那些鱼鳞坑一样的地方，说那是后来专门弄的，坑里面都有干草，通过前期的引导，现在鸡下蛋全都在那里面了，捡鸡蛋时也比较好找。

我们正说着，喂鸡的时间点儿到了，问火江他这喂鸡是不是也跟电视上介绍一些养鸡节目时说的那样，喂鸡时也吹哨子？火江笑笑，说他没那样训练过，他这喂鸡时，只要一敲食槽，那些鸡就跑过来了。果然，见给鸡喂食那些人将鸡食运到食槽旁时，用木棍连续着敲打食槽，那些鸡顿时就从各个角落跑着向食槽那儿集结了，那场景看得我们全乐了，也算真正目睹了蹦跶鸡蹦跶的样子。

午饭是在园子里那三间简易房里吃的，虽是简易房，但里面置办得倒是挺全的，收拾得也干净利落。最西边那间房还摆着茶具，有太阳能电板，平时用电也方便。火江跟我们笑说这是他在山上的会客室。午饭是他母亲跟他妻子做的，家鸡炖蘑菇，鸡是他这儿的大公鸡，蘑菇是之前在山上采的晾干了的，还有韭菜炒鸡蛋、土豆炖排骨、清炖鱼、大葱炒木耳、尖椒土豆丝、凉拌黄瓜……主食是饺子。看着满满的一桌菜，我们都有些不好意思了，一哥们儿说这来一趟打扰的，以后还咋来呢！火江他母亲跟他妻子笑说这有啥呢，不打扰，火江常说起你们，都想让来呢！火江说刚才那哥们儿，以后还咋来呢，不想坐车步走，再不行开着神车接你去！一听这，我们全都笑了。

本来不打算喝酒的，但火江盛情难却，况且白酒、啤酒他早都给准备好了，实在推不掉后，我们来的人当中留一人开车不喝酒外，其他人都拿酒杯了。

喝酒期间，又聊到了蹦跶鸡上，火江跟我们说了挺多他创业以来的事，或许是想到了当初的不容易，他妻子帮着补充时，最后竟补充得满眼泪花。火江说刚开始那会儿，那可真是无资金无场地，而且他自己感觉这营生也是好说不好听啊，年纪轻轻的回来养鸡了，能有啥出息。那一段时间里，各种困难跟压力交织在一起，那可真是睡得比狗晚，起得比鸡早，好在最困难吃劲的时候，他父母跟他妻子成了他最坚强的后盾，全力支持他。他养鸡挣的第一笔钱，一是给他父母把村里的房子好好装修了一番，再就是给他妻子买了个万数来块钱的金镯子。现在，他自己在县城里也买上了楼房。火江说他刚养鸡那会儿真的自卑过，但现在不了，特别是村里那些在他这儿干活儿的人对他的那种敬重跟感谢，让他真正感受到了人生的意义跟价值。当初有些岁数稍大一点儿的人来这儿时不好意思找他，都是先找的他父母，请他父母跟他说。火江的原则是，乡里乡亲的，只要是他能帮到的，他都没回绝，全县评选脱贫攻坚致富带头人时，村里镇里把他推荐了上去，县里还给他颁了一个奖。现在，他的那种自卑感没了，干事创业的劲头倒是更足了。过年时有些村里的年轻人回来，说到外面闯荡不容易，不知啥时候才能混出个模样时，他都劝人家实在不行就回家乡，农村天地广阔，大有可为。现在国家对"三农"的支持力度在不断加大，鼓励青年返乡创业的优惠政策也在不断出台，现在又实施了乡村振兴战略，眼下的农村绝对是青年干事创业的大舞台。我们逗火江，说他这政治站位挺高啊！火江笑笑，说镇干部之前找他谈过话，村里换届时想让他进村"两委"班子。他说只要组织信任，村民们拥护，他就想干，而且也想干出一番事业来。冲这，我们纷纷举杯，为火江的情怀以及对他、对乡村未来的美好祝愿，共同干了一下。

吃完饭后到火江的"茶室"喝了一会儿茶，火江让我们晚上也留下，吃烧烤，再喝点啤酒，还在这园子里，那氛围绝对好，我们都说喝不动了，先记上吧，哪天再说。推让了一番，见我们执意要走，火江也不再挽留了，但走时他给我们一人拿了一只处理好的大公鸡、一大盒包装好的鸡蛋。我们执意不要，他是执意要给，还说又不是给我们的，是让我们拿回去让家人尝尝，要是不给往回拿的话，我们就有点自私了，自己吃了不顾家人。他妻子也说要是我们不拿的话就显得有点见外了，说着已经帮衬着火江把东西放在我们车的后备箱了。

火江问我们真不能在，晚上烧烤再喝点儿还魂酒，好好聊聊，明天早上再走？我们说真不能在了，以后有的是机会。火江没再说话，挺深沉地点了点头，拍了拍我们肩膀，仗着中午的酒劲，他的脸显得更红了，让人看着以为他是哭了。

　　车子顺着来时的盘山路往下返，透过车窗往下看，见那些蹦跶鸡分散着又在杏果树下、草地里找吃的了，偶尔会看到几只鸡或许是看见啥好吃的了，蹦跶着奔跑而去……

老黄牛

新农村建设让农村的面貌焕然一新，村里人的生产生活条件也都上去了，现在，村里春耕或是秋收大都是机械化了，村里好多人家都有三轮车、四轮车，像玉米播种机、旋耕机、大型玉米收割机之类的机器也到处都是，田间地头很少再看到牛拉犁拉车的情形了，但有时候回村子，面对广阔的田野时，我常会想起我爷爷家的那老黄牛。长辈们常教育我们，做人要踏踏实实的，一步一个脚印往前走，要吃苦耐劳……后来我觉得，在前行的路上，无论是为人处世还是干事创业，有时候，人们确实需要一种老黄牛的精神。

大约是在九岁的时候，我第一次和我爷爷去地里放牛，不过与其说是和我爷爷去，倒不如说成是我硬闹着要我爷爷领我去。我那时哪能放得了牛，硬闹着去也是为了骑牛，而且每次跟我爷爷去地里放牛，希望去的地方越远越好，那样，一来回就能在牛背上多骑一会儿。每次到了目的地，也是自己逮蚂蚱或是逮蛐蛐去了，根本没在意过牛吃得咋样。我爷爷有时到庄稼地里给牛割草，我顶多是跟着进去搭把手，帮着往外抱抱草，仅此而已，回的时候继续优哉游哉地骑牛。

我爷爷家的那老黄牛在村里几乎是众人皆知的，因为全村上下也只有这么一头黄牛。人们都说物以稀为贵，但现实生活中，我倒觉得老黄牛没因为"稀"而贵到哪儿去。相反，老黄牛因为力气大，倒经常被乡亲们借去用。听我爷爷说，老黄牛的岁数比我的岁数都大，在村里那些牛当中算是长老级的。我问我爷爷咋能知道牛的岁数，我爷爷说看牛的年龄主要是看它头上的两个角，从角跟那儿往外数，凸起一圈就是一岁。我记住这方法后正打算哪天找头陌生的牛实践实践，看看能弄清岁数不，但突然有一天，我看到一头没长角的牛，而且问过那主人后得知，那牛是天生的没长角。我诧异了好半天，回去后忙问我爷爷没长牛角的牛咋看岁数，我爷爷笑了一下，说那估计得问牛的主人了。一句话听得我在那儿愣了好长时间。不过后来听人说，牛的年龄还能通过牛的牙齿看出来，而且看得还比较准，我听说了但没记那么清，后来由于出村念书，年龄也逐渐大了，不像童年时那么淘了，也就没去实践过通过看牛的牙齿确定牛的年龄这事儿。

在村子里念小学那会儿，我跟许多小伙伴们通过在草滩上放牛得出的结论，牛的岁数越大几乎就越厉害。那时候，每到假期里放牛，草滩上几十头牛，没一头敢跟老黄牛较量，有几头年轻力壮的牛曾向老黄牛挑衅过，但老黄牛用前蹄刨了几下土，哼着粗气向那些牛走去时，还没到跟前，那些牛就都躲开了。自从那以后，我就像是有了种自豪感似的，就是骑在牛背上也显得挺得意扬扬的。我爷爷笑着提醒过我，说骑牛得注意点儿，人们常说，骑牛顶坐轿，掉下来顶放炮。我说不会，骑了那么长时间的牛，我还从来没从牛背上掉下来过。后来想想，也并不是自己身手敏捷，而是老黄牛比较稳。

那时我觉得，一年四季中，老黄牛也许就数夏天跟冬天还比较苦轻点儿，而且夏天还能吃上鲜草，冬天也几乎不用干啥农活儿。不过在我的印象中，老黄牛似乎就跟没吃饱过似的，无论什么时候喂它，它都吃得很香，像是挨着饿似的。尽管每年春耕或秋收的时候，忙完一天的活儿，我爷爷都会在晚上给老黄牛多添加些面料，但即使是那样，也没见老黄牛膘肥过。尤其是春耕的时候，老黄牛更是膘瘦得厉害，不过虽是那样，但干起活儿来老黄牛丝毫没有不舍得出力过，特别是春种或是春播那会儿，老黄牛拉犁拉耱，走在松软的土地上，真是一步一个深深的脚印。秋收时节，老黄牛跟我爷爷他们一样，很早就走，很迟才回。一天下来，去地回家，回家去地，要拉好几趟庄稼，卸车以后，老黄牛就孤零零地被拴进牛棚里了，快睡觉的时候，老黄牛也缓得差不多了，我爷爷出去给老黄牛添些面料，喂些比较嫩的玉米啥的。抢收时节，有时拉的东西多了，那牛背上的鞍真的如郭沫若先生《老马》中写的那样，直往肉里扣。虽然我爷爷从来不用鞭子打老黄牛，但老黄牛拉起东西来也跟拉犁拉耱一样，从来没有不舍得卖力气的时候。看的次数多了，我以为老黄牛真的是力大无穷，拉多少东西都没问题，但有次看到老黄牛拉完几车玉米后满嘴都是白沫与口水，回家卸车后好长时间了还站在牛棚里直喘粗气，我突然间觉得，老黄牛肯卖力并不是力大无穷，而且老黄牛也真的是老了。

我爷爷家的牛棚很简陋，四面通风，上面的几块木板跟干草能够勉强挡雨雪，但对防风御寒几乎起不了多大作用。那时候冬天早晨上学的时候，我常会看到院子里的牛棚中，老黄牛独自站着，鼻孔和嘴上全冻着白霜，有几次还都结着丝丝的冰。那情形，看着挺让人难过的，寒冬腊月大冷天的，老黄牛整夜里在那简陋的牛棚里是怎么熬过来的？自那以后，夏天再放牛时，无论是跟我爷爷去，还是我自己跟小伙伴们去，我再不骑老黄牛了，我牵着缰绳走在前面，老黄牛跟在我后面，到了草滩上后，老黄牛在草滩上吃草，我就到庄稼地里给它割草，等回的时候全部打包好，让它驮回去供它夜里吃。有时候割的草多了，弄得草绳捆不住，我就直接把老黄牛的缰绳解下来捆草，把捆好的草放在牛背上，左右各一包，回的时候老黄牛走在前面，我就在后面跟着，中途没任何差错，直到回家。

上初中的时候，家乡这边遭了挺严重的旱灾，对于我们本来就不富裕的家庭来说，无疑是雪上加霜，后来，迫于整个大家庭的生计，我爷爷做出了卖老黄牛的决定。

　　卖老黄牛那天，我奶奶跟我妈她们都在家里没出来，我爸在院子里看着，但一句话也没说。老黄牛装车前，我爷爷到屋檐下找了个破旧的铁盆，那也是地里活儿多时我爷爷常用来给老黄牛喂玉米和面料的一个盆，我爷爷又跟往常一样，给老黄牛拌了些玉米跟面料端了过去。说来也怪，老黄牛吃起来，远不像之前那样抢着吃了，虽是吃着，但看上去有气无力的样子，最后吃着吃着竟像是哭了，豆大的泪珠从老黄牛眼里流出来，不停地滚落着。老黄牛吃完后，我爷爷过去抚摸着给老黄牛顺了顺毛，待装上车以后，我爷爷把牛笼头跟缰绳给解了下来，这也是习俗，卖牛不卖笼头缰绳。老黄牛被装车运走后，我问我爷爷老黄牛卖到哪儿了，我还想着，要是卖给邻村上下的，说不定他们有时也会到我们村那大草滩上放牛，没准儿哪天就又看到老黄牛了，但我爷爷没有回答，只是深深叹了口气，满脸的愁苦与无奈。后来得知，老黄牛不是卖给其他人当庄户，而是被拉到屠宰厂了……我听后怔了一下，紧接着，泪水就止不住了，晴天霹雳的感觉，就跟自己的一位亲人走了一样。几天下来，我满脑子全是老黄牛的影子，如果老黄牛在，我放学后给它上树砍许多枝叶吃；如果老黄牛在，我每天多喂它几个玉米棒；如果老黄牛在，我一放假就到地里给它割草；如果……但人世间有许多事，说如果的时候已经晚了。

　　新农村建设让农村的面貌焕然一新，村里人的生产生活条件也都上去了，现在，村里春耕或是秋收大都是机械化了，村里好多人家都有三轮车、四轮车，像玉米播种机、旋耕机、大型玉米收割机之类的机器也到处都是，田间地头很少再看到牛拉犁拉车的情形了，但有时候回村子，面对广阔的田野时，我常会想起我爷爷家的那老黄牛。长辈们常教育我们，做人要踏踏实实的，一步一个脚印往前走，要吃苦耐劳……后来我觉得，在前行的路上，无论是为人处世还是干事创业，有时候，人们确实需要一种老黄牛的精神。

纯种土狗虽然难找，但只要是养狗的话，我还是想找着养条纯种土狗，即使真的找不到了，土狗的形象在我心里也早已定格，因为它身上有种咱中国人几千年来流传下来的忠义之气，那种忠义之气，是自己发自内心所景仰的，并由它伴着，走完自己未来所有的路。

养狗的爱好我从小就有。那时候，周围的人们养狗没有太多的讲究，不像现在，不过现在讲究太多的也是城里人，乡下人把狗当宠物的也只有那些少男少女们。而且那些宠物狗大都是些叫不上品种来的外国狗，那名字起得还挺人性化，有时候走在路上，光是听还分不清叫人叫狗呢！村里那些上了岁数的老人，一般还都是和以前一样，毕竟是那个年代过来的，传统上只是用狗来看门而已。

以前，乡下的狗大都一个样，即使有不一样的也只是毛色不同而已，不知道那是什么品种，人们习惯上称之为土狗。

　　我家养过许多土狗，但却没有一只是因老而终的。有时候想起来，既难过又气愤。难过的是好不容易把狗养大了，但却死了。气愤的是本来都是可以避免的，但却发生了，还有几只干脆是跑出去后被人毒死吃肉了。我当时气得咬牙切齿地，恨不得逮住那些毒死狗的人，用他们对待狗的办法来对待他们。

　　我那时候喜欢狗，但我却从来不喂狗。喂狗一般都是我奶奶跟我妈的事儿。不过有一年大年初一，家里的大人们都在忙碌着，奶奶把锅里炸出来的第一个油糕晾冷后让我拿出去喂狗。我有些不解，问奶奶原因，也许是忙的缘故，奶奶只是简单地说了一句，说人的衣饭是狗讨的，把新年的第一个油糕喂狗，是对狗进行感恩。我紧接着问那为什么不喂馒头？奶奶笑说油糕是上讲究的，先赶快拿出去喂狗吧，以后再慢慢讲给我听。可是有些事儿，一隔开就忘了。日后，奶奶忘了向我说，我也忘了再问，等日后想起来想问的时候，我奶奶已经不在了。一次，我在一本儿童版《上下五千年》的书中看到了这一传说，时间久的缘故，具体的我记不清楚了，大体的故事是这样，说很久以前，人类不会种庄稼，也没有种子，于是就用东西同天上的一位神人交换，好不容易跋山涉水换来了，但却颗粒无收，最后得知是假种子。神人提出条件，说要人们到天上亲自来换，但眼看就要春种了，一来回时间肯定不够，无奈之际，人类想到了狗，叫狗驮着东西上天同神人交换，谁知狗上天后神人误以为人类派狗来是在侮辱他，于是将狗关了起来。神人外出的时候，狗伺机逃了出来。狗在逃的过程中，误打误撞进了神人的田地，还跌得打了几个滚儿。回来后人们一看交换失败，而且折了本，于是都陷入了绝望中。有人抚慰狗时，发现狗的皮毛里粘着许多种子，人们喜出望外，小心翼翼地把那些种子种到了地里，结果第一年粮食大获丰收。狗也因此成了人类的救命之星，受到格外的尊重。之后每年的大年初一，人们都要把第一个油糕喂狗，以表感恩。人的衣饭是狗讨的传说也因此流传下来了。

　　我不知道奶奶要对我说的是不是这样，但我了解的却只有这么多。

　　自从看了人的衣饭是狗讨的这一传说后，我由以前的不喂狗变得经常喂狗，像什么馒头啊饼呀之类的，有时候吃一张饼我都会给狗分半张。我妈那次见我拿着一张饼在院子里喂狗，有些看不下去了，说怎么拿这么好的东西喂狗，放以前，地主老财都吃不上这东西。我说人的衣饭是狗讨的。我妈问我是谁说的，我说是从书上看到的。我本以为这一说法挺震撼了，没想到我妈说了句更震撼的，说尽信书则不如无书！从那以后，我喂狗时有些节制了。

　　有一次我在电视上看到驯养员介绍驯狗时说，狗能按人的指示去完成各种动作，大都是食物对它形成的条件反射，狗听不懂人话。这种说法我不赞同。狗听不听得懂人话我不知道，但我见过许多土狗，根本没谁训练过，但有时表现出来的比受过训练还让人出乎意料。就拿奶奶在世时养活的那条大黑狗来说，因为他个头大，所以我常叫它"憨大狗"。叫归叫，但那狗一点儿都不憨。奶奶给猪倒上食后，那狗就在食槽附近守着，只要有别人家的猪来吃食，那狗主动上去就把猪给咬走了，奶奶又没训练过它。还有，奶奶养活了几只母鸡，下大雨时鸡窝被雨淋塌了，那些鸡到处乱下蛋，一个多月了家里也没收一个鸡蛋。奶奶跟我说要再有收鸡的来了把那些鸡全卖了。说来也怪，奶奶说完这话当天的晚上，鸡就少了一只。奶奶边找鸡边嘀咕，都说猪有八卦能算到，难道鸡也能算到？我跟奶奶找了一下午，鸡没找到，但在一草垛旁碰到憨大狗了。我过去时才看到，草垛中有个洞，憨大狗就卧在那洞口。见我跟奶奶过来，憨大狗摇着尾巴起来了。待憨大狗起开后，有只母鸡惊叫着从洞里跑了出来，看样子在里面憨了很久了。那洞不深，我探身进去意外地发现了一窝子的鸡蛋，那心情，就跟航海家发现新大陆似的。我被憨大狗深深折服了。我当时真的不敢相信，憨大狗有这么灵。老人们常说狗是通人性的，那次，我真的信了。不过更出人意料的是村里的另一条大黄狗，有一年夏天，在池塘里救了三个孩子的命。我当时想，像这等事，那些记者们怎么不下来采访采访？

　　小学快毕业那会儿，有人时兴起了吃狗肉。村里的狗接二连三地丢。

一些坐街的老人们感叹，说偷狗的那些人是在作孽。有些老狗比较有经验，陌生人扔的东西大多数不吃，但也有误吃的。憨大狗就有过那么一回，吃了偷狗人扔的涂了药的食物后，上吐下泻的，折腾了整整一个晚上。幸运的是，憨大狗活过来了，但感觉像是变了一样，从那以后很少再到外面寻食了。没过多长时间，偷狗的人又用了一种气体毒药，扔在地上，只要狗过去闻一下，就会马上休克。憨大狗就是被这种毒药害死的。不过没死到那些人手里。半夜时爷爷听到了狗用爪子抠门的声音，忙着开灯出去，但憨大狗已翻墙跌进院子里了，四肢的腕已全被割断，只连着一层皮，嘴里吐着血，惨不忍睹。第二天早上大门上还有许多憨大狗抠门时留下的血迹。有人说夜里听到狗咬出去了，见一辆秃尾巴的红色夏利车停在村口，估计就是那些人干的。村里几个年轻人说要逮住这些人了，不揍死这帮畜生就是他孙子。不过没多久，偷狗的人当中就有一个人被逮进公安局了。乡亲们大呼痛快。半年后那人出来了，但没多久出了车祸，死得挺惨。老人们说那人是遭了报应。从那以后，村里的狗再也没丢过。

　　憨大狗死后，我爸又从村里抱回一条小狗。小时候没发觉，长大后那狗跟电视上看到那警犬差不多。村里人管那叫狼狗，说这是新品种。那种狗耳朵倒是挺立的，看上去也挺精干。也许是排外，也许是怀旧，我总感觉狼狗没土狗那么憨厚老实。好在以后的日子里跟狼狗相处得还算可以，至少让它往东它不会往西。再后来大狼狗被我亲戚借走了，说是到工地上看门。亲戚借狗我没什么意见，可牵狗那天我倒挺生气的。几年喂养出来的狗，被我那亲戚几根儿火腿肠就给牵走了。我那亲戚常年在外跑工程，两年还到不了我家一次呢！这狗倒挺认远亲的。我跟我亲戚说那大狼狗不用还了，干脆送他了。比起后面，这还不算什么，前几年从市里的一亲戚家弄回一条狮子狗，板凳大，很长的白毛，眼睛挺大，水汪汪的，谁喂吃的跟谁走，典型的"有奶便是娘"。尽管那样，那狮子狗也比土狗受宠。现在，村里大都是这种狗，到处可见，一根火腿肠能领一群狗。那次无意间想到，电视上人们常骂汉奸是哈巴狗，大概说的就是这种狗吧？外国狗说什么也不可靠，还是咱老祖宗留下来的东西好，人们常说狗不嫌家贫，我觉得现在说这话得加括弧特殊强调了，只有咱中国乡村的土狗才不嫌家贫，像那外国引来的狗，别说是家贫了，就是喂得稍有点不好它也摇着尾巴跟人跑了。当年洋鬼子侵略咱中国时，不说别的，就是咱每个中国人对自己的祖国能有土狗对主人那么忠诚，什么八国联军小鬼子，不把他打成孙子那叫见鬼，能把中国侵略成那样？所以人们骂那些走狗汉奸卖国贼一点都不过分，不过应该强调的是走狗的狗不是咱中国的土狗。

　　现在，无论是城市还是乡村，那狗的品种多得数都数不过来，什么狼狗、混狗、狮子狗、牧羊狗、花斑狗等等。早晨在公路上跑步，尽见一些人牵着遛狗，但看来看去也没发现一条土狗。近几年又时兴起了藏獒。我有朋友在拉萨，他知道我喜欢狗，那次回山西的时候给我打电话，半开玩笑半认真地说，要帮我往回弄条藏獒，绝对是纯种的。我笑说不要，要可以的话，回山西了到村子里帮我弄条土狗。他还真把这话当一回事儿了，回来后在他们老家帮我找了一条纯种的土狗。金黄色的毛。养到半大的时候，我爸专程买了条链子，说要把狗拴住。我说拴住了不自由，就散养着吧！可好景不长，腊月底的时候，大黄狗被车给撞了，也不知是在哪儿被撞的。大黄狗拖着后半个身子爬进院子里，后面拖着一条长长的血印。我看到后忙着用旧衣服把它裹住，抱着它去看医生。一路上，大黄狗一声也没叫，只是不时地回过头来看我，眼里水汪汪的，嘴上鼻子上全是血，也不知道是嘴里流出来的还是它舔伤口时沾上去的。到了医生那里，医生说伤口不能缝，叫我回去后把大黄狗抱进家里养几天，大冬天的，热的地方有助于伤口愈合。我照医生说的做了，细心照顾了大黄狗几天，但还是没能保住它的性命。一星期后，大黄狗死了，我挺难过，也挺气愤，现在许多人开车跟电视上那小品里说的一样，不是跑得太快，而是飞得太低！

　　大黄狗死后，又有许多朋友送我狗，虽说都比较名贵，但全都是些外国狗，我一一谢绝了。他们知道我喜欢土狗，但说这年头纯种土狗难找，而且现在也不时兴养土狗了。他们的心意我明白，但在我心里，好的东西永远不会过时！纯种土狗虽然难找，但只要是养狗的话，我还是想找着养条纯种土狗，即使真的找不到了，土狗的形象在我心里也早已定格，因为它身上有种咱中国人几千年来流传下来的忠义之气，那种忠义之气，是自己发自内心所景仰的，并由它伴着，走完自己未来所有的路。

现在有时候出远门，吃饭期间也总会给家里打个电话，听着那头传来熟悉的声音，心里便踏实了。而且觉得，一个人不管离家有多远，只要记得回家吃饭时的温馨，那心与家的距离，就永远近在咫尺！

"回家吃饭回家吃饭，这是妈妈真挚的呼唤。"无意间听到这样一句歌词时，心却像是被它沉沉地撞了一下。

被妈妈呼唤着回家吃饭的情形，很清晰，但对现在的自己来说，也似乎有些遥远了。那应该是乡村孩子，特别是那些男孩子童年中最为常见的事，没了它，童年是孤单的。

回家吃饭，经历期间，那是一个过程，但等到回味时，那便成了一种情结。每个人从知味觉记事起，母亲做饭的手艺以及家乡饭菜的味道，便成了此生中永远挥之不去的印迹。离乡越远，那印迹越清晰。记得外出念书上的第一节音乐课，老师教同学们唱阎维文老师的《母亲》时，许多同学在歌声中哭了。哭的同学大都是因为离开家了才懂得什么是想家，但感受更为直接的是，有时外面再好的饭菜都不及母亲在家里做的粗茶淡饭有味道。那时的年龄，懵懵懂懂知道了能够回家吃饭的感觉无疑是幸福的。

之前听人们探讨幸福是什么，说幸福就是满足。就拿吃饭来说，也许守家在地时不觉得，但真正到了异地他乡，或许就是另一番感受了。就拿村里走出去那些到城市务工的人来说，从乡村步入城市，走在城市车水马龙的道路上，看着两旁林立的高楼和那些各式各样的店面而感到陌生时，或许一个再小的印有家乡饭菜的广告牌出现在一个极不显眼的小饭店门口时，也会感到亲切，也会觉得幸福。那种感觉并不一定都能够用文字和语言表述得出来，但走在陌生城市中迎来自己一个久违了的微笑，舒缓眉头的那种轻松，擦擦额头上的汗，径直走向能吃到家乡饭菜饭店的那种喜悦，都是对"回家吃饭"最深情的表达。那样的场景，想象着总是令人动容的。那种满足不仅仅只是因为在异地他乡吃了一顿家乡的饭菜而已。一个人不论离开家时间有多久，距离有多远，只要找到家乡饭菜的味道，或许也就是找到了家的感觉。

童年时，母亲呼唤孩子回家吃饭，大都是因为孩子们贪玩，而长大了，那种呼唤便成了父母等待儿女回家团圆的一种期盼。夕阳下，母亲做好饭在家门口的那种等待，对着回家路的那种眺望，想想就使人倍感温馨，但想想也使人热泪盈眶。每一年的春运中，那些提包拎袋，挤满一辆又一辆列车的回乡之人，即使路途再遥远，乘车再疲惫，哪怕一路上只能长时间挤着站在车厢中，但那种回家的感觉也是幸福的。这背后支撑他们的，也许就是家的温馨，也许就是父母期盼他们回家吃饭团圆的那种深切无声的呼唤。

曾以为，乡村里父辈或是祖父辈那代人当中，他们不懂得什么叫作"挑食"，但后来知道，不是不懂得，而是那年代没有更多的选择。相对匮乏的物资条件让生活在农村的每一个人深深懂得，在当时能够吃饱，那就是最大的幸福了。一句常常在耳边回响的有关饥与饱的警示语就是：人不要一饱忘了百饥。虽没经历过那样的年代，但常听村里父辈、祖父辈的一些人讲起他们所经历的那段靠一团野菜就能当作一天的干粮而且还要下地劳作一天的苦难日子。对比现在，他们充满的全是感激。看过一些有关"吃饭"问题的报纸和书籍，说外国种地大都是先进的科学化、机械化，效益如何的好，引来的全是别人羡慕、崇拜、模仿的目光时，自己在内心深处，总是不以为然。每当我站在脚下那片厚实广阔的黄土地上放眼远望时，总有一种力量在翻腾涌动：中国用不到世界9%的耕地养活了世界近20%的人口，为世界粮食安全做出了重大贡献。我们用实际行动回答了谁来养活中国人的问题。这就是一个国家的伟大！而那种男耕女织，充满诗情画意的田园生活，或许只有在中国的乡村才能看到，机械化的时代里，体会不到那种最亲近自然所带来的生活的惬意。

我的一位从家乡农村走出去在大城市里创业成功小有成就的本家亲戚，回村里探亲时，感慨颇深地说，有时城市星级酒店里的一桌山珍海味，都抵不住家乡的一碗手擀面。我清楚，他不是在显摆，也不是在做作。他曾对我说过自己的经历，他的创业成功，或许和他当初因为吃腻了手擀面加鸡蛋，而向自己的母亲摔筷子有着直接关系。当他真正懂得在他母亲眼里那就是当时条件下能给他做出的最好的饭菜时，他母亲已经安静地睡在了一堆黄土下面。他创业成功第一年清明回村里上坟，在他母亲坟前，他整整跪了有一个多小时。回想着那次摔完筷子之后，他母亲收拾好碗筷坐在院子里的一处角落里独自悄悄抹眼泪被他无意间看到的情形时，泪水就止不住地往外涌。他说，要是能再吃一碗他母亲亲手做的手擀面，那该有多好啊！可有些遗憾，是人一生中永远都无法弥补的。之前我在一篇文章中看到过这样一首诗：

前天，我放学回家
锅里有一碗油盐饭
昨天，我放学回家

锅里没有一碗油盐饭

今天，我放学回家

炒了一碗油盐饭

　　——放在妈妈的坟前！

短短的一首诗，看得人泪眼模糊。

那位本家亲戚那次走之前，在我家吃了一顿饭，也许是多少喝了点酒的缘故。临行时，他单独叫住我，两眼红红的，说："叔听说你现在奋斗得不错，好好努力，叔以过来人的感受跟你说，无论干什么，你必须记住，永远记住，父母才是最重要的，永远都要把父母放在第一位，不管你将来有多大的成就，多高的地位，每天的应酬有多少，但只要父母健在，永远记得，多回家吃饭，懂了吗？回家陪父母一起吃饭！"我清楚地看到，说完后，他两眼湿润了。不管他说的是不是酒话，父母才是最重要的，只要父母健在，永远记得，回家吃饭，回家陪父母一起吃饭！这些话，我真的深深地记下了。就是现在有时候出远门，吃饭期间也总会给家里打个电话，听着那头传来熟悉的声音，心里便踏实了。而且觉得，一个人不管离家有多远，只要记得回家吃饭时的温馨，那心与家的距离，就永远近在咫尺！

那次站在山脚下，看着一大片绿油油的庄稼地，微风中，在黍子地里轻抚那些已经被颗粒坠的低了头的黍穗，内心里无形中也生出一种祈盼，生活中，愿所有人都能够多一些如家乡这边人们"吃糕"时的喜悦，那种喜悦，厚重、淳朴、真实！

前些日子同几位好友吃饭，主食上来，看到油糕后有人便引出了话题，本来快要结束的饭局一下子又被聊得风生水起，而且越说越带劲儿，就拿我这平时几乎不吃糕的人来说，最后都被他们说得硬生生地吃了个油炸糕，而且因"吃糕"引出的"三十里的莜面四十里的糕""贼走了拿出刀了，讨吃走了拿出糕了""鸡蛋碰糕"之类的俚语、俗语、笑话、故事等一大片交织开来。要不是已是晚上十点多了，估计话题还会不断升温。因散席时聊得不尽兴，于是有人提议，我们当中几个人每人就以"吃糕"为题写点东西，命题作文，文体不限，字数不限，但时间有限，两个星期内写好，到时完成不了的，就请在座的这些人，还来这个饭店，还订这个雅间，还是同样的酒席，以"吃糕"的名义再认认真真吃顿糕。

提议归提议，玩笑归玩笑，写与不写，完成与完不成，我想都会成为好友们再聚的理由，应我们之前的玩笑话说，这年头，不给个理由，以为随随便便就能被约出来跟你们一起吃饭呀！

其实说到吃糕，虽没有像席间好友们知道的那么多、那么广，但对于从小在晋北地区农村长大的自己来说，也绝不陌生。之所以没有像他们说的那样天天吃糕，一来是地域条件所限，尽管同处一个县，但我们村子及周边这一带土地盐碱较重，人们种黍子的比较少，说得绝一点，我们村几乎就没人种黍子。再者，对于我们这些不到三十岁的人来说，打小吃惯馒头、面条、米饭之类的主食，吃糕不会咽，曾有人跟我说，吃糕不能嚼，吃进嘴里后囫囵吞着往下咽就行。我倒是真试过，但结果弄得比吃药还痛苦。

家乡这边的吃糕分为两种，一种是白糕，也叫"素糕"，当然，叫白糕绝对不是说糕是白的，糕依旧是黄糕，只是蒸出来不再做其他加工了。小时候见蒸出糕以后大人们搋糕，感觉那阵势就跟练武似的，将蒸熟的糕面用笼布兜着从锅里的箅上拿出来，放在浅盆里或是案板上，兜紧笼布，然后开始搋。搋的时候手得快，力得大，捶、捣、杵、掇、揉一齐上，不时还得将手浸在凉水里降温，直到糕面被搋得筋道柔韧为止。人们吃白糕大都是要蘸着吃的，而蘸的食材就比较多了，纯羊杂或是羊杂酸菜、大烩菜、猪肉粉条炖豆腐、炖鸡蛋、小葱拌豆腐啥的，都能用来蘸糕吃。对于爱吃糕的人来说，感觉似乎只要有点汤汤菜菜的就都能蘸着吃糕。记得有一次在单位加完班后跟一位同事出去吃饭，到了一家小餐馆后，他自己搭配蘸糕菜，要了两颗煮鸡蛋，剥开放碗里夹碎，然后又加了些酱油、味精、葱花、盐之类的调味品，拌开后又稍往碗里倒了些白开水，用筷头蘸着尝了尝，说正好，然后就夹上糕蘸着吃起来了。不光是我，就连饭店的老板娘都笑着问他："这就行了？"同事笑笑，说这么丰富了还要啥！一句话逗得我们全都笑了。事后那同事跟我说，他小时候家里穷，吃糕能有鸡蛋蘸，感觉那都是奢侈的了，在他的记忆里，总觉得用煮鸡蛋、葱花、酱油、盐拌出来的蘸糕菜是最香的。他说尽管现在条件好了，但有时候他却越来越有些怀念小时候的味道。我问同事，他的那种吃法是不是人们常说的"鸡蛋碰糕"？他说差不多，但不纯粹。

关于"鸡蛋碰糕"，后来我倒是专门请教过一些乡村里的老人，他们说的起源、地点不相同，但内容上基本一致，说是某户人家端上白糕以后，饭桌中间放个碗，碗里放着一个煮熟剥了皮的鸡蛋，这鸡蛋就是全家人的蘸糕菜，谁吃都是夹口糕碰一下鸡蛋，一家人你碰完我碰，最后糕吃完了，鸡蛋还在。有些说得夸张的，说鸡蛋不是放在碗里，而是用线拴着吊起来的。不管是鸡蛋放在碗里还是用线拴着吊起来，但"鸡蛋碰糕"这事儿，终归没法认真去考究。后来也听到有人说，"鸡蛋碰糕"是笑话日子过得穷的人家的。其实无论是哪种说法，真正折射出来的，都是那个年代人们生活的艰辛与不易。同事说他现在越来越有些怀念小时候的味道，怀念无疑是温馨的，但经历，有的却是极其苦涩的。

家乡的另一种吃糕便是油糕了，也就是人们常说的油炸糕。比起白糕来，油糕在做法上多了包馅、上油锅炸等工序。油糕的馅一般有豆沙馅、菜馅等，有时里面包上红糖或白糖，也能算作有馅的油糕。豆沙馅以前都是人们自己在家里弄，后来市场上也有卖现成的，买上剪开真空包装袋直接就能用。而菜馅，还是人们自己在家里拌，做馅的食材比较多，炒鸡蛋、地皮菜、细粉条、韭菜、木耳等都可剁碎搅在一起拌馅。不同于白糕，吃油糕大多情况下是有讲究的，用时下流行的话说，要有仪式感，过传统节日自不必说，像是家里办婚丧嫁娶的事业、过生日、孩子考上大学、家里有其他值得庆贺的事等，都要吃油炸糕。有些地方还有送油糕的习俗，就是谁家里娶媳妇或是嫁女儿，娶嫁的当天，办事业的人家大清早的就都给相处好的街坊邻居送油糕了，而且送油糕用的盘子或是碗都要贴上喜字。有时候街坊邻居谁家要是有值得庆贺的事时，人们知道后，见了总是会逗着说一句：准备吃油糕哇！

当然，吃糕也是有所禁忌的，如果是白糕的话，一整块白糕夹下来的第一块得放在一边，不能吃，而且说男的要是吃了的话对丈母娘不好，女的要是吃了的话对婆婆不好。对于这个，我倒是还没有找到根源出处。不过对于吃油糕，我倒是在书本上看到过，对于这个，我曾在文章《土狗》中有过描述：大年初一，家里的大人们都在忙碌着，奶奶让我把锅里炸出来的第一个油糕晾冷后拿出去喂狗。我有些不解，问奶奶原因，也许是忙的缘故，奶奶只是简单地说了一句，说人的衣饭是狗讨的，把新年的第一个油糕喂狗，是对狗进行感恩。我紧接着问那为什么不喂馒头？奶奶笑着说油糕是上讲究的，先赶快拿出去喂狗吧！以后再慢慢讲给我听。可是有些事儿，一隔开就忘了。日后，奶奶忘了向我说，我也忘了再问，等日后想起来想问的时候，我奶奶已经不在了。一次，我在一本儿童版《上下五千年》的书中看到了这一传说，时间久的缘故，具体的我记不清楚了，大体的故事是这样，说很久以前，人类不会种庄稼，也没有种子，于是就用东西同天上的一位神人交换，好不容易跋山涉水换来了，但却颗粒无收，最后得知是假种子。神人提出条件，说要人们到天上亲自来换，但眼看就要春种了，一来回时间肯定不够，无奈之际，人类想到了狗，叫狗驮着东西上天同神人交换，谁知狗上天后神人误以为人类派狗来是在侮辱他，于是将狗关了起来。神人外出的时候，狗伺机逃了出来。狗在逃的过程中，误打误撞进了神人的田地，还跌得打了几个滚儿。回来后人们一看交换失败，而且折了本，于是都陷入了绝望中。有人抚慰狗时，发现狗的皮毛里沾着许多种子，人们喜出望外，小心翼翼地把那些种子种到了地里，结果第一年粮食大获丰收。狗也因此成了人类的救星，受到格外的尊重。之后每年的大年初一，人们都要把第一个油糕喂狗，以表感恩。人的衣饭是狗讨的传说也因此流传下来了。大年初一炸出来的第一个油糕喂狗，也许就是基于这。

之前看电视上演那《舌尖上的中国》，跟好友们在一起闲聊时，有人笑说，咱这地方其实也能拍个《舌尖上的黄糕》，至少那也是一种饮食文化。不过有些逗的是，说完这话不多日，我们一起去饭店吃饭时，有好友主食要吃糕，服务员问，要红糕还是黄糕，我们听后怔了一下，彼此看着笑了笑，心照不宣。

所谓的红糕，是用高粱面做成的，放在父辈、祖父辈那一代人来说，红糕是端不上台面的，而在眼下人们时兴起吃粗粮的背景下，红糕倒是成了挺受人们欢迎的了。红糕几乎没有油炸糕，都是蘸着吃素糕。由于含糖量低，红糕成了一些患有糖尿病的人吃糕的首选。

前些日子去县城北边的一个山村，由于刚下完雨不久，见山下地里的黍子绿油油的一片，长势格外喜人，一派丰收在望的景象。徒步走在田埂上，时不时能听到黍子地里传来的蝈蝈声。那情形，着实又激起了记忆深处童年里的浪花。站在黍子地里听着时隐时现的蝈蝈声，总会不由得想到"稻花香里说丰年，听取蛙声一片"的诗词。作为一个农家子弟，我深有体会粮食丰收对一个农村家庭来说意味着什么。记得小时候村人们每年过年写春联，总会有"五谷丰登""粮食满仓"的字样，待自己长大，那种祈盼从内心深处理解后，总会叫人心头一热。不久前看新闻报道，国家设立了"中国农民丰收节"，这对于传承弘扬中华农耕文明和优秀传统文化，无疑又是一次升华。

那次站在山脚下，看着一大片绿油油的庄稼地，微风中，在黍子地里轻抚那些已经被颗粒坠的低了头的黍穗，内心里无形中也生出一种祈盼，生活中，愿所有人都能够多一些如家乡这边人们"吃糕"时的喜悦，那种喜悦，厚重、淳朴、真实！

古诗里说草是野火烧不尽，春风吹又生。吃着苦菜，我倒打心底希望，苦菜什么时候再能像之前那样，在绿色的田野上，一大片一大片，旺盛的生长！

ku cai

苦
菜

俗话说靠山吃山，靠水吃水。这话要用到我们村子这儿，多少显得有些前不着村后不着店了。虽然离山不远，但却又不是紧挨着，山上真有什么"吃的"，最先惠及的都是那些紧挨着山脚下的村庄。傍着水，但却是条流经村边的小河，里面顶多是些小鱼小虾，用来看都不够，别说吃了。听我爷爷说，那时候村子里的人们常去地里挖回来吃的大都是苦菜。

那时候的苦菜，尽管是在盐碱地里，但生命力却极强。人们吃了一茬又一茬，间隔时间，也就那么三五天。物资匮乏的年代，人们不仅把它当菜，而且把它当干粮。剁碎的苦菜与玉米面拌在一起，蒸出来或是炕出来的饼子或是窝窝头，绝对称得上是上等的食粮。一些人家还将大量挖回来的苦菜晒干储藏起来，冬春时节吃。

小时候那会儿，我也跟着大人们挖过苦菜，但那时候的挖苦菜，已不再是饥饿年代里的充饥了，更多的，像是品尝。细分的话，人们又把苦菜分为甜苣跟苦苣，甜苣人们常挑来吃，苦苣的话一般就不挑了。不过或许是习惯已久，不论是甜苣还是苦苣，人们统称为苦菜，而一说到地里挖苦菜，那指的就是甜苣。从后来的实践中我也了解到，苦菜不仅好吃，还有药效功能，我自己的体验，吃凉拌苦菜祛火，比那祛火的西药片都管用，尤其是那苦菜汤，见效几乎是立竿见影的。我小时候贪玩，夏日里不午休，有时上火，嘴唇舌头上都是泡，别说喝西药片了，就是打针有时都不见得多见效，但我奶奶知道怎么治，那土办法就是从地里挖些苦菜，吃上一顿，然后再喝些苦菜汤，过程顶多是醋刺激的那些水泡疼那么一阵子，睡上一觉，第二天醒来就几乎全好了。我不是排外，从骨子里觉得，传统留下来的东西或是办法，有时比那些西洋玩意儿管用多了。

之前，村里一位老人说他去大城市里走亲戚，那亲戚还特意拿苦菜罐头招待他，说是请他吃个新鲜。老人笑笑，说自己从小苦菜堆里长大的，哪还没吃过个苦菜。回村后老人跟村里人说，没想到苦菜在大城市里还那么上讲究，都能做成罐头卖。那时候，我们村里有位七十多岁的老奶奶，也挖着苦菜去县城里卖过。有人在县城里碰到她，见那老奶奶就跟现在摆地摊儿的一样，坐在路边，蛇皮袋里装着多半袋苦菜，老人家坐在那儿也不吆喝，挽下半截袋沿，露出苦菜，袋子旁放着一杆盘秤，那时候还没怎么时兴塑料袋，卖东西一般都是称完后买的人用自己的盛放东西往走拿，像买菜大都是拿菜篮子。有一次那老奶奶卖苦菜，虽然价格不高，可临近中午了，苦菜也没卖出多少，从县城准备回村的人劝她，说正好搭顺车回吧，这么大岁数了，这不是找罪受吗？再怎么说这也只是县城，谁还真会把苦菜当家常菜一样来买，城里人真想吃了，也能到县城周边的地里去挖。老人听了像是挺不好意思的，说碰运气吧！毕竟那个时候村里人挖上苦菜到县城里卖的现象少之又少，有时候都会被人笑话。

有一年夏天放暑假，我跟堂妹去市里姑姑家。我奶奶将多半袋子苦菜挑拣好让我们给带上。到了市里下车等姑姑、姑父去接我们的期间，那些来来往往的人见我跟堂妹在路边站着，还放着多半袋子苦菜，以为我们是卖苦菜的。一些老人，还有一些妇女，路来路过都会走过来问，小朋友，你们这苦菜怎么卖啊？堂妹说我们这苦菜不卖。待那些问的人走远后，堂妹小声跟我说，哥，咱还是把口袋子扎上吧，要不一会儿还会有人过来问。我看着堂妹点点头，把刚解开不久的口袋子又扎上了。我们在那儿等姑姑、姑父期间之所以把口袋子解开，是怕把苦菜捂坏了，但姑姑、姑父接上我们，听堂妹说完这事儿，都笑了，说捂是捂不坏，就是要早知道我们两孩子是坐早晨那趟车的话，他们就早早来在这儿等着了。那时候我跟堂妹也就十来岁，去的时候大人们把我俩送到汽车上，车子是邻村人的，比较熟，每次我们到姑姑家，我爸或是我叔他们都会安顿那车主，到了市里什么地方提醒我俩下车。时间久了，再说去市里姑姑家，车主都知道该把我俩拉到哪儿了。那会儿也根本不会担心孩子会走丢之类的事发生。不过事后想起许多人问我跟堂妹苦菜怎么卖那事儿时，我倒是常会想到村里那位快七十多岁还挖着苦菜到县城里去卖的老奶奶，心想她挖的那些苦菜要放到市里的话，一定会卖个好价钱。

就在那老奶奶去世没几年，真就时兴起了卖苦菜。苦菜被端上饭店的餐桌了。不光是一些五六十岁的老人，就是一些三十来岁的年轻人有时也挖着苦菜到县城里卖，价钱还挺高，一斤能卖到几块钱。卖的时候，根本不用像那老奶奶摆地摊一样在那儿等着，拿到饭店，几乎是有多少要多少。

大概持续了那么几年，人们发现，苦菜越来越少了，少的原因倒不是因为挖的人多了，而是之前炕大一片地方就能挖少半袋苦菜的那些地里，竟然不怎么长苦菜了。人们议论，说是不是因为这几年比较旱的原因，但也有人说，就是一些阴湿的地方，苦菜长得也不像之前那么一大片一大片的了，全都稀稀疏疏的。很长一段时间里，大多数人都认为这是纯粹的自然因素，只有村里一些老人说，这哪怪得上老天爷，这都是人们自作自受。一开始是人工耕种，条件好了大都是用机械化作业，现在倒更会省事儿了，种地草都不锄了，用的全是除草剂，而且一年好几次地用。再这样下去，别说苦菜不长了，就是地里的庄稼也快出问题了。过量使用那土地都有毒了，长出来的东西还能好得了？

老人们的话，种地人都懂，可就是没人听，在使用农药上，也没人停。

前些日子跟几位朋友到饭店里吃饭，说这时节吃苦菜最好，祛火。可点菜时服务员说苦菜没有了。有位朋友开玩笑，说这个可以有，但服务员苦笑着摇摇头，说这个真没有！吃完饭走的时候经理跟我们解释，说现在的苦菜真稀缺，三十块钱一斤都买不到。听完这话，我怔了一下，想到村里曾经挖着苦菜卖的那位老奶奶，对比现在的情形，不知该为苦菜价格的高升感到欣喜，还是该为苦菜的短缺感到悲哀。回村子跟我妈说起下饭店点菜没苦菜这事儿时，我妈说前不久邻村有人也是说朋友想吃苦菜了买不到，他还特意到地里挖了些给送去了，但结果却把人给吃死了。经过调查，是因为那块地里刚打过农药。

这话听得我有些毛骨悚然，为那位好心没办好事的人感到惋惜的同时，也真为现在的土地担忧，看来老人们说得没错，再这样下去，别说苦菜不长了，就是地里的庄稼也快出问题了。

说到想吃苦菜，我妈说我爷爷的老院子里倒是长出一大片苦菜，挺多的，啥农药也没用过，前几天她还专门去锄了草，浇了水，这会儿，应该能吃了。那天晚上，我妈把那些苦菜挖回来，挑拣好用热水焯好，拌着熟土豆丝、韭菜、葱花，用香油、陈醋跟各种调料拌匀，做得倒是挺有味道，可我吃起来总感觉有些怪怪的，觉得这顿苦菜吃得像是从"自留地"里找的一样，实属不易。

古诗里说草是野火烧不尽，春风吹又生。吃着苦菜，我倒打心底希望，苦菜什么时候像之前那样，在绿色的田野上，一大片一大片，旺盛地生长！

采访结束后，回的路上，我们聊的话题依旧是"粽子专业村"的事儿，也算是先口头交流整理了所收集的素材。虽然到时要写的侧重点各有不同，但最终的主题却大都是一致的，小粽子做成了大产业，村人们通过自己的勤劳付出过上了幸福生活，用端午节里一句祝福的话说，粽子飘香，幸福吉祥。

端午节前，我回村子里住了几天，每天清早，太阳刚升起来，就听到街巷里有人吆喝着"卖粽子了"。我问我妈平日里这些人莫非也来这么早，我妈说差不多，就是平日里来的次数没端午节前这几天频繁，平时村里大清早买粽子的都是一些早早去地里干活儿没吃早饭的人，买上粽子带到地里吃。端午节前这几天买粽子，人们大都是之前订好的，现在过端午，村里人自己包粽子的很少了，大都是买现成的，怕需求量大端午那天买不上，所以大都提前几天买上了，而且现在村里家家户户几乎都有冰箱冰柜，放得住。

　　小时候，我奶奶还在世那会儿，每年一到快过端午的时候，我奶奶我妈她们就张罗着包粽子、蒸凉糕了。提前把苇叶泡上，精选红枣、蜜枣、糯米等。蒸凉糕比较省事儿，把糯米洗好拌匀放在锅里铺好苇叶的算子上，然后遍地插花地往里面摁红枣或是蜜枣，都弄好以后，盖上锅盖蒸就行了。等凉糕蒸出来以后，那些红枣或蜜枣就都镶进凉糕当中了。我们小时候吃凉糕，大都是先挑着吃凉糕里面的红枣或蜜枣，相对蒸凉糕而言，包粽子稍多了些工序，泡苇叶，挑糯米，选红枣、蜜枣跟蒸凉糕要准的差不多，主要是包的时候得一个一个地来。记得我奶奶跟我妈她们那会儿包粽子，街坊邻居的大娘、婶子们常都会聚在一块儿包，无形中，包粽子就得格外的精益求精了，用那些大娘、婶子拉家常笑说的话讲，要是粽子包不好的话，拿出去让人家笑话。那时候一到端午节时，村里人家家户户都包粽子、蒸凉糕，走在村巷里，都能闻到粽子、凉糕的香味。

　　那时候也有人到村子里卖粽子，但那几乎跟端午节无关，一年四季中，除了冬天碰不到那人到村子里卖粽子外，其他春夏秋三个季节里，时不时就会听到那人在街巷里卖粽子的吆喝声。每次见他都是骑着一辆二八自行车，后架上驮着一个长方形的竹篓子。那人卖粽子也挺有点意思，有时在街上碰到我们在一起玩的孩子们时，他就停住了，吆喝几声卖粽子后就开始跟我们搭话，那人挺会逗小孩儿，几个笑话说得不光我们跟前的小孩儿听得哈哈大笑不愿意走，就是稍远一点儿的孩子看到我们聚那么多人时也都过来了，听的期间便有人买粽子了，好多次，只要有一个孩子带头买，其他的孩子就都跟着买了，而那时候的实际情况是我们孩子们身上大都没有零花钱，都是先拿上粽子，然后跑去找大人们要钱。次数多了，有些孩子就不免挨了家里大人们的骂，嘴馋的，没吃过个粽子，巴掌大个人就学会赊东西了。骂归骂，但还是有许多孩子仍是先拿粽子后给钱。坐街拉家常时，一些大娘、婶子就说，其实这也不能都怨孩子们，孩子们那么大点儿懂个啥，要怪也怪那卖粽子的，一来村里卖粽子就专门引逗孩子们。后来再有孩子们拿上粽子找家里大人要钱时，大人们就又让孩子们把粽子原封不动地给卖粽子那人拿回去了，买卖自然也就不成了。时间久了，卖粽子那人的方法也变了，不是直接让孩子们拿上粽子找大人们要钱，而是让孩子们把粽子拆开吃上几口再去找大人们要钱，这样一来，那粽子就退不了了。有的大人因为这找那卖粽子的人理论，说搭揽不是买卖，攀换不是亲戚，哪有这样卖东西的。一见这情况，卖粽子那人就一个劲儿地赔笑解释，说孩子想吃给孩子买上几个吧，三里五村的因为这动气不值得，让人家笑话，这年头买卖不好做，这又是点儿薄利生意，就当是照顾照顾他这小本儿生意人，卖一个粽子也就才几分钱的利……这样一说，当事人的气差不多也就消了，要是碰上比较难缠的，卖粽子那人也就多少再给点儿甜头，卖别人一块钱五个粽子，到比较难缠的人那儿就成了一块钱六个，结局彼此欢喜。我们出村念书以后，到如今的出身社会，有时回到村子，还会碰到那人卖粽子，村子里我们那茬孩子，可以说也算是听着那人卖粽子的吆喝声、吃着他的粽子长大的。好多次跟人谈到干事创业要有恒心时，我常会说到卖粽子那人，从我们六七岁的时候见他到村子里卖粽子，到如今二十多年了，这么多年一直坚持做卖粽子的小本儿生意，挺让人佩服，不过那人的变化我们也都是看着过来的，就拿那些跟卖粽子有关的工具来说，刚开始那会儿是二八自行车，后来换成了红公鸡摩托车，红公鸡摩托车又换成了弯梁110摩托车，弯梁110摩托车又换成了面包车。放粽子的竹篓子也变成了参有不锈钢的铁皮箱子了，上面还贴着个红字黄底的"粽"字。粽子的价格由当年一块钱五个，后来卖到一块钱三个，到现在一块钱一个或是一块五一个，这里面，也见证着社会经济的发展和人们生活水平的提高。听人们说，那人就靠卖粽子给两个儿子都在县城里买了楼房，娶了媳妇，还买了轿车。大儿子子承父业，在县城里租了间门市，专门批发粽子。他家的粽子，十里八村，甚至在县城里也都算是叫得响的品牌了。

我在县农业部门工作那会儿，下乡时去过常到我们村卖粽子那人他们村，听村支书介绍，他们村里人除了平时种地外，家家户户几乎都从事粽子行业，人们地里忙下去以后就是包粽子、卖粽子。一般都是女人们在家里包粽子，男人们出去卖粽子。不光村人们的收入提高了，平时忙于做粽子买卖，村里像聚众耍钱赌博、喝酒闹事的现象也几乎没有，村支书笑说他们村都评了好几次"精神文明建设""社会治安综合治理"的先进奖了。

前些日子，有从事新闻工作的朋友给我打电话，说是他们要下去采访一个"粽子专业村"，实地了解一些脱贫攻坚的典型事例，问我有空没，去不去。我说有空，正好也想到村子里走走了。不过没等他们说出那村名，我已经说出来了，问他们是不是去那个村。那朋友挺吃惊，说就是啊，还问我莫非也对这个村子很熟。我说很熟不敢说，不过好歹我曾经也在"三农"战线上奉献过自己的六七年青春啊！一听这，那朋友猛然间想到似的说，他咋把这给忘了，早知道哪还用麻烦托人打问联系。

到了那"粽子专业村"后发现，几年没来，那村子变化挺大的，乡村振兴工程的实施，让那村子大变样了。现在村子里屋舍俨然，一派现代农村的景象。村口标识建筑采用传统元素跟现代风格相结合，既体现着农耕文明的悠久，又标志着农村现代化的进步。街巷又都重新硬化了，比较宽的主街道还铺了沥青，主街道两边的绿化也很多，栽种的树种有垂柳、松树、金钱榆等，所有街巷都安了太阳能路灯，路边放置了垃圾箱，一些显眼的地方还粉刷了文化墙，内容有传统文化的孝悌忠信、仁义礼智，还有新时代的社会主义核心价值观等内容。当村的文化广场上，有个独特的"粽子"建筑，那也应该算是村子特有的标志了，深刻阐释着"粽子专业村"的产业发展和文化内涵。

找到村支书后，向他了解了一些最新情况。这个"粽子专业村"全村有725户，1730口人，专门从事粽子行业的有200多户近700口人，其余的就是以种地为主，卖粽子为辅。专门从事粽子行业的那些农户，一个人一天能包近700多个粽子，光卖粽子每人的年平均收入都在2~3万元，随着近几年各级媒体的不断报道，"粽子专业村"的知名度也越来越大，粽子在市场上的占有额也逐年增加，村支书还挺自豪地跟我们说，他们村的粽子都进了首都北京的市场了，村人们从事粽子这一行业，现在是越干越有劲，越干越有信心。我问村支书他们村的人从事粽子这一行业，最早是在啥时候，村支书说据县志上记载，清朝的时候就有了，二十世纪五六十年代逐渐有了规模。聊到脱贫攻坚的话题时，村支书说这得感谢上边儿的好政策，去年他们村借助产业扶贫的政策跟资金扶持，成立了粽子专业合作社，不光把村里的贫困户都吸收进来了，其他一些专门从事粽子行业的农户也成了合作社的成员，村子里从事粽子行业的人真正向着抱团式的方向发展，年底合作社给所有成员都分了红，越来越多的人正准备加入合作社。现在，他们村的贫困户全都脱了贫。随后，村支书带我们走访了几户，通过详细采访了解到，像常去我们村卖粽子那人那样，通过卖粽子给子女们买楼房买汽车的人有好多户，有的人不光在镇上、县城里有门市，就是在市里还设立了固定的销售点儿。参观合作社时，正见有二十多名妇女在那儿包粽子，村支书说这些妇女都是合作社里固定的从业人员，每人每天平均包六七百个粽子，一天下来差不多能包一万三四个粽子。我们随行中有人问，每天这么多粽子，能卖得出去，村支书笑笑，说不愁卖，批发的、零售的，还有一些全都真空包装好发往外地的，有时候还缺货呢，特别是每年端午节前后，需求量更大，卖得好了，人们一天就能收入好几千元。粽子真正成了村民们增收致富的支柱产业。

采访结束后，回来的路上，我们聊的话题依旧是"粽子专业村"的事儿，也算是先口头交流整理了所收集的素材。虽然到时要写的侧重点各有不同，但最终的主题却大都是一致的，小粽子做成了大产业，村人们通过自己的勤劳付出过上了幸福生活，用端午节里一句祝福的话说，粽子飘香，幸福吉祥。通过采访中的所见所闻以及村支书的讲述，"粽子专业村"能发展到现在这么好，那绝对是有根源的，就拿人们那种勤劳朴实、吃苦耐劳的精神来说，也着实令人敬佩。眼下的脱贫攻坚中，从中央到地方，各种优惠扶持政策、资金不断投向农村，在这样的大环境中，足够让人有理由相信，"粽子专业村"的粽子一定会香飘更远，村人们的日子也一定会越过越好。

现在每逢中秋节，自己或多或少都会有些感悟，人们常讲，人有悲欢离合，月有阴晴圆缺，此事古难全，但每当中秋节时，看着天空中那轮明月，总是想许个愿望，是许给自己的，也是许给大众的：但愿人长久，千里共婵娟！

印象中，连着有好几年，中秋节跟国庆节假期都是相差没几天，就连收发的那些祝福信息也全以"双节"冠名了。然而今年中秋节跟国庆节假期相隔的日子倒是远了些。本想着回乡能够借人们中秋团圆之际多见几个那些常年在外的亲朋好友，但许多朋友打电话发信息，说时间太紧，回不来了，就连之前说好要在中秋节回家乡好好聚聚的几个堂兄姨弟也都又改变了先前的安排，说计划赶不上变化，中秋节回不来了，看国庆假期吧，要是国庆假期还抽不出时间的话，那就只能等年底见了。听他们说完后，心里或多或少生出一些落寞。

对于中秋节，长这么大，之前也没怎么在意过，而且那时候村里人很少称中秋节，习惯上只是叫作八月十五。那时候村里还有一家专门做月饼的，人们一贯把做月饼也叫作打月饼，就跟后来听到有首儿歌唱的那样：八月十五月儿圆呀，爷爷为我打月饼呀……记得那会儿村里烤月饼的炉子是用砖和泥盘起来的，体积很大，除了加火的灶子之外，自下而上又分了好几层，一次可以烤好几铁盘子月饼，人们管那叫烤箱。我向来对油性大的食品不怎么感兴趣，因此对家里打月饼也并不在意，倒是我妈跟我奶奶，每年一进阴历八月，她们就开始张罗打月饼的事儿了，看得多了，我或多或少也了解点儿，打月饼就跟每年过年时炸麻花一样，提前得用盘秤把油呀、面呀、糖呀之类的按比例全都称好分出来，不过不同的是，像炸麻花、麻叶、鸡蛋伞之类的，找些同村的亲戚或是左邻右舍的人，在自个儿家就能做，但是打月饼，非得去专门做月饼的地方才能做，得用那烤箱烤。那时县城里打月饼的地方比较多，但那会儿的交通不太方便，我们村虽然离县城不远，但人们去县城里打月饼的比较少。一来是出村打月饼比较费事，再者，一村一院的，到哪儿花钱都一样，就当是照顾本村人了，所以即便当时村里打月饼挨家挨户排队，但人们也大都选择在村里打了。有一次我妈跟我奶奶打月饼都忙活到披星戴月回家的份儿上了，我说打月饼这么费事，还不如在家烙几张馅儿饼或糖饼吃呢！我奶奶笑说啥节气就得做啥，想吃馅儿饼跟糖饼，一会儿就能做。我是随口那么一说，但我奶奶跟我妈没嫌费事儿，把刚打回来的月饼全都摆放晾好后又分工做起馅儿饼跟糖饼来。我从小不怎么吃肉，家里每次吃包子、饺子、馅儿饼之类的饭时，我妈或是我奶奶总会单独再另给我做馅儿，一般是先炒上鸡蛋，然后再用热水泡上腐竹、木耳，最后将炒鸡蛋跟泡软的腐竹、木耳同油豆腐、粉条、韭菜、葱花剁在一起。吃的次数多了，我就把那馅儿变相地称为"素馅儿"了。我没接触佛法之前，认为没有肉的食物就都叫作素食。那晚我说完烙馅儿饼、糖饼的事儿后趴在炕上不知不觉就睡着了，记忆里，是我奶奶从睡梦中把我叫醒吃的饭。那感觉，真的是吃着饭还打着盹儿，见我那状态，我奶奶说早知道是这样，说啥也不在那儿排队等着了，晚饭吃得都没时没点儿了。我爸听出来后说我下午放学回来吃了不少，不饿了。其实我自个儿也不知我是真不饿了还是瞌睡的，被我奶奶叫醒后，拿了张馅儿饼咬了几口便又放回去了，擦过手后又趴炕上睡了，待长大懂事之后，每当想起那事儿，我都比较自责。

我们出村念书的时候，中秋节还没有被定为法定节假日，那时一到快过中秋节的时候，大都会有同学说想家里的月饼了。女生说说也就罢了，有些男生还把这话给挂嘴上了，我们宿舍就有一个，中秋节前那几天，一到下了晚自习，回宿舍后总会自言自语那么几句，说赶快放假吧，放假回家就能吃月饼了，我听得不耐烦后打击了他一句，我说你小子属猪的，一回来就哼着要吃，他倒挺不当回事儿，朝我笑笑后继续自言自语，还夸张到扳手指头数数的地步了，说什么过了星期三，越过越心宽，过了星期五，回家看老母，中间还不知怎么夹了句什么星期五还有一上午的话。我实在听不下去后又接起他的话打击他，让他少恶心上一会儿吧，还回家看老母，说得就跟自个儿多孝顺似的，想着回家是吃月饼吧！这一下说得就跟触到他哪根神经似的，激动着走过来，双手握住我的手用力地上下抖动着，说不愧是睡在我上铺的兄弟啊，你可太了解我了，这次回家真的就能吃上月饼了！一句话说得我当时都无语了。

喜欢吃月饼，拿月饼当饭吃，我们同学中还真有过，有的同学早晚饭就到食堂打一份稀饭，然后回宿舍就着月饼吃，听说女生宿舍，这种现象还比较多。记得那时中秋节前后假期返校时，有的同学的书包鼓得就跟炸药包似的，那里面除了几本书以外，其余的全是月饼跟水果之类的吃的。宿舍里说着回家看老母吃月饼那哥们儿到校后，那书包简直就像是行李包，拿到宿舍也不知是真累还是夸张的，放下东西后气喘吁吁龇牙咧嘴的，我问他咋不背点儿提点儿分开拿，再说这么多全放一块儿，不怕挤得把书包让油给浸了。那哥们儿笑笑，说提着让人看见多不好意思。

我不喜欢吃月饼，每次到校也几乎不带，不过有一次走的时候，我奶奶给我打点了许多大大小小的月饼，说里面有馅儿，不太油。那时候刚时兴起一些跟蛋糕大小差不多的月饼，标准式的称呼叫什么我不太清楚，我们这地方管那一种叫提酱饼，一种叫中红饼。提酱饼外面还有各式各样的花纹图案。那两种饼里面全都有馅儿，大都是用花生仁、核桃仁、瓜子仁、葡萄干等切碎拌出来的，我奶奶给我拿了不少，但我吃得却不多，几乎全都给了爱吃月饼那哥们儿了，我提醒过他，叫他别拿月饼当饭吃，但那小子不听，说他胃口好着呢，还厚着脸皮跟我开玩笑，说我带的提酱饼真好吃，要有的话下次再多带点儿，可有一次晚自习上，他因胃疼，表现得比他拿着装满月饼那书包到宿舍都龇牙咧嘴，但这次不是累得气喘吁吁，而是疼得满头大汗，看过医生后吃了好长时间的药，医生说他要是再不好好吃饭，还那样吃月饼的话，再难受了估计得住院了，那哥们儿听后，吓得再不敢把月饼当饭吃了。

有一年，我奶奶得了重病，中秋节前后许多亲戚都来看望了，有市里的亲戚给带了些包装特精致的中秋礼盒，里面是糕点之类的，我奶奶将其中一盒另外放开了，自己没舍得吃，也没舍得让家里其他人吃，一直给我留着。星期天放假回家，我奶奶跟我说那块糕点在外面的柜子里放着，让我自己取着吃，当时我奶奶重病，自己下不了炕，我到堂屋揭开柜子拿出那糕点准备进家时，发现那糕点已经发霉了，上面有许多蓝绿色的斑点，估计是放了有些时日了，想到我奶奶一直不舍得吃，硬是等我星期天回来把东西都放到发霉了，我的眼泪就止不住了，吧嗒吧嗒往下掉，兴许是有那么几分钟了，见我还没进家，我奶奶出声了，问我找到没，我用鼻音应了声，我奶奶像是很兴奇那种，说我爸他们说这种糕点得趁早吃，要不都放坏了，我奶奶说又不是放那儿等着过年，硬留着等我回来吃，说我不喜欢吃月饼，说不定喜欢吃这个，问我好不好吃时，我紧咬着牙关不敢回答，生怕哭出声来，最后尽力控制着声音说了个好吃，见我说好吃，听到我奶奶笑了，说那就好，还怕我不爱吃呢，但过了没多长时间，我奶奶就不在了。

我奶奶走后的第一个中秋节，我独自在院子里望着那轮明月，有种说不出的难受，月儿圆，人儿全，失去亲人让人读懂了一种珍惜。初中时，我写一篇有关中秋节的作文，文章中写到了我奶奶，后来那篇文章在一次全国性文学艺术征文大奖赛中获了奖，那是我第一次获全国性文学艺术征文赛大奖，看着那镀金奖牌以及烫金的荣誉证书，我落泪了，我想，那或许就是对珍惜的一种阐释。

现在每逢中秋节，自己或多或少都会有些感悟，人们常讲，人有悲欢离合，月有阴晴圆缺，此事古难全，但每当中秋节时，看着天空中那轮明月，总是想许个愿望，是许给自己的，也是许给大众的：但愿人长久，千里共婵娟！

路两旁那些杨柳树上的黄叶，在瑟瑟秋风的抖动中，纷纷扬扬地落了下来。在路两边的沟里堆了厚厚一层。田野里，大都被一片金黄色所取代。人们忙着秋收，各种农用机动车、畜力车，在乡间路上匆匆忙忙往返着，人们彼此间的问候声中，吐露着收获的喜悦。一直以来被文人墨客视为悲壮凄凉的秋天，在乡村，更多的则成了上演收获时节繁忙场景的象征。

秋收

qiu shou

悄然间，深秋已经到了。

路两旁那些杨柳树上的黄叶，在瑟瑟秋风的抖动中，纷纷扬扬地落了下来。在路两边的沟里堆了厚厚一层。田野里，大都被一片金黄色所取代。人们忙着秋收，各种农用机动车、畜力车，在乡间路上匆匆忙忙往返着，人们彼此间的问候声中，吐露着收获的喜悦。一直以来被文人墨客视为悲壮凄凉的秋天，在乡村，更多的则成了上演收获时节繁忙场景的象征。

然而，对于从小在晋北地区农村长大的自己来说，我知道，实际情形是苦的。每一种收获背后都隐忍着付出时的辛酸。乡村里，人们秋收之前的艰辛付出，或许只是被收获了的秋粮所暂时掩埋。留下来的，只有那挂在一张张饱经风霜淳朴憨厚脸庞上的笑。那种笑，便被人们说成了丰收时的喜悦。长大后，那种笑看得人直想落泪。乡村里的孩子同样是苦的，相同的年龄段，城市里的孩子可能还在父母面前撒娇耍脾气时，而乡村里的孩子早已跟随父母去地里干起了农活儿。个头还不到半根玉米秆子高，但干起活儿来早已没了幼嫩的影子。那种结实，是环境造就的。课堂上，等待下课，铃声是期盼，而在田地里干活儿，地头就是期盼。

　　深秋时节，早晨晚上冷，中午热。对于秋分过后昼短夜长的北方地区来说，人们秋收时，在地里连晌干活儿是常事。后来在地理课本上学到"早穿棉袄午穿纱，围着火炉吃西瓜"时，我感觉仿佛说的就是深秋时家乡的秋收。早晨去地里时碰着霜冻厚，穿着厚厚的衣服虽然身子不怎么冷，但却冻得伸不展手，干起活儿来显得格外笨重。等到太阳出来到了晌午那会儿，穿一件单衬衣又都热得人满头大汗。儿时的潜意识里，有个词叫作"送饭"。这大都是对于那些在地里连晌干活儿的人们而言的。在家做饭的几乎全是老人，而取饭送饭的大都是孩子。乡村里，人们过八月十五中秋节，打得月饼很多，买得苹果、梨子也很多。这里面，除了冲着过节外，很大一部分人在很大程度上是为了给秋收时连晌干活儿储备干粮。那时候，月饼和水果就是午饭。在地里简单凑合地吃完之后，躺在割倒的玉米秆儿上或是草梗上，盖个褂子休息一会儿然后起来接着干活儿，那无疑是真真切切的"风餐露宿"。那些人不是不想回家做饭，而是时间太紧。秋收期间，人们披星戴月回家那是常事。

　　乡村里出现极少的柏油路和水泥路时，一到秋收时节，那上面的落叶及其他杂物，被人们打扫得干干净净。人们常在那上面碾谷黍或是高粱。初二时，我从县城中学转学到乡中学念书，刚一去，给我留下印象最深的不是乡中学的教学环境，而是紧挨学校东边那条宽阔的柏油马路。那路足有二三里长，两头的终点分别是乡政府和省道。柏油路两边，全是高大的杨树，整整齐齐并列着三四排，用一位摄影师的话说，一年四季，无论什么时候走在那上面，都是一道美丽的风景线。秋收时节，柏油路上铺满了谷黍和高粱，人们在上面边碾谷黍边还拉着家常。我那时写作文还以那做过比喻，说那些晒在柏油路上的谷黍和高粱，是人们为柏油路补的一块块补丁。当时学校是寄宿制管理，学校的地理位置又比较偏，住校生几乎处在一种与外界隔绝的状态。秋季开学后，踱步在校园里的操场上，抬头望着外面柏油路旁的杨树上正在往下飘落的黄叶，总会想象地里庄稼的样子，而放假回家走在那条柏油路上看到人们碾谷黍和高粱的忙活场景时，心里就会想：家里应该也在秋收了吧？

秋雨绵绵的意境很美，但在秋收时却最不受欢迎。那些在晴天里收割时硬直的能将人的手指轻而易举就划破的玉米叶子或是高粱叶子，被秋雨浸润后，就如同湿了的油纸一样，而那些平日里灰白色的乡间路在雨水浸泡之后，全都变成了黑褐色，如胶似漆，深情挽留似的叫一些农用机动车的车轮在那上面直原地打转，黑烟滚滚后越陷越深。冒雨秋收的场景有，但那大都是秋收过程中，秋雨成了不请自来的插曲，来得没有任何征兆，来得让人无法扔下手中的活儿直接回家。

那时候，家乡还有许许多多的水渠。秋天去地里或是回家时路过，总会在那上面走动着看看渠水，时间久了发现，总觉得深秋时的渠水比平日里清澈。站在渠沿上，水渠里的水草或是那些沉淀的落叶杂物，全都看得清清楚楚。那种清澈，就如同孩子清纯的眼神，让人走在渠沿上都会格外小心、格外轻盈，生怕脚步声打破那种美到几乎让人无法用语言来形容的清澈与宁静。秋风吹来，偶尔也有落叶飘落到渠水中。树叶落在水面上，荡起的波纹轻盈地向四周散开，仿佛扩散出来的美的余音。以前只在书本上读到的鱼儿在树叶下面嬉戏的情形，我在家乡的水渠里亲眼看到过，两条手指长的鲫鱼在一片浮在水面上的大杨树叶子下面不断翻腾着，没多长时间，便引来一群稍比蝌蚪大一些的鱼儿，以那片树叶为中心，在四周不停地游来游去。

这样的美景，乡村人不是不懂得欣赏，而是没时间去欣赏，就如同城里孩子可能还在父母面前撒娇耍脾气时，乡村里的孩子早已跟随父母去地里干起了农活儿一样。本应该是无忧无虑跟父母要着花钱的童年，而在乡村，许多孩子早已想着怎么为家里挣钱了。家乡有一种叫作"车前草"的野生植物，可以入药。村里老人传统的经验，说那种草有利尿的功效。由于记忆深，学中医期间我还格外留意了，《本草纲目》中有记载："四方各地，淮河流域及接近河南北部的地方都有生长车前草。初春长出幼苗，叶子分布在地面上如同匙面。连年生长的有一尺多长，从中间长出几根茎，结长穗像鼠尾。穗上的花长得很细密，色青微红，结的果实如葶苈，红黑色。"那种草的果实叫车前子，除了老人们说的利尿外，还有除湿痹，养肺强阴益精，疗目赤肿痛，去风毒等功效。那时候，常有外地的人到村子里收购车前子。大人们忙于秋收，一些孩子中午下午放学后，常会到地里采摘车前子。一伙伴的哥哥比我们大一年级，采摘车前子时听人说离我们村十多里以外的山下有一种叫作麻花草的植物，也能入药，价格比车前子高许多。他跟人找了样本之后也同那些比我们大的孩子到山下找麻花草了，但拔草的时候不小心，手掌被锋利的石头划了长长一道口子，鲜血直流。相跟着拔草中有的女孩子都被吓哭了。各种土办法全都用上后，依旧止不住血，回村里包扎时他母亲闻讯从地里赶到医生家，看到后不是责骂，而是责打了。边打边说，谁让你去拔草了，大秋忙的不省心……越说越气，越气越打。那伙伴他哥哥没有被伤口疼哭，没有被流那么多血吓哭，最后却被他母亲打哭了。人们劝着拉开他母亲后，那伙伴他哥哥抽泣着说出了原因，卖了车前子跟麻花草之后想给他和弟弟一人买个新文具盒。在乡村，这些事虽不大，但背后却都是沉重的。

随着乡村里越来越多的青壮劳力进城打工，一个被称为"农民工"的群体便出现了。农村空心化的问题开始变得严重起来。据典型调查，许多地方留守务农的大都是妇女和五六十岁的老人，有人形象地称之为"3860"部队。那些默默"守望"的背后，是沉重，但更多的也是无奈。用那些外出打工人的话说，要是种地也能多偿钱，谁愿意抛妻弃子背井离乡地外出打工？从这个层面上理解，秋收跟丰收完全是两个概念。

小学时学过一首歌，叫作《我们的田野》，也许是童年的记忆比较深，以至于后来每到秋收时节，看到那些飘落的黄叶和田野里人们秋忙的场景时，耳边总会响起那首歌：

我们的田野

美丽的田野

碧绿的河水

流过无边的稻田

无边的稻田

好像起伏的海面

平静的湖中

开满了荷花

金色的鲤鱼

长得多么的肥大

湖边的芦苇中

藏着成群的野鸭

……

如今，我们学这歌那年代早已远去了，而那些伴随着这首歌逝去的时光，同样也追不回来了。唯一没有改变的，只有那时的记忆以及乡村里一年又一年秋收时的场景。

村里老人们常说的一句口头禅："秋风儿凉了，懒婆婆也得忙了。"乡村人在一年四季的忙活中，或许唯独秋天是比较充实的，无论多与少，总也是尝到了付出后回报的喜悦。但乡村人是憨厚的，一张粗糙纯朴的笑脸，将收获背后许许多多艰辛的付出深深地埋藏在了心底。

在他们眼里，秋收，永远是金色的！

我憧憬，或说是希望，将来自己人生中的秋天，到来之际，也能像那些经历秋雨洗礼的落叶一样，等到将来回归之际，以干净的身躯和灵魂，落叶归根。

坐在窗前，看着外面正齐刷刷下着的雨，才猛然间意识到，这已是秋天了。感觉今年的夏天似乎短了些，没怎么觉得就过去了。一场秋雨一场寒，从窗外透进来的秋风，多少让人感觉到有些冷。秋天的天气，毕竟是凉了。

在乡村，这样看雨的情形有过多少次，已经记不清了，即使记忆里有，而且很多，但也都变得模糊起来，觉得情形太相似，去年有过，前年有过，上学念书的时候好像也有过……一场又一场的秋雨中，熟了一茬又一茬的庄稼，也成长和老去了一茬又一茬的人。雨水落在地上此起彼伏地跳动，就如同脑海中那些斑驳的记忆，时而清晰，时而模糊，感觉很近，刹那间又变得很远。前些日子回村，又有几位老人去世了。尽管这事是再寻常再普通不过了，但看着那些吹吹打打发丧的队伍，或多或少对生命又有所感悟。生是开始，死是结束，这样的过程，这便是人生。

有时候，总想通过记忆往下留住些什么，但经过时光打磨之后才发现，从某种意义上来说，也许什么都留不住，即便是最真实的文字记录，时隔已久，当翻开那些已经有些微微泛黄的纸张，再看那上面文字时的那种感受，也与当初书写时的心境截然不同。看着外面的秋雨，感觉也就如同脑海里一页微微泛黄的日记，字里行间中，透着几分欣喜，但也带着几分忧伤。那些撒在时光里的记忆，远去了，模糊了……

那些年的秋季里，中秋节前后，爷爷常会带着我和堂妹到十几里以外的一个村子去看望舅爷。那时候交通不方便，下车以后，至少还得走三四里乡间土路才能到舅爷家。拿东西是爷爷的事儿，我和堂妹试图帮着拿过，但爷爷不让，他也不舍得，还说要是走不动了就言语，他轮流背我俩。但我跟堂妹走在那路上，似乎从来都没觉得有走不动过，而且走路也不是很安分，左瞅瞅，右看看，对平日里最常见的那些花花草草也都变得好奇起来，不时用手摘，用鼻子嗅，说着这种花或是那种草，我们村子里也有。行走中，路两边的那些庄稼地里隐隐约约散发出一种说不出的味道，和在村子里跟随大人们去地里时闻到的那种味道一样，是各种野花野草混杂的味道，还是庄稼成熟了的味道？区分得不是那么清楚。不过多年以后，这种说不出的味道却成了识别故乡最清晰的标志，别的事物倒不一定这么敏感，但这种味道，好似家乡留在嗅觉里的一块胎记，印上了，就一辈子都抹不去。不管什么时候，只要稍稍有那么一点气息，内心深处的那根弦就被深深触动了。我们大了，爷爷老了，那样的探亲方式也被日后的车来车往取代了。那时候觉得要走很远的路，得很长时间才能到舅爷家，而现在，感觉车座还没坐热车子就已经开到家门口了。但变迁中，我总觉得有什么东西像是落在了那截乡间土路上，具体的，自己也说不清楚，但心里明白，模模糊糊中，已经越来越远了。在那截乡间土路上最后的记忆定格，是在一场秋雨中，回的时候，飘起了雨，想跟堂妹顺着声音去逮蝈蝈的想法成了泡影，匆忙地赶路打乱了之前的计划。爷爷边用褂子为我们挡雨边说，二八月的天，说变就变。不过尽管没有逮蝈蝈，但我跟堂妹最后却因为那场秋雨似乎变得兴奋了，不用爷爷拿褂子挡雨不说，而且还专门跑着淋雨。那时候刚上小学，词汇量少，对于像诗意这一类的词几乎还没听过，即使有时候有那种感觉，但也不知该怎么表达。好多次，我在细细的秋雨中看过村庄里人们做饭时的炊烟袅袅，中午有过，傍晚也有过，雨中有烟，烟中有雨，就像一部小说的书名那样，烟雨蒙蒙。没有浮华，没有喧嚣，很安静，也很温馨。如果自己懂摄影或是绘画的话，也许那些场景也会像文字一样，定格在纸上。被雨淋湿的那些树木，成了这画面中的点缀，那些叶子，绿中泛着些黄，湿润、柔软，经过秋雨的洗礼之后，像是等到深秋飘落之时，以干净的身躯与树作一个深情的告别。

念中学的时候，有时在校园里，碰上秋雨绵绵，常会在操场上踢足球，用当时一位同学的话说，那样的氛围踢起足球来才更有感觉。等毕业后再聚到一块儿，聊起在秋雨中踢足球那事儿，不光说当时踢的时候有感觉，就是日后回想起来，那记忆也比平日里踢足球要深刻得多。那些时光，一晃都过去好些年了……

听过一个比喻，说人的一生其实也就如同一年中的四季，少年以前是春天，青年是夏天，中年是秋天，老年是冬天。自己现在的年龄，人生中的春天已经过去了，夏天刚刚开始，秋天似乎还很遥远，但人们不是常说，时光飞逝，光阴荏苒，对于那些过来人来说，几十年的光阴，不也就是弹指一挥间吗？我憧憬，或说是希望，将来自己人生中的秋天，到来之际，也能像那些经历秋雨洗礼的落叶一样，等到将来回归之际，以干净的身躯和灵魂，落叶归根。

在河滩坝上看着那辆绿皮火车渐渐走远，逐渐消融在夕阳里时，我站起来拍了拍身上的尘土，虽极力望着，但那绿皮火车已越来越远了，火车头上冒起来的那缕黑烟，也越来越淡越来越模糊了，传来那声长长的鸣笛，像是一个深情的告别。

当我坐在村边铁道旁那个河滩坝子上看着那辆不到十节车厢的绿皮火车缓缓驶过村庄时，无形中就生出一种留恋来，也许用不了多少年，这种绿皮火车也会从我们这一代人的视线中退出了。

最早坐那种火车，也就十来岁，而坐火车去的地点也就是市里姑姑家，百十来里地。不过相对而言，我们村的交通条件算是比较好的，村子南边是条省道，而村子北边，就紧邻着铁路了。不过那时候的汽车远没现在方便，有时想搭辆去市里的汽车，得到村南的公路旁等好长时间。那时县城还没有固定的汽车站，在我们村南的公路旁等挺长时间能搭上去市里的汽车，也是让其他许多交通不便的村子的人羡慕的事了，说到底，那还都是沾了村边那条省道的光。

之所以在村边就能坐上绿皮火车，是因为村边的那座铁路桥。铁路桥那儿没什么小站，也没什么特殊的标志，其历史意义，也无从考究，从村里一些老人那里，也没得到什么比较翔实的说法。但每天总会有辆不到十节车厢的绿皮火车经过桥那儿时停一分钟左右。一开始，人们以为那绿皮火车只是在那儿象征性的停停，但后来知道，尽管铁路桥那儿没设什么小站和停车标志，但绿皮火车在那儿停的期间，人们是可以上下车的。这样一来，村人们坐火车外出就比坐汽车去方便多了，时间比较固定不说，而且票价还比汽车便宜许多。

当时坐那种绿皮火车时，我们满心的好奇，对车厢里的一切，都倍感新鲜。车厢里打热水的地方，上厕所以及洗手洗脸的地方，尤其是两节车厢接壤的地方，有时还专门站在那上面体验火车转弯时那种摇摇晃晃的感觉。遇到车厢里人少的时候，看一些大人三五个围在一块儿玩扑克，对那些棕褐色或青绿色没有什么座套的座椅左摸右看，我们曾一再问，那是不是全是用真皮做的。对于那些材质比较厚实的车窗，我们孩子们常想着上去搬弄着开，但大人们只允许少开一点，说是车窗开大了危险。还有就是看车厢顶上挂着的那一个个风扇，夏天用起来时，感觉那些小风扇摇摆的节奏都挺一致的，还想着火车上的电是从哪儿来的，等等。总之，用村人们自嘲的话说，刚一开始坐绿皮火车，整个儿就是一个山汉进城的表现。

待自己长大，去的地方比较多，比较远，坐火车的次数也就比较频繁了，而当自己坐过那些空调列车后再回想起坐绿皮火车时的感受，那感觉就跟村人们说坐过轿车再坐面包车一样。但后来发现，感觉是这样的感觉，但对于绿皮火车，无形中就有了种亲切感，就如同看到绿皮火车上那些背着或扛着蛇皮袋，双手粗糙，面容憨厚纯朴，衣着老旧的农民一样，对于他们的那种亲切，也是发自内心深处的。我曾坐着绿皮火车去市里给姑姑送东西，那时我十七八岁，还是在校学生。玉米棒刚能煮着吃的那会儿，暑假还没结束，奶奶让我去市里给姑姑家送些生玉米棒，说自家地里的新鲜，还说姑姑她们回来后也说，市里买的那些熟玉米棒总不如咱们这边煮出来的好吃。之前每年玉米能煮着吃的时候，姑姑她们大都是要回村子里走走的，说是回来吃玉米棒，其实更多的也是回来看望看望爷爷奶奶。那次因为有事没回来，奶奶就想着让我去给送了。我本想着也就是用那种稍大一点儿的塑料袋拿一些，但没想到奶奶连玉米棒带毛豆角给打点了一蛇皮袋，爷爷见状说拿这么多，这能好拿了。奶奶说或许姑姑也给左邻右舍分腾一些，城里人对这些比较稀罕，尝个新鲜。爷爷嘀咕了一句，说人家谁稀罕你这个。奶奶白了爷爷一眼，随后笑问我能拿得动拿不动。我说能拿动。那一袋子玉米棒跟毛豆角虽有些分量，但也不至于一个十七八岁的农村后生拿不动，说实话，看着那一蛇皮袋东西，我不是拿不动，而是有些不情愿，扛着那一蛇皮袋东西坐火车，给人的印象无异于一个小农民工了。对于那时的自己来说，认为那是很丢"面子"的事。尽管心里不情愿，但由于是奶奶让送的，我也就不能拒绝了。爷爷推着那辆老式自行车把我送到村边那铁路桥旁，直至我坐上那列绿皮火车才放心地离开。看着我上了火车，爷爷心里是安然了，但我的心里却开始忐忑了。一来是那种补票坐火车的方式上车后找个座位的概率很渺茫，再者就是我拿着的那一蛇皮袋玉米棒跟毛豆角很显眼，我怕众人盯着我跟蛇皮袋看的那种目光。上车后，我往车厢里边走了走，不算拥挤，但也没找到空座。补完票后一直往里走着，直至在一处两节车厢接壤空余比较大的地方停了下来，但静下来时才发现，上车前自己的那些想法或设想的情节全都错了，在这种绿皮火车上，根本没人会在意蛇皮袋，看看车厢两边的行李架上或座位底下，用绳子捆着的大包小包的铺盖卷到处都是，那包装袋跟蛇皮袋的材质差不了多少。再看车厢里大部分人的衣着打扮，几乎也找不出几个时尚惊艳的，那些衣着，言谈举止，感觉跟村里人很近。于是就觉得，绿皮火车像是专门为村里人或跟村里人生活条件差不多的人准备的。那次下车时，一位五十多岁，跟我父亲平时出门穿的衣着差不多的中年人，见我提着蛇皮袋有些费力地往外走，还主动过来帮我，两人一直抬出车站。听口音，应该是本地人。那一次，让我很感动，感觉绿皮火车上坐着的，就像是我们一个村的人。以致我后来有时候出门，特别是去市里，乘车上还经常有意选择绿皮火车，不知情的人问我，是不是为了省钱，我说省钱是外人能够看得到的，一些看不到的，以后或许会更值钱！

前一阵子在有关报道上看到，说有的地方，绿皮火车已经正式退出历史舞台了。尽管这是发展中再正常不过的事了，但看过之后，还是感觉心里有些沉沉的，这或许也是我为何抽空回村子坐在河滩坝上看绿皮火车的初衷。究竟再有多少年家乡这边的绿皮火车也会退出历史舞台？我想，这谁也说不准，也许会很远，也许用不了多久，历史发展的长河中，总有一些新的东西不断出现，也总有一些旧的东西不断被取代，而那些被取代了的，留给人们的，更多的，也只有回忆。

在河滩坝上看着那辆绿皮火车渐渐走远，逐渐消融在夕阳里时，我站起来拍了拍身上的尘土，虽极力望着，但那绿皮火车已越来越远了，火车头上冒起来的那缕黑烟，也越来越淡越来越模糊了，传来那声长长的鸣笛，像是一个深情的告别。小时候坐火车那会儿，听大人们说，火车是对着开，有开去的，也就有开回来的，往另一层意思上讲，不管什么时候，消融在夕阳里的那列绿皮火车，终究还是会开回来的！至少它承载着我们那一茬农村孩子的记忆，不管以怎样的方式，它载走的那些东西总得有个归宿，哪怕是出现在梦里！

我这样想着！

让我有些意外的是，那间农家书屋里的椅子上有几个村里的孩子正坐在那儿看书，年纪也就十二三岁的样子。那一幕，让我心里顿时有种说不出的震撼，我想，这也许就是农村的未来与希望。

关于农家书屋，很早以前就知道了，不过准确地说，那种知道充其量只是一种概念化的理解，知道那应该是党和政府实施文化惠民工程中的一种，在行政村建立的公益性文化服务设施，村里人能够免费到各自村里的文化书屋借书、看书、读报等，理解的仅此而已，至于实际的以及更深层次的，自己倒是没怎么接触过。

星期天回村子，去了趟同村的姨姨家，碰巧在县城念高中的姨妹也回来了。到姨姨家后见她正坐在炕上靠着墙双手捧着看一本书，挺投入的样子。姨姨、姨父招呼我时，姨妹抬头跟我笑了一下，说她再有一两页就看完了，让我们先聊着，她一会儿就好。我姨姨笑着说，在学校用不用功学习不知道，最近这几个星期每次回来看书倒是挺上劲儿的。姨妹听后娇气地拉长调子叫了一声妈，姨姨朝我笑笑，看着姨妹点头向我眨眼示意，意思刚才叫那一声妈是嫌说人家了。

我们聊得上劲儿之际，姨妹看完书收拾好过来了，问我啥时候回来的，最近工作忙不忙，有没有啥发表的新作品拿给她看看……一系列的问话着实把话语主动权揽她那儿了。一听作品，姨父突然想到似的说姨妹，你上次不是还说想跟你哥说啥书的事儿呢，这不正好你哥来了，说说。姨妹笑笑，说她已经解决了。她这么一说，我倒是有些好奇了，问她啥关于书的事儿。姨妹笑笑，说她上次打算让我帮她找几本书的，但去了我妈那儿后我已经走了，姨妹说我现在回村有时咋跟串门似的，听说我回来了，吃了顿午饭，她躺了一会儿过去找我时我妈说我已经走了。后来她不知咋想起村委会那儿的农家书屋了，于是抱着碰运气的心理去了，正好她去的时候村委会有人，村主任在。她说明了情况后，村主任笑着说她是谁谁谁家的女儿吧，姨妹说是，村主任边问她多大了，在哪儿上学之类的话边把她带到了农家书屋那儿让她自己找。姨妹在那书架上翻腾了一会儿，结果还真找到了。姨妹说她想借回去看行不，村主任笑笑说行，叫她走的时候登记一下，等看完了再给还回来就行。姨妹高兴地说没问题。临走时又看到几本想看的书，有些不好意思地问村主任，她能不能一次多借几本，村主任还是笑笑说行，安顿的话也还是登记、看完归还之类的话。临出门时还特意嘱咐，把书保护好，千万别把书损坏了。姨妹说知道了，一定把书保护好。

我问姨妹她都借了些啥书，姨妹说有好几本，神话的、科普的、历史的，还有科幻的，那次借回来的书，她都看完两本了，打算剩下那两本看完后一起还回去，然后再借几本好看的拿回来看看。我问她刚才看的那本书是啥书，是不是就是从村里农家书屋那儿借来的。她看着我不好意思地笑笑，又瞅了瞅姨姨和姨父。我估摸着她是怕姨姨、姨父说她星期天不好好温习功课，尽都看些没用的书了。我说看书还有啥不好意思说的，学校里也早就提倡学生增加课外阅读量了，尤其你这都高中了，抽空更得多看书，拓宽知识面。一听我这么说，姨妹顿时就跟找到啥支撑点似的，说就是，她们老师有时候也这么说，叫同学们多看些课外书，多看些古今中外名著跟历史、科普的书。其实我刚才说那几句自己也认为有些冠冕堂皇的话，有帮着姨妹解除误解的意思，包括我上学那会儿的感受，有时候家里大人们认为跟课本或是考试无关的书，就说那些书都是没用的书。姨妹把她刚才看的那本书给递了过来，《摇着轮椅上北大》，我说这是本好书，边翻看边问她看到哪儿了，她上前给我翻到了后面夹书签那儿，说是看到这儿了，快看完了。我问她这书签是哪儿的，她说是她自己买的。我想这应该跟村主任跟她说那把书保护好，千万别把书损坏了的话有关，包括刚一进屋那会儿见她双手捧书那姿势。姨妹说她还有好几个书签，都挺漂亮的，说着从地上那抽屉柜里拿了出来，说是那几个要送给我。我说不用，她说让我拿上吧，要不书看到哪儿了就得叠页，把里面的页都折了。我笑了一下，说我家里有书签，她要用的话，我下次回来时给她多带些。姨妹说她的也用不了，再多了放那儿都浪费了。见我还在翻那本书，姨妹突然想到似的说，哥，要不你也到那农家书屋看看，说不定也有你喜欢看的书呢，到时候你也借出来拿回去看看。我问她农家书屋一般啥时候开，姨妹说她也不知道，我姨父笑着插了一句，说一般只要大队里有人就能进去看。我姨父所说的大队，也就是现在的村"两委"，习惯上，村里还有许多人叫大队，尤其是从那个年代过来的人。我本打算去的，论条件，现在无论是看书、借书还是买书，我都比姨妹方便得多，但是出于想对农家书屋有进一步了解的想法，最终决定跟姨妹一起到村里的农家书屋看看。

村委会在当村，离姨姨家不远，我跟姨妹步行走过去的。路上姨妹还问我，说她这次要是再看到好看的书想往外借的话，会不会被人家说她。我说应该不会，按常理，一般是见到这种爱学习的，大都会尽可能地提供帮助。听我这么说，姨妹扑哧一下笑了。我问她笑啥，她说她那哪能算是爱学习的，充其量就是想多看几本课外书而已。我本想说她有这觉悟估计成绩也差不了，但话到嘴边又咽了回去。

到了村委会后，大门开着，进去后见村主任跟村会计都在。其实在村里，对于村干部一般很少称职务，大都是论辈分称呼，村主任跟村会计，按辈分，我管他俩都得叫叔。村主任小名叫二栓，平日里，我都管他叫二栓叔。同他们聊了一阵，说明来意后二栓叔把我们带了过去，让我有些意外的是，那间农家书屋里的椅子上有几个村里的孩子正坐在那儿看书，年纪也就十二三岁的样子。那一幕，让我心里顿时有种说不出的震撼，我想，这也许就是农村的未来与希望。环顾了一下农家书屋，有五六排书架，看样子足有四五百册书，也不知为什么，见那几个孩子在那儿看书，以及看着开门后他们看向这边的眼神，我突然间打消了进去找书的念头，接着二栓叔跟我聊的话题，我笑说到他们刚才说话那屋坐会儿，二栓叔笑说行。见我不进去了，姨妹也没进去，将农家书屋的门轻轻关上后我们一起向村委会的办公室走去。

二栓叔当村主任有二十多年了，说起来也算是老主任了。到了村委会办公室后，二栓叔招呼我们坐下，又给沏了茶水，忠明叔，也就是村会计，说是还有啥表要填，聊了片刻后便到另外一屋工作了。二栓叔问我工作忙不忙，我说还行。他说机关单位材料员的营生可不好做，我笑着点了点头。他说写材料，一来得揣摩领导的心思，再者各方面的知识平时都得多收集，要不写的时候脑子里没东西。最怕的是有时候你费了老大的劲儿写完了，不合领导的口味儿，一下否了还得重写，总之那是点儿费脑筋熬心血的苦差事。我说确实不轻松，有时压力也比较大。二栓叔吸了一口烟，说是慢慢熬吧，还说起了我们村当年走出去后来当了官的那几个人，也都是材料员出身，有一人当年在县政府办写材料，二栓叔还去过他办公室，说是看到他办公桌上那一堆材料感觉都头大，写材料加班加点，通宵熬夜那都是常事儿。我说确实是这。二栓叔说苦是苦，不过不吃苦也很难有甜，咱农村出去的孩子，不论干啥工作，千万别怕吃苦，尤其是年轻人，多吃点儿苦，将来肯定错不了。我听着点了点头，沉默了片刻，我突然想到似的问他有关农家书屋的事儿，让他给说说大致的情况。一听这，二栓叔顿时就来了劲头，他说村里的农家书屋是2011年的时候建的，现在都有五百多本书了。刚建成那会儿，他都担心，要是那么多好书放在那儿没人看，那多窝心啊，可令他意外的是，村人们知道村里有了农家书屋后，常有人问他找书看，特别是一些养猪的、养羊的、养奶牛的，有的家里养的够三十来只鸡的人都问他农家书屋里有没有养鸡的书，还有一些种蔬菜的，青椒、圆白菜等，都来农家书屋找相关技术指导的书，怕有时人多借出去记不住，二栓叔还专门弄了个借书记录本，把借书的日期、书名、借书人的姓名、联系电话、归还日期等都写得清清楚楚，详详细细，说着他还笑着给找了出来递给我。我拿过来翻了翻，他刚才所说的那些借书信息确实都清清楚楚记录着，而且翻的期间我还发现，像一些孩子借书，记录的信息中在孩子们姓名后还标注了家里大人的名字，比如谁谁谁家的大儿子，谁谁谁家的二女儿，而且从开始到现在，记录了差不多有二十来页了，这应该是有不少人来借过书。我说二栓叔这记得挺细致的，他笑笑，说干这点儿营生，公家的东西，咱得给保管好，我问他一般人们都是啥时候来看书或是借书，他说来看书的大都是上学的孩子们，星期六或是星期日过来看书，农家书屋里能供人看书的地方也不是很充足，所以在这儿看书的孩子们不是很多，来借书的，除了上学的孩子们外，其余的就是村里一些搞种植、养殖的了。有一次有个在外打工的后生，那后生是个电焊工，回来后还来问有没有电焊知识方面的书，他想借回去看看，还有就是一些机械方面的，三轮车、四轮车、旋耕机操作与维修之类的，总之，来看书、借书的远比他之前想象的要多得多。他说现在他对农家书屋的管理格外上劲儿，有时候他自己都有点想笑，他一个农村的大老粗最后竟成了村里的图书管理员了……

听着二栓叔带有些兴奋的言语以及他那表情，我突然间想到了之前在下乡调研时碰到的一位老支书，用二栓叔的话说，那老支书也是村里农家书屋的图书管理员。那个村子不大，百十来户人家，村里主要发展杏树。那次座谈会后，走访入户途中，老支书问我是不是董晓琼，我挺意外的，看他之际点了点头，他冲我笑笑，很朴实的样子，他说我刚一下车他就看着像，但又不敢确定，一听镇里干部说这是县里边儿来的领导，他就感觉是我了。我说我们都是来调研的，没有啥领导，镇干部也是客套一说。老支书笑笑，说他常看我的文章，我问他是在啥书上，他说是县里边的一本杂志上，我明白过来，他说的应该是县文联办的名为《杏苑》的内部刊物，之前发表过我的一些散文跟小说，有时也配有个人简介跟照片，他说的刚一下车就看着像，估计是与看过的照片做了对比。后来的聊天中得知，老支书都快七十岁了，年轻时也喜欢写写画画，偶尔在报纸杂志上发表些小文章，在村里当支书也有三十来年了，他们村本来就不大，又碰上年轻人大都出去打工了，常年在村的人就更少了。他培养了一个年轻的接班人，说是年轻，其实也已经是四十七八，快五十岁的人了，等再换届的时候，他就全都交给接班人了，到时要是身体还行，他就还拿着他那放大镜到村里那农家书屋去看书读报，把那农家书屋给打理好就行了，他说他这么大岁数的人了，做梦都不敢想，现在村里看书读报能有这么好的条件。那次调研完走的时候，老支书有些不好意思地跟我说，听镇上干部说，你现在已经是作家了，还出了书，董作家，我想跟你借本你的书看看，不知行不。我说让他叫我小董就行，借书的事儿我知道了。事后，我托那边的镇干部给老支书捎去了一本我的书，我说那书是赠送给老支书的，不用还。镇干部给我带回来的信息是老支书安顿那镇干部哪天有空了让他叫上我去老支书家吃顿饭。我说冲老支书对文化的敬重以及对村里那农家书屋的守护，我该请他吃顿饭。

跟二栓叔聊到近中午了才散的，走的时候在农家书屋看书的那几个孩子已经离开了。我说我进农家书屋看看吧，拍几张照，留个念。二栓叔说挺好，你这搞写作的就得多收集素材，我说就是。其实关于村子里的事儿，我一向是很乐意收集的，尤其是不在村子里住以后，每次回来听一些村子里的事，都有种新鲜和亲切感，感觉离开村子越久，听到村里的大事小情，家长里短，都能勾起自己成长中的某段生活记忆，而且村里的很多人与事，景与情，有时自觉不自觉地就出现在自己的文字里了。好多次，星期天有朋友打电话约吃饭、喝茶，我的回答都是在村子里，后来他们问我咋那么能回村子，我笑说回村子也是深入基层采风了。

在农家书屋拍完照，二栓叔正打算锁门，我说让姨妹给我跟二栓叔合张影吧，二栓叔听后有些不好意思地笑笑，说叔这身行头土里土气的拍照不好吧，我说没事，就在这农家书屋里留个纪念，我还跟他开玩笑，说说不定哪天他就出现在我的文章里了。他说那敢情好，到时他一定好好看看。

离开农家书屋时，姨妹说我，哥，你这聊了大半上午，一本书也没借。我装神秘地跟她说，精神上已经借了好几本了，你没听人说嘛，听君一席话，胜读十年书，你想想，十年的书，那得多少本。姨妹思谋了一下，说是也对啊，但走了几步她又像是反应过来了，说不对啊，哥，你这蒙我呢，那意思哪儿跟哪儿啊。我笑说让她慢慢感悟吧，或许以后她就真正理解了。

看着那朋友跟他同事开着那辆流动电影放映车离开村子，在淡淡的月光下渐行渐远时，我以目送的方式向他们深深致敬。月光及车灯为流动电影放映的他们照亮夜行回家的路，而他们则是用电影银幕的光照亮着更多乡村百姓精神文明的路。这么一想，我觉得哪天要是再回村子里，说不定又会碰上他们，那时，他们或许又给乡亲们带来了好电影。

kan dian ying

看电影

晚饭前，村里的大喇叭上通知，说是县里边儿电影放映队的人来了，晚上八点在当村给人们放电影，谁想看的话到时出来看。我听后挺欣喜，村里现在时常放电影的事儿早就听说了，但是好多次都没赶上，这次回村子正好碰上了，刚吃过晚饭，我便出来慢悠着向当村走去。

大喇叭上所说的当村，就是现在村"两委"所处的那一片，也是人们一贯熟称的当村大队那儿。那一片的地理位置正好处于村子的中心，当年建大队选定的地方，后来不仅有新建的一栋二层村"两委"办公楼，而且像村里的小卖部、卫生室、豆腐坊啥的，都在那一块儿，那一片也算是村子里实打实的繁华地段。

对于在村子里看电影，打小的记忆里就有。那时候在村子里放一场电影，差不多整个村子都轰动了，不论是大人还是孩子，只要村里的大喇叭通知以后，人们都会赶着去看，而且放完一场电影以后，人们茶余饭后，坐街闲聊时总还会说上好一阵子。像一些武打片之类的，一些半大后生看完后时不时学着电影里的情节瞎鼓捣。我那时候还小，听同村比我大十多岁的表哥说，他们那时候看过电影《少林寺》后，隔三岔五就到村东的那树行里操练，走的时候地上全是断树枝断树杈，后来感觉不过瘾，而且有时候用树枝树杈来练武，会伤到自己，轻的，胳膊腿儿打得疼，重的，脸上、身上就被划破出血了，于是他们几个半大小子干脆到村边的那些庄稼地里去折腾了，尤其是到那些玉米地里，哼呀哈呀乱打一通后，许多玉米连秆儿带棒就全都遭殃了。因为那，表哥他们没少挨过家里大人们的打骂，有的还被人家地主看到后追着到处跑，表哥说尽管是那，但一看武打电影还是那么兴奋。我记得有一次我们村东头这儿有户人家，家里办完事业后请来了电影放映队给放了场电影，是《地雷战》。当时那电影幕布是挂在那户人家大门外的两棵大杨树之间的，看的人有的拿着个小板凳，有的干脆就是席地而坐，总之是黑压压地围了很大一片。电影演到精彩片段时，人们时不时"哄"的一下笑出声来，有些年轻的后生还把手指放在嘴里吹几声响亮带调的口哨。那次看完电影后，我们当中有小伙伴嚷着要挖坑埋地雷，其他伙伴听了打击，说连真正的地雷是啥样的都没见过，还埋地雷。那伙伴说他所指的地雷是土地雷，就是挖个小坑，也学电影里那样，在坑里放点儿稀牛粪，再浇点儿水啥的，然后在坑上面架些细柴棍儿，用塑料薄膜盖在细柴棍儿上，再用土把那苫严实了，只要人一踩上去，肯定就把脚闪进去了。到时候，那绝对相当于踩"雷"了。有人建议那伙伴，说要不先在他家门前那路上挖一个，看看能闪住谁，我们听后都笑了。其实类似的玩法，我们早都玩过了，只不过那时在坑里啥都不放，而且挖的地点大都是在村东那大草滩上，想的是能往住"闪"几只野兔啥的，我们管那叫作"闪闪窖"，后来在小学课本上学到，猎人们弄得比我们那"闪闪窖"大的叫作"陷阱"。

我到了当村那儿以后，见空地处已经聚了不少人，还有人陆陆续续往来走。妇女们出来时大都拿着板凳、马扎、坐垫等，男人们除了那些有个别出来上了岁数的人拿个马扎外，年轻力壮的人大都空着手，有的就算手里有东西，也顶多是夹着根烟。正碰巧是暑假期间，出来看电影的还有不少是放假回村在家的学生。那边，电影放映队的人已经将幕布架好了，有两人正在安装设备，幕布后面的空地上停着一辆面包车，车上喷有"流动电影放映车"的红色字样。

电影没开始前，人们彼此闲聊着，谈一整天的劳作，预计今年的收成等，我也正和几位叔伯长辈在那儿闲聊，忽然有人从背后轻拍了我一把，回过头来借着村"两委"门前那几盏太阳能路灯投下的光，我们彼此看清了面庞，拍我的是县文化部门的一位朋友，他笑着说听说话声音感觉是我，没想到还真的是。他问我这么晚了怎么在这儿，我说这就是我们村啊，我打小就是在这村子里长大的，我父母现在还在村子里住。他笑笑，说原来这正是你们村啊！我笑着点点头。他问我平时肯不肯回村，我说休息天有空了一般肯回，前一阵子比较忙，有些时日没回来了，趁这个礼拜天有空，正好回来看看。他说时常回村看看父母挺好，他最近这一阵子挺忙，都很长时间没去他父母那儿了。我问他现在流动电影放映也归他们单位了，他说已经有一段时间了，碰巧月初刚好又启动了"电影下基层"活动，所以最近一段时间比较忙。我问他们一共来了几个人，他说就两个。我问能忙得过来，他说还行。他这么一说，我才想到那会儿看到安装机器的两个人不仅有他，而且两个人也就是他们这支流动电影放映队的全部人员了。我问他今天晚上放什么电影，他说是《夜袭》。我说这部电影挺不错。他笑着向我点了点头。其实这部电影我之前已经看过了，而且看了不止一遍，除了冲着电影本身之外，还有些个人情感在里面，电影出品人之一、山西电影制片厂厂长李水合，是我的一位忘年交恩师。他的电影代表作之一《暖春》，当初在学校看的时候，同学们都被感动得哭得稀里哗啦的，那时候小，看电影根本不关心序幕上出现的那些名字，以致后来跟水合恩师聊天时笑说，其实没见您人之前，很小的时候，李水合这名字早就已经在大银幕上见过了。

待电影快要放映时，我忽然想到，问那朋友跟他同事吃过饭了没有，他们说没呢，等收工后回家再吃，车上有吃的，来的时候已经垫饥了。我说要不电影结束后到我家吃吧，来村子里了，到我父母家认认门。那朋友笑笑，说大晚上的快不用麻烦。我说这有啥麻烦的，大夏天的，农家院子里都有现成的新鲜蔬菜，我还跟他笑说我爸妈院子里种的菜绝对是纯绿色的。我边往外掏手机边说让我妈给简单炒几个菜，茄子、豆角啥的都是现成的，迟做上一会儿，电影放完后，正好吃完再回。见我正要打电话，那朋友顺手把我电话夺了过去，说快别麻烦了，真不用，等忙下去了，哪天有空了弟兄们回县城坐在一块儿好好再喝顿酒，叙叙。那朋友的同事也在一旁解说，快不用了，家里都给留着饭呢！见他们执意不肯，我只好作罢。

电影开始后，刚才还此消彼长的说话声迅速安静了，人们的注意力顷刻间全都集中到了大银幕上。环顾四周，这样的场景突然间让人觉得格外亲切，也格外温馨。乡村的夏夜里，像这电影银幕下的场景，又是一个温馨的电影画面。

随着电影情节的推进，人们开始窃窃私语，有的是猜测后边的故事情节，说最后肯定全把小鬼子那飞机给炸了；有的是冲着电影内容说一些义愤填膺的话，说就该狠狠揍他，打那狗日的小鬼子；还有一些学生小声议论，说这事件历史课本上有，就发生在咱山西忻州市的代县，抗日战争中有名的"阳明堡机场之战"，最后咱八路军全胜了，炸了小鬼子很多架飞机；还有一些妇女则是看到八路军流血牺牲的画面时，抹起了眼泪……

电影演到多一半儿时，那些出来时拿凳子、马扎、坐垫的人还行，没带坐具的人便开始换着姿势舒缓了，站着舒缓腿的，相互拔着递烟的，圪蹴着起来，起来再圪蹴着的。不过人们都挺自觉，像是站起来舒缓腿的、相互递着抽烟的，都是到了最后面的角落里。

等到了电影精彩部分时，所有人的注意力又全都被吸引到大银幕上了，情感也全被带了进去，特别是打鬼子炸飞机的片段，让人看得大快人心，格外解气。有人说咱八路军那时候真不容易，那么艰苦的条件下，最后硬是用小米加步枪把小鬼子赶出了中国，要放现在，哪能让那些帝国主义侵略者那样欺负咱，早把那狗日的打得落花流水了，现在看每次阅兵时，咱的那些武器多先进，别说小鬼子了，再比它厉害的帝国主义国家现在也不敢轻易跟咱动武。一些年轻的后生说，现在要再打起仗来，说啥也要去参军……听乡亲们说着，我突然间觉得这种自信心与凝聚力让人感动，这正如村"两委"院墙外写的那句话一样：人民有信仰，民族有希望，国家有力量。

电影结束后，人们边谈论边开始散场，有人笑说去地里劳作了一天，看这么一场电影挺解乏，回去洗洗，好好睡一觉，明天继续下地干活儿。也有人说现在的政策是越来越好了，在村子里隔段时间就能看场电影，而且不收钱。有的人说好好珍惜眼下的幸福生活吧，看看那些先辈，为了后人们能够过上幸福生活，抛头颅洒热血，有多么不容易……

我过去帮那位朋友收拾机器时见有路过的乡亲们跟那朋友打招呼，从那言语中，能够听得出，乡亲们跟流动电影放映队的人员已经很熟了。收拾好之后，我还是让那朋友跟他同事到我父母家里吃饭，但他们依旧是之前那席话，执意不肯，简单地又说了几句话后，就此别过。

看着那朋友跟他同事开着那辆流动电影放映车离开村子，在淡淡的月光下渐行渐远时，我以目送的方式向他们深深致敬。月光及车灯为流动电影放映的他们照亮夜行回家的路，而他们则是用电影银幕的光照亮着更多乡村百姓精神文明的路。这么一想，我觉得哪天要是再回村子里，说不定又会碰上他们，那时，他们或许又给乡亲们带来了好电影。

现在的乡村，物质文明丰富了，精神文明也同样
丰富着，看着现在的变化，相信未来的发展中，乡村
无论是物质文明还是精神文明，都会越来越好。

　　生命在于运动，这是我回村子后听到一位婶子类似于口头禅的说法。坐那儿闲聊时才得知，说这话的根源是村里也时兴起了跳广场舞。

　　听她们说，村里一开始跳广场舞的也就是七八个中年妇女，而且聚在一块儿的原因还是由于她们每天清早都会到村东的那条大路上锻炼，后来一商量才有了打算学习跳广场舞的想法，说是跳广场舞不光早晚都能锻炼身体，而且聚在一块儿红火热闹。不过想法有了后，付诸实践还是有些犹豫，尽管电视上演的，包括县城里的一些公园里、广场上，清早、晚上跳广场舞的到处都是，但在村里跳广场舞的还真不多见，再有

就是那些妇女怕村里人笑话，都多大岁数的人了，老来俏的还学人家城里人，用一些中年男人调侃的话说，都一群老娘儿了还俏啥俏。

万事开头难。这话用在那些妇女跳广场舞这事儿上绝对是真真切切的，也是出于开头难的原因，说生命在于运动那婶子才率先起了头，说这有啥，跳广场舞也是运动，再说咱这跳广场舞又不存在扰民啥的，又不伤害别人啥，人们不都说嘛，生命在于运动……于是乎，生命在于运动这话就这样被传开了。不过起头归起头，刚一开始的活动还是仅限于她们几个人的小范围内，跳广场舞的地方也是她们几个人家房前屋后的空地上，选定歌曲后，再跟着学习舞蹈。这方面，那些妇女绝对是令人敬佩的，只凭着一部智能手机，个个都是自学成才，每天聚在一起时还要交流体会，相互间纠正动作，没多长时间，一个个就都跳得有模有样了。她们当中还有人说，这跳广场舞有时真的跟有瘾似的，别说地里忙下去了，就是地里正忙的时候，每天清早起来以及晚上去地里回来，安顿住后都要跳一阵，要是哪天没跳的话，总感觉心里空落落的，就跟缺了点儿啥似的。

那几个妇女跳了十来天后，受影响的人便开始多了起来，首先是周围这一片的妇女，出来看的、跟着学的、加入其中跳的，没几天工夫，队伍便壮大起来了。人少那会儿，跳舞时音乐播放设备有个手机就行了，后来人稍多一些时，用手机带两个小音响，再后来人越来越多时，小音响也不行了，于是大伙儿均摊凑钱，买了个大音响，而且是很专业那种，再跳舞时，顿时就显得有些高端大气上档次了。队伍逐步壮大后，人们房前屋后的空地上也容不下那么多人了，于是又开始另选新址，综合比对后，最后把跳广场舞的地方选在了当村的文化广场上。清早跳的话就不说了，要是晚上在那儿跳的话，广场上的太阳能路灯还能照亮，特别是夏天，尤其是住得离广场近的人们，几乎天天出去，这样一来，就更红火了，用村里人的话讲，热闹不过人看人。更有一些上岁数的人像是突然明白过来似的，说难怪叫广场舞呢，原来就是在文化广场上跳的舞。

村里跳广场舞的妇女们越来越多后，当村那文化广场也容不下了，于是便有了小分队。最早的那支相当于主力，后来的就是学会大致的动作以后，各回各的片区再认真练。村东的、村西的、村南的、村北的，每个片区都有那么一伙儿人，而且她们当中都有一个负责人，以至于一段时间里，弄得"满村尽是广场舞"。最有意思的是，那些妇女跳广场舞的时间观念很强，比城里人按时上下班都规律。有的妇女有时去地里劳作，下午回来得比较晚，做好晚饭后，只要听到跳舞前的音乐，连饭都顾不上吃就出去了，更有一些搞笑的，吃饭期间听到音乐后放下碗筷就走，吃半顿饭，说是怕误了，引得家里男人数落，说跳舞快跳成半脱产神经病了，好好跳吧，都照这跳下去，不光锻炼身体，而且省粮食，但有的妇女回击的话挺有力度，说跳完广场舞回来接着吃。

我们村的那些妇女跳广场舞跳得如火如荼之际，邻村那些妇女也都一样。有人说估计这一时兴起来，到哪儿都一样。以前人们去地里，干活儿累了在地头歇缓之际，拉家常时都是呱嗒一些家长里短的事，自从跳上了广场舞，人们呱嗒的话题很多都跟广场舞有关，尤其是那些妇女，别说是同村的了，有时就是邻村两块挨着的地，劳作的妇女们也能因广场舞拉起话题，说得尽兴之际，还在地里相互交流舞姿舞技，回家时还彼此邀请对方有空了到自己村以及自己家串门，广场舞一时间竟成了连接乡村妇女们之间友谊的桥梁纽带。

国庆前二十多天，乡里通知，说是到时候有文艺表演，让每个村上报2~3个文艺节目，表演好的，到时还有可能到县里、市里表演。这消息在村里那大喇叭上往外一扩散，平日里跳广场舞的那些妇女顿时就按捺不住了，之前划分的东、西、南、北四大片区的小分队火速找她们的主力，商量看看咋办。经过讨论，最终形成的意见是，活动肯定是要参加的，到时要表演那个节目，就得看整体的排练效果了，但是不论是歌曲节目还是表演人员，一定要坚持优中选优的原则，要么不演，要演的话就争取一炮打响。大家唯独有些定不了的是，不知到时能允许多少人上台表演。问村支书时，村支书说这个他还真没在意，回头他给问问乡里，不过又说多多益善，先排练节目好好准备吧，只要有能拿得出的好节目，其他的啥都好说。隔了几天，村支书到乡里开会，顺便上报村里的文艺节目，回来后跟那些跳广场舞的妇女说，全乡上报的文艺节目中，跳广场舞的每个村几乎都有，而且人数都挺多，后来根据村里的常住人口比例定了一下，原则上，每个村参加跳广场舞的人员不能少于30人，不能多于60人。村里平日里跳广场舞人数的早已过百了，按这规定，只能优中选更优的了。

各项条件、规定都清楚后，剩下的便是勤学苦练了，那一阵子，当村那文化广场上早晚都是排练广场舞的，有时候，观众也几乎是聚了大半个村的人。村委会也格外支持，给所有排练的人每人买了一身舞蹈服，鼓励大家好好练，争取拿个好成绩，把村里的新气象、新面貌通过广场舞给带出去，到时好好火它一回。排练了将近二十天，最终优中选优的定了60人。有位大婶儿没被选中有些难过，她老伴儿挺幽默地说，你就知足吧，好歹也给你发了身衣裳呢，人家大都是些年轻的小媳妇儿，你这都老娘们儿了，自娱自乐会儿就行了，有啥难过的。这话听得在场的人全都笑了。

到乡里表演时，村里去了许多观众，尤其是平日里那些跳广场舞而没能参加表演的，说自己不能上去表演了，咋也得去给其他那些参加表演的姐妹加油打气。最让人有些耳目一新的是舞蹈队的名字，之前类似这种表演，舞蹈队的名字大都是村名后面加个舞蹈队就行了，但这次说生命在于运动那婶子说舞蹈队的名字要与众不同，她们舞蹈队里的好几个人商量不说，起名字时，连她上大学的女儿都给拉拢进来了，商量一番后，给舞蹈队起名为：新时代乡村舞蹈队。推敲了一番，怕有重名，又在前面加了个村名，某某村新时代乡村舞蹈队。既有时代感，又体现乡村印迹，响亮、文雅、高端、大气、上档次。表演时，舞蹈队也确实没辜负了队名，一个节目还没结束，观众的掌声、叫好声已是一片了。一些男人看着自己的妻子在那儿表演，颇感惊讶意外，说平日里没看出来，这关键时刻还有这么一下呢！呵呵，行，有点本事。

在乡里表演大获好评，县里组织文艺表演时，乡里直接就给推荐上去了，随着县里的新闻媒体以及一些个人自媒体的报道宣传，村里那支新时代乡村舞蹈队也开始小有名气了，最让她们有些吃惊跟兴奋的是，春节过后，元宵节前，市里组织各县区进行县区文化日展演，县里报送节目时，把她们这支舞蹈队以及之前表演的一个节目给报上去了。消息传来，舞蹈队顿时就沸腾了，村里人也觉得脸上有了光。而且这次参加人数要一百多人，到时还要给统一着装、统一化妆，有位大婶儿听说自己也能参加表演了，而且是去市里进行表演，激动得差点哭了，排练上，格外吃苦。

我跟同事本来说好要去观看春节后全市各县区文化展演的，但当天有了新任务没去成，而且没能到现场观看村里那支新时代乡村舞蹈队的表演，更显得有些遗憾，好在现在网络发达，视频观看多少能弥补些现场缺席的遗憾。回村后，我听说当天的表演效果很好，事后她们费了挺大力气，终于用U盘拷回在市里表演的完整视频了。各家分散着看，在村委会的文化活动室里集中看，很多大娘、大婶感慨，说没想到这辈子老了还上了回电视，一些年轻妇女也说，没想到跳广场舞不光到市里表演了，而且在朋友圈跟抖音、快手上火了一把，真好！

现在，村里跳广场舞的人更多了，不光妇女们，有时候一些男人也跟着跳几下，引得周围观看的人一片笑声。广场舞，又着实为丰富乡村精神文明添了新元素。村支书说，现在，村里人的文化生活越来越丰富了，想看书有农家书屋，想锻炼有健身器材，想下棋有棋牌室，这下人们又时兴起了跳广场舞，日子是一天比一天好了。仔细想想，也确实是，现在的乡村，物质文明丰富了，精神文明也同样丰富着，看着现在的变化，相信未来的发展中，乡村无论是物质文明还是精神文明，都会越来越好。

离开黄花基地时，天空中飘起了微微细雨。透过车窗看到那些黄花，丝丝雨水的洗礼下，愈加显得苍翠、劲道、有生机。一场细雨过后，估计这茬黄花又能采摘了，想象着，到时候乡亲们定会带着灿烂的笑容、收获的喜悦，在忘忧花海里，闻着黄花香，田间采摘忙。

对于黄花，不能算作很熟，但也并不陌生，只是一直以来我们管那叫作"金针"。小时候，我奶奶家那院子里有十几株，长得挺茂盛，我奶奶常把那些长成的金针摘下来晒干，要是碰上阴雨天外面不能晒的话，就把那些金针在箅子上摆好放锅里蒸一遍，然后在炕头上放块塑料布或是放个蛇皮袋，把那些蒸好的金针全都摆上去，借助热炕的温度把蒸熟的金针烘干。那些干金针能放的时间久，也不容易放坏。记忆里，我奶奶吃那些干金针，大都是下挂面的时候做汁汤用，要么是炒油豆腐或是喝粉汤时放一些，除此之外，没见其他啥菜里再有金针了。不过那时候我们孩子们对于金针，不是很想吃，也不是很厌吃。记得念中学时，有曾经一块儿玩大的一个伙伴回村后管金针叫黄花时，我们其他人听了全是反感的目光，心想才出村念了几天书，说话就酸里酸气的了，金针就金针，还黄花。待后来参加工作，特别是在农业部门工作那会儿，对金针有了比较多一点儿的了解，想起我们曾经反感那伙伴管金针叫黄花的事儿时不免有些想笑，人家没错，错的是我们，在家乡这一带人们都习惯叫金针，但到了外面，人们叫黄花的多。我还专门查了一下，人们说的黄花叫黄花菜，又名金针菜、柠檬萱草、忘忧草等，百合科多年生草本植物。那时候只是知道黄花能吃，但细了解后才知道，黄花还有止血、消炎、清热、利湿、消食、明目、安神等功效，对吐血、大便带血、小便不通、失眠、乳汁不下等有疗效，可作为病后或产后的调补品。有一段时间里，人们讲食疗、药食同源啥的，很多地方都用到了黄花，这让很多知道黄花但并不了解黄花的人既意外又惊喜，身边的宝，没发现啊！

前些日子，参加市文联组织的采风活动，到云州区时，正赶上了"黄花开摘节"，采摘头茬黄花。像黄花种植基地之类的地方，以前也来过，但很多时候几乎都是走场了，这次或许是有着一种特殊的情缘，带着一种虔诚与敬畏，认认真真走了一次心。白居易在《酬梦得比萱草见赠》中写道："杜康能散闷，萱草解忘忧。"在黄花种植基地，"忘忧"的字样格外显眼，在一望无际的黄花地里，无论是正在采摘黄花的花农，还是拍照观赏黄花的游人，脸上所洋溢出来的笑容正都阐释着"忘忧"。听讲解人员说，前几年，在这黄花种植基地那边还专程修了一条宽阔的柏油马路，取名为忘忧大道。对忘忧大道之前有过一些了解，忘忧大道是云州区新建的一条集休闲农业、旅游观光为一体的旅游道路，距离大同市区15公里，同时也是大同市云州区的黄花公园的一部分，全长14公里，里面还包括黄花主题公园、黄花观景平台、眺望台、黄花主题广场，黄花交易市场和驿站以及黄花栈道等，是一条特色景观大道。走在忘忧大道上观赏万亩忘忧花海，感觉风更轻了，云更淡了，天更蓝了，黄花更艳了。点点滴滴中渗着浓浓的诗意。其实在大同，栽种黄花已有600

多年的历史，人们种植黄花有着传统的优势，特别是近些年来，大同黄花已是在全国叫得响的品牌了，早在2003年，大同黄花就被中国绿色食品发展中心认定为"绿色食品A级产品"，远销亚欧10多个国家和国内30多个大中城市，而在大同黄花种植上，云州区最盛，据了解，目前云州区的黄花种植面积已达17万亩，进入盛产期的黄花也有9万亩，产值可达7亿元，全区农民通过种植黄花人均增收5000元左右，黄花真正成了当地老百姓增收的致富花。

2020年5月，习近平总书记来山西考察调研，在大同云州区有机黄花标准化种植基地考察调研时指出，一定要保护好、发展好黄花这个产业，让它成为乡亲们致富的一个好门路，变成群众的"致富花"。总书记的殷殷嘱托，不仅为大同黄花产业发展指明了方向，也更加坚定了当地群众种植黄花的信心。在黄花基地，看到花农们在地里采摘黄花脸上所洋溢出来的笑容时，也不知为什么，心里突然就有了一种说不出的感动，作为农民的儿子，从农村一路走来，我甚至明白农民脸上洋溢出来的那种喜悦有多么不容易，也明白那种喜悦的珍贵。同一位农民老伯交谈时得知，在当地政府的帮助下，所有种黄花的农户还为黄花买了农业保险，这样，即便有个啥不好的年景，也有保险赔偿，有个保底收入，这让所有农户在种植黄花上更有信心更有底气了。那位老伯说黄花就是采摘的时候有点费事，其余的啥都好，种在地里，用不着咋精心打理就长成了。而且是宿根作物，种一茬，能收好几年，而且黄花比较好种，不管啥样的地，只要种上，浇足水，就特别容易活，根茎还有保持水土和改良土壤的作用。听老伯那么一说，我感觉这黄花的品性倒是有些像咱中国人骨子里传统的那股劲儿，有种吃苦耐劳的精神。前不久，黄花被增选为大同市市花，这在展现城市历史底蕴，人文特色，精神气质，推动产业发展，增强文化自信，扩大城市影响等方面，黄花定将会发挥更大的作用。我问那位老伯，黄花最怕晾晒的时候阴雨潮湿，这么大面积，那么多黄花，采摘下来晾晒时要是碰上阴雨天咋办。那位老伯笑笑，说这种情况，在以前那可是真怕，不过现在好多了，在这黄花基地那边，地头上就有加工车间，刚从地里采摘下来的鲜黄花，拉到加工车间，从生产线走上一圈下来就成干黄花了。现在人们种植黄花，除采摘需要人工外，其他很多工序都是机械化了。我又问那老伯，进入成产期的黄花一亩能收入多少钱。老伯说保守一点，除去水费、人工啥的，一亩地也能收入个万数来块钱。我说收入挺高了啊，老伯脸上有了笑意，说现在种黄花，越来越有奔头了，人们管黄花叫致富花，也确实是，这些年，种黄花没少给人们带收益，以前人们去地里时赶个牛车、驴车啥的，现在人们开着小汽车去地里已是很平常的事儿了。收入上去了，村里很多人都给孩子在县城或是市里买上了楼房。现在人们种黄花，都有感情了。黄花产业规模效益没上来那会儿，曾一度时间里，村里的壮劳力大都外出打工了，村子里剩的几乎都是老人、妇女、儿童这"三留"人员。规模出来，效益上去以后，很多外出打工的人又都开始回来种地了，特别是那些年轻人回来，感觉村子一下子就又有了生机，政府的政策支持力度也很大，有很多高校毕业生都来这儿进行规模化种植黄花，用村里人的话说，人家那些大学生用的全是现代化高科技，村里人不懂，跟着人家学，学着人家做，人家卖产品通过"电商""直播"啥的，收益很高，村里人也跟着没少长收成。以前村里那些岁数大的人不方便种地，把地租出去收点儿地租，现在入股给那些种植大户或是专业合作社，靠每年的分红就有挺可观的收入。现在，村民们别说是外出打工了，一到黄花采摘季节，许多外地人都来这儿打工。前年跟去年，不少影视明星来大同，还在这儿没少给大同黄花做宣传。今年，习近平总书记来大同调研黄花产业之后，更是让大同黄花名扬海外。大同黄花，名气越来越大了，相信以后，也越来越好卖，也越来越能多卖了。乡亲们的日子，肯定越过越好。我笑笑，赞同老伯的说法，乡亲们的日子一定会越来越好。

　　参观黄花烘干加工车间时，看到的正如那位老伯说的那样，刚刚采摘下来的黄花，在生产线上走一圈下来就成干黄花了，那样的速度跟效率，绝对能解决村民们晾晒黄花遇到阴雨天时的困境。科技是第一生产力，这上面，科技确确实实造福了广大农民，是先进的生产力。在黄花展厅里，看到由黄花加工出来的黄花饼、黄花酱、黄花酒、黄花饮料、黄花洁颜面膜等，各种产品琳琅满目，展厅的讲解员说，当地老百姓通过对黄花深加工，延长了产业链，提升了综合效益，老百姓通过种植黄花走出了一条幸福小康路。看到展厅墙上贴着"忘忧草、脱贫宝"的宣传字样，这几个字，应该是生动诠释了种植黄花给乡亲们带来的好处。黄花，帮乡亲们忘忧、助乡亲们脱贫、带乡亲们致富。那位老伯说现在人们对于种植黄花都有感情了，这应该是最朴实、最真诚，也最心怀感恩的一句话。

离开黄花基地时，天空中飘起了微微细雨。透过车窗看到那些黄花，丝丝雨水的洗礼下，愈加显得苍翠、劲道、有生机。一场细雨过后，估计这茬黄花又能采摘了，想象着，到时候乡亲们定会带着灿烂的笑容、收获的喜悦，在忘忧花海里，闻着黄花香，田间采摘忙。

一直觉得，我们那一茬农村孩子童年的生活，物质上应该算是比较匮乏的了，但没想到大山里的孩子，物质上比我们那时候还苦，尽管他们脸上露着天真灿烂的笑容，但从类似那种环境走过来的人，至少我是这样的，看着他们天真无邪的眼神和清纯的笑容，还有衣着打扮，眼泪不由地就出来了。借那位作家的话说，孩子，把课本夹好，里面有长大的路。后来我评论了一句，也有通往大山外面的路……

对于大山深处的向往，一直以来都有种神秘感在驱使着，特别是小时候那会儿，神话故事听多似的，总认为山里面住着神仙。尤其是有时早晨或是下雨过后看到大山深处半山腰上云雾缭绕的情形时，觉得那就像是有神仙出入一样。不过直到我后来走进大山里时，曾经的那种认识才有了根本性的转变，也或许可以说成是，当面对现实生活时，许多幻想随之而来的就破灭了。那时我开始理解，为什么常看到电视上山里的孩子经常说一定要好好学习，将来一定要走出大山，看看外面的世界……

我之前去过家乡北面的山里，那时印象比较深的是山里的那口清泉，记得那泉有两米多深，清澈见底，涌出来的水一直顺着下边流下去，山下那些村庄中好几个村子所有的用水全靠那口清泉，后来不知什么时候，在比清泉再往里一些地方的半山腰上，建起来一座寺院，寺院挺大，有好几个殿，错落分布着，不过人们到寺院里朝拜，顺着山路把车子开到最里边车子再不能走时，但到寺里还得徒步走好几里地。我当时去过那寺院后的感受是，这样的地理环境，或许能考验朝拜者的虔诚心。

那次跟山里那个寺院的师父聊了很久，还在那儿吃了顿斋饭，闲下来时站在半山腰上看四周，发现寺院全被大山环抱着，放开嗓子喊几声，听到的回音也几乎是从四面八方传来的，那环境，感觉真的是有点"深山藏古寺"的韵味了，但想着想着我就笑了，深山藏寺是不假，但这寺不"古"，不过在那寺院里，无论是站那儿还是坐那儿，静静感受，倒是真的能让人静下心来。由于寺院是新建的，而且是位于大山里，一开始，知道的人很少，去寺里朝拜的人也不多，听寺院里那师父说，他也是有时几个月才下一次山，大都是置办一些柴米油盐之类的。听师父说完，我想起了曾经听人说过的一件事，很久以前，也是家乡这一带山上的一个寺院里，也是只住着一位师父，那师父养了一头骡子，平时下山也都牵着，有时下山置办上东西后，正好叫骡子往回驮。大概过了那么几年，骡子对于下山的路以及置办柴米油盐的地方都熟悉了，师父也年事已高，有时不方便下山时，需要置办东西了，师父就把需要东西的名称写好跟钱一块儿放在口袋里，骡子驮着口袋下山，顺着那些店铺挨个儿走，店主看过口袋里的纸条，有需要他店里的东西，就按上面写的置好，顺便把钱收了，如果没有的话，看过纸条后再放进口袋里，跟对待老朋友一样笑着拍拍骡子，骡子就又到下一家去了，回的时候，骡子也就把需要的东西全都买好驮回来了，后来不光山下村庄或集镇店铺的那些人，就是经常途径山路的人，看到那骡子以及背上驮的那口袋，就知道那是山里寺院师父的了。我当时听后觉得这骡子跟那口袋就跟林冲拿的那酒葫芦似的，但听完那讲述，我打心底敬重那种民风民心，以真心相交，以诚信相待，真好。

我本以为这座寺院能够算得上是家乡这一带山里最深处的建筑了，但那次寺院里的师父跟我说，再往里走，翻过几道沟，还有几个小村庄，但每个村庄顶多就是十几户人家。听师父说完，我本想当时就去那些个村庄看看的，但因为有事隔开了，没去成，没想到这一隔就隔了好几年，再次走进大山里时，用歌词里的话说，山也还是那座山，梁也还是那道梁，但许多人和物却都已经改变了。那些个所谓的村庄，听说有的只剩下几户人家了，最少的，半山腰上前不着村后不着店住着三几户人家，以前听一位乡镇干部跟我说过一件有关人口调查的事儿，说让一个村子上报人口，死亡率是50%。这一数据立即引起了上级有关部门的高度重视，派专人下来调查了解情况，原来这个村子就剩下一户人家两口人了，死了一口，比例占50%。刚听完那位乡镇干部的讲述，我觉得他像是有点在讲笑话一样，可去过大山里的那些个村庄之后，我认为这样的情况也许是真实存在的了。

前些日子在微信朋友圈看到一位作家在大山里做乡野调查发的内容，图片是几个山里的孩子，尽管已是夏天，但那地方似乎要比别处冷，孩子们穿的还是长裤大褂，鞋子还是那种纯手工做的，年龄也就六七岁的样子，其中一个孩子还夹着课本。那位作家在图片下面配了一些文字，最后那句话我记得格外清楚：孩子，把课本夹好，里面有长大的路。也不知为什么，看着照片上孩子们清澈的眼神以及他们的衣着打扮，还有那位作家写的那些文字，我的眼泪唰地一下就下来了。

之前一直向往大山深处，想象中都是美好的，甚至是山清水秀闲情逸致的，可当面对大山里的现实生活时，之前的幻想全被打破了。山里孩子清澈的眼神中，我看到更多的是感动。一直觉得，我们那一茬农村孩子童年的生活，物资上应该算是比较匮乏的了，但没想到大山里的孩子，物质上比我们那时候还苦，尽管他们脸上露着天真灿烂的笑容，但从类似那种环境走过来的人，至少我是这样的，看着他们天真无邪的眼神和清纯的笑容，还有衣着打扮，眼泪不由得就出来了。借那位作家的话说，孩子，把课本夹好，里面有长大的路。后来我评论了一句，也有通往大山外面的路……

自那以后，以后再去大山里，怎么也找不回之前那种像是找神仙一样的游玩心态了，看报道中政府、企业、志愿组织以及那些爱心人士为山里的孩子送学习用具、生活用品时，我由衷为他们点赞，用那句歌词来讲，只要人人都献出一点爱世界将变成美好的人间。

今年家乡赶庙会期间，我抽空去了山里的寺院，现如今，山里那寺院虽没山下那些寺院的人多，但来山上寺院朝拜的人，也是过去的几十倍甚至上百倍了。由于时间比较紧，我没有在寺院里吃斋饭，也没能像之前一样和寺院里的师父坐在禅房里静静畅谈，更没能到比寺院更里的大山深处的那些个村庄去看看，不过让人意外跟欣喜的是，那些村庄现在已经不在了，易地扶贫搬迁把那些村庄全都纳入搬迁范围之内进行了搬迁，现在那些小山村已全都规划成了山林植被区，而之前山里的那些村民，全都搬到山外地势平坦的新农村了，吃上了自来水，住进了宽敞明亮的大瓦房，村里有新建的学校，还有文化广场、农家超市……也不知为什么，听着这些，让人满心的感动，眼睛不由得就湿润了……

那次离开寺院时，站在半山腰上朝大山深处望望，感觉那边的天空干净得就像被水洗过一样，几朵白云中透着些灵气，清纯干净得就如同山里孩子的眼睛，阵阵微风出来，从山那边的天空上飘来几朵白云，很白，很轻，伴随着微风，在蔚蓝的天空中，越来越高，越来越远。

一排排新房整整齐齐的，一些做早饭的人家，烟囱里正升着袅袅炊烟。坐在高处静静看着，这种场景与画面，无形中就给了人强大的希望与力量。看看村东，那轮红日正徐徐升起来了，挺美的意境。回想着表哥他们现在的生活劲头，突然间，在心里就有了一种信念，相信今后中国农村的发展，也定会如那轮东升的红日一样，充满着无限的希望与力量。

姑姑跟表哥都搬进移民搬迁给分的新房子里了，喜迁新居的幸福之情溢于言表。表哥多次给我打电话，要我去他的新家吃顿饭，认认门儿，但我都因有事走不开没去成。星期天，终于腾出时间了，给表哥打电话，得知他们都在后，专程去了一趟。

表哥他们村依山而居，村子不大，是个典型的小山村。小时候，尤其是放暑假期间，常跟着表哥到他们村里玩，到杏园子里摘杏、到山上掏松鼠、到酸枣树丛里逮蝈蝈，看完电视剧里面有人喊"大青山我又回来了"的情节后，我们再去姑姑家的时候，一上山也会站在那山头上喊几嗓子穷土山我们又来了的话。长大以后，去姑姑家的次数就逐渐少了，尤其是投身社会参加工作以后，感觉时间有时太紧，每年同亲人们相聚，也大都是过完年初六以前一起在我爷爷家聚聚，看望看望老人，亲人们见见面，吃顿饭，叙叙旧，然后各自奔波，再相聚，又得来年春节后。看影视剧里说人在江湖身不由己，其实现实生活中的感受是，人一出到社会，为了各自的生计奔波时就身不由己了。

表哥他们村离我们村不到二十里地，但小时候的记忆里，感觉去姑姑家的路却很远很长，一来是那时候的交通工具顶多是辆自行车，再者那时候也没有村村通水泥路，去姑姑家走的全是得经过其他村子的穿村小路以及一些乡间土路。记得有年夏天正是杏熟时节，表哥去爷爷家回来的时候，我们几个表兄妹都想去，但表哥那辆二八自行车顶多能带两个人，车梁上一个，后架上一个，当时我们表兄妹有五六个人，表哥实在为难，说不行他先往回带两个人，明天他一大早再来，争取跑个两三趟，把我们全都带到姑姑家，但我们那时的心情连第二天都不想等，就想当天就跟着表哥去，而且不到十岁的堂弟跟堂妹，让表哥先带他们走，他们不肯，让他们等上一天，明天再来接他们，他们又不行，总之是要走一起走，要留一起留，而且再说的话，堂妹那样子就要哭了。表哥颇感为难之际，堂弟说不行一起步行吧，表哥问堂弟、堂妹他们几个能走动，他们都说能行。表哥考虑了一下，说行，那就一起步行吧，最后又笑着跟堂弟、堂妹他们几个小的说，走到半路上可不能哭着说走不动啊。堂弟、堂妹他们信心十足地说肯定不会。于是，在没和家里大人们细说的情况下，我们五六个堂兄妹一起跟着表哥步行着去姑姑家。一路上，表哥走一阵子就让我们歇歇，生怕堂弟、堂妹他们在半路上真走不动。表哥本打算分段驮我们，但又怕中途出现啥意外，那会儿正是庄稼高的时候，生怕地里藏有什么坏人，最后，我们就一直相跟着走。表哥推着车，我们跟着他，堂弟、堂妹不时在自行车的前梁跟后架上坐会儿，就那样，差不多走了大半个下午，到姑姑家时，已经很晚了。姑姑见我们来，意外里的高兴，但看到我们一个个额头上、脸上全是汗渍，姑姑责备表哥，说我们那些孩子不懂事了，他二十大几的人了莫非也不懂事，那么远走着来，大热天的容易中暑不说，都星星似的这么大点儿，把腿走坏了咋办，就不懂得骑车多走几趟，往来驮驮几个弟弟妹妹。表哥听着姑姑的数落一言不发，我跟姑姑解释时，姑姑说咋说这事儿也怪你哥，表哥跟我挤眼笑了一下，他那意思让我觉得是，甭解释了，没用，静静听就行了。那次吃过晚饭，睡觉前洗脚时才发现，我们脚上大都起了水泡。

新农村建设时，修了村村通水泥路，再去姑姑家时，不仅路好走了，而且距离也大都取了直线，不像之前那样弯弯绕了，感觉又近了许多。前些年，表哥他们村那一带发现了地热温泉，随后的乡村旅游开发兴起了温泉度假村，还专门修了一条十来米宽的柏油路，成了连接周边几个村的交通主干道。

开车行驶在乡间路上，看着两边葱绿的树木跟绿油油的庄稼地，沁人心脾的感觉，心情格外舒畅。乡村的绿，总会给人生机与希望。开着车，我不免有了笑意，小时候觉得那么远，要走那么久的路，现在感觉没几分钟就快到了。快到表哥他们村时，表哥给我打来了电话，问我到哪儿了，我说快到他们村了，正看到的一排排新房子应该是他们的移民新村吧，表哥说对，让我走到一排排新房这儿就行了，他在大路口那儿等我的，我说行。看距离，移民新村离表哥他们的旧村子也就两公里左右，待我走到那移民新村的大路口时，表哥已经在那儿等着了，我说让他上车吧，表哥笑着摆摆手，说没几步路就到了，不坐了。于是，他在前面带路，我在后面跟着，进了村巷，确实没走多远就到了，把车子停好我边往下拿东西边问表哥，这房子大门几乎都一样，这要是晚上回得迟了能找到自个儿的家，表哥笑笑，说自打搬进来他还没出现过一次走错门的情况呢，包括有一次他在外面喝多了酒，那也照样把车直溜溜地就骑到他家大门口了。不过那次喝多酒后他一进自家那院子，到醒来期间的事就啥也不记得了。我说那说明新家植根在心底了，表哥笑笑，说就是。他边帮忙拿东西边说来就来干啥还买这么多东西，他们村现在卖的东西可全呢，日常需要的一些吃的、用的，在村子里全能买到，包括一些蔬菜、水果，别说是在夏天了，就是大冬天的也能在他们村那"农家超市"里买到新鲜的。我说村里人的生活现在是越来越好了，表哥连连点头认同，说就是，真的是越来越好了。

进家后，见姑姑、姑父以及嫂子他们正在忙活着包饺子，刚上小学的侄儿、侄女正在地上打闹着玩耍，他们待客似的把我让上炕后，姑姑边包饺子边说，那会儿还跟姑父、嫂子说呢，小时候那会儿条件差，几个侄儿、侄女想来，跟着表哥推着一辆自行车一起相跟着走了大半个下午，晚上睡觉时见脚上全是水泡，孩子们现在都长大了，各方面条件也都好了，但平日里都忙，越是盼着想让来越盼不来。姑姑说着说着竟伤感起来，最后差点儿就老泪纵横了。表哥笑着说了一句，说妈说这些干啥，姑姑意识到后忙着转换了情绪，笑说人一到上了岁数就开始变得没出息了，不说这了，赶快包饺子吧。

中午吃饭，本来不打算喝酒的，但面对那一桌丰盛的饭菜以及姑父跟表哥的再三相劝，最终还是拿起了酒杯，而且听姑姑那意思，在我来之前他们就没打算让我当天回去，连住的房间都为我收拾好了。姑姑跟表哥一共分了两厝院子，离得也不远，每厝院子三间瓦房。或许是高兴，现在很少喝酒的姑父也是自个儿倒了满满一钢化杯白酒，看样子足有四两多，说我好不容易来了，今天爷仨儿坐在一起好好喝一顿，我也拿定主意不走后，说行，那就好好喝一顿。

吃饭喝酒拉家常中得知，表哥他们也算是整村搬迁。一开始村人们听说要搬迁时，都挺高兴，以为新村旧村能各有一厝院子，都挺愿意，但乡镇、扶贫部门的人以及村干部上门做工作时，说什么占补平衡、复垦啥的，就是村民们搬到新村后，旧村子就要全部拆除，这一下，村民们大都不愿意了，怎么说那也是祖祖辈辈好几代人住过的地方，一下子要拆除了，打心底里不情愿。后来，各级扶贫干部、镇村干部挨家挨户上门做工作，动之以情，晓之以理，日子久了，村人们琢磨着说干部们说的也是那么个理，再说了，自己出极小部分的钱，其余的都由政府给解决，白白给分房子院子，而且拆旧院子时还按相应的标准给补贴，这可是难得的好事儿，现在不抓紧，以后可过了这村没这店，干剩后悔了。于是，村里就有人开始带头签协议了，就连一向都比较保守的姑父竟也是当初村里为数不多的带头签协议的人之一。见有人带头签协议，村里其他人也觉得条件是不错，往长远看，确实是搬迁了好，新村地势平坦不说，说句不吉利的话，就是遇到个山洪啥的，那新村也比旧村安全。没多长时间里，村民们陆陆续续全签了搬迁协议了。表哥说旧村拆的时候，人们都录了视频，拍了照片，不知是镇里还是县里的干部，还用无人机在村子上空飞着拍了好长时间，一些上了岁数的人看着旧村子被拆除，边看边抹眼泪，心里着实不好受。不过现在搬进新村了，人们也都适应了，特别是之前那些住老房旧窑的人，说还是这瓦房好，亮堂堂地住着多心宽。新村里新建了村委会，文化广场，还配置了许多健身器材，街巷里配置了垃圾箱，安装了太阳能路灯，村委会里还有农家书屋，就连人们看电视也全都给安装了"户户通"，比以前花钱安的闭路电视搜的台还多。我问表哥他们旧村里那口山泉还在不在，表哥说在，不过新村现在也是家家户户都用的自来水，现在他们村西南角那儿，有投资商建起了矿泉水厂，旧村的以及山里的那几口泉的水都被引下来利用起来了。他们村及周边村在那矿泉水厂打工的人还挺多，距离近，种地打工两不误，人勤快点儿，都能多挣点儿钱。我说搬新村了，对种地跟搞养殖有没有啥影响。姑父笑说没影响，要是去村南边儿的地的话，距离还近呢，现在上边儿政策也好，不仅给全村人都发了杏树苗，而且每家每户都给分了两只羊，让村民们发展特色杏果产业跟养殖业，就是地里忙下去，人们在村子附近就能找到打工的地方，矿泉水厂，温泉度假村，还有上山挖水坑、浇树苗啥的，都能打工挣钱。估摸着，村民们以后的收入，肯定会越来越好，我笑说这就真如新闻跟报纸上说的那样，搬得出、稳得住、能致富。听我说完，一家人全都其乐融融地笑了。

边吃边喝边聊，一顿饭吃到下午三点多了。我跟表哥、姑夫都没少喝，姑姑跟嫂子说正好喝完酒睡会儿，姑姑说她那边已经给收拾好了，我来了还没到姑姑的新家看看呢。姑姑本打算帮着嫂子把这边收拾好了再过去，但嫂子说啥也不让，说让姑姑跟姑夫带着我赶快过去休息吧，这边有她一个人收拾就行了。见嫂子执意不肯让帮忙收拾，我跟嫂子开玩笑，说那就辛苦她了。嫂子笑笑，说一家人尽说两家话，这有啥辛苦的。

我跟姑姑、姑夫从表哥家出来，一起步行着去姑姑家，两厝院子相距也不远，隔了一条巷子。我问姑姑跟姑夫，他们这新房子当时是咋分的，姑姑说是现场抓阄，分到手后有人想相互间再换的话，那就是户家私底下的事儿了。

到了姑姑家后，见院子里种了些西红柿、茄子、豆角之类的菜，打理得挺利落，为了防止下雨时泥泞，其他主要走的地方都用红砖铺了。进家后，姑姑给我跟姑夫泡了些茶水，本打算边喝茶边再聊会儿的，但坐了一会儿感觉酒劲上来了，于是我跟姑夫东西各一屋昏昏沉沉睡去了。一觉醒来，已经是下午六点多了，姑姑说表哥已经在他那边架起烤箱了，晚上要给我烤串。我说中午吃的还没消化呢，姑姑笑说年轻后生怕啥，晚上换换口味，吃点儿烤串。

我过表哥那边后，见院子里架着烤箱，里面的木炭都快烧红了，地上放着啤酒、果啤、雪碧、可乐之类的喝的，一大盆穿好待烤的串，各种烧烤用的调料。表哥问我中午喝得难受不，我说不难受，他说那就好，晚上再少喝点儿啤酒。我问表哥串是哪儿买的，表哥说肉串是嫂子跟姑姑她们下午割的鲜肉自己穿的，其他像菜卷、粉丸、牛板筋、骨肉相连之类的都是在他们村那"农家超市"买的现成的。我说这农家超市还真的是卖得挺全的。

待木炭全都烧红后，表哥开始给烤串，看上去那动作还挺娴熟，第一拨儿烤出来后，我尝了几根，味道很不错，我笑说没想到表哥还有这手艺。表哥笑笑，说平日里有时在家里烤着吃，慢慢地也就把握得差不多了。嫂子说表哥之前还跟她说呢，等孩子们到镇里念中学时，他的手艺要是练得行的话，到时就到镇上开个烧烤店。我说这手艺现在也行了，味道不比县城里那些烧烤店里烤出来的差。表哥笑笑，说玩笑话哪还能当真。正说着，姑姑、姑父还有表哥打电话叫的他村里的那几个朋友也过来了，介绍过后，表哥边当主烤边当主角，我们一起围坐在烤箱旁，吃着、喝着、聊着。表哥那朋友还说了句挺逗的话，说喝着啤酒撸着串儿，生活就是这个样儿。

我们喝得差不多时，不知从哪儿传来了流行歌曲，我诧异之际，姑姑跟我说这是他们当村文化广场那儿有人跳广场舞呢，这几天天热，人们睡得晚，吃完饭有到外面跳广场舞的，有坐街拉家常的，有到太阳能路灯下面下象棋的……听姑姑说着，我由衷感慨，村人们现在物质生活好了，精神生活也丰富了。那晚，我们边吃边喝边聊到了晚上十一点多。

次日，我早早起来后见院子里湿漉漉的，应该是夜里下雨了，姑姑正在院子里摘豆角，姑夫在那儿打理菜畦，见我出来，姑姑问我咋起这么早，再多睡会儿。我说睡不着了，出来走走。姑姑说我年纪轻轻的觉真少，我说正好出来呼吸呼吸新鲜空气。姑夫说山村里一下完雨空气更好了，他们村下面那温泉度假村，很多人都是从大城市里专程来这儿度假的，说是这儿的水好、空气好，我说确实是。临出门时，姑姑说等我转回来了给做我喜欢吃的手擀面，我说简单吃点儿就行，别太费事，姑姑说这有啥费事的，清淡点儿的素汤手擀面，家常便饭。我笑笑，说行。

出去转的时候，我边走边深呼吸着，这里的空气真的是格外的好，走在村边地旁的那些田埂路上，微风吹来，里面夹杂着庄稼和各种说不出名来的花草的香味，顺着村子往北走，地势越来越高了，站在一处高的地方往下看，表哥他们的新村尽收眼底，一排排新房整整齐齐的，一些做早饭的人家，烟囱里正升着袅袅炊烟。坐在高处静静看着，这种场景与画面，无形中就给了人强大的希望与力量。看看村东，那轮红日正徐徐升起来了，挺美的意境。回想着表哥他们现在的生活劲头，突然间，在心里就有了一种信念，相信今后中国农村的发展，也定会如那轮东升的红日一样，充满着无限的希望与力量。

那次不清楚自己在院子里站了多久，直到感觉耳朵跟手冻得有些针刺的冷痛后才想起了进家。不过睡下后，我依旧在想外面的雪，希望它多下点儿，但不知会不会如愿？而且还设想着各种情形，第二天早晨起来，推开门，也许全都化了，也许，会是白茫茫的一片。但不管怎样，雪的到来，总算为这个静悄悄的冬夜添了些生机！

寒冬腊月，天气格外的冷，有时候在家里一窝就是一整天，也不是不想出去，是我这怕冷的身板感觉外面冷得实在没法出去。坐在家里，光是听外面那嘶吼般的风声，就感觉身子有些发抖。看到这天气，我就佩服村里那些聚在一起打麻将或是喝小酒的人，任凭寒风怎么凛冽嘶吼，也挡不住他们聚在一块儿的劲头。我那次跟一些长辈开玩笑，说大冬天里他们聚在一起打麻将、喝小酒那精神，绝对是年轻人干事创业中应该拥有的。一长辈笑笑，说他们都快六十岁的人了，在村子里闲下来也就这么点儿乐了，我这小后生就甭拿他们寻开心了。我说绝对没拿他们寻开心的意思，旁观的一位大叔笑笑，说前些天他还在手机上看人们说打麻将的精神呢，说着给翻出来念叨了起来，说是用打麻将的精神去工作，这世上恐怕没有什么干不好的，麻将精神是什么，一是随叫随到，从不拖拖拉拉；二是不在乎工作环境，专心致志；三是不抱怨，经常反省自己，唉 又打错了；四是永不言败，推倒再来；五是牌好牌坏都努力往更好的方向整；六是不管跟谁搭档，照样努力；七是对于工作中使用的工具从不挑剔，一样顺手；八是最主要是从不嫌弃工作时间太长。我们听完，全都笑了。

不过在村子里，到冬天遇到这样的天气，沏杯热茶，围着火炉子看本书，倒觉得是种享受，而最希望的，是能够下场雪。前几天亲戚们全都回来后，上了岁数的姑父有些感冒。姑姑说早劝他吃药他不听，姑父笑着辩解说不怪他不吃药，是冬天了气候太干燥，要下点儿雪，肯定什么事儿也没有了。姑姑说姑父是属驴的，就爱犟着来。不料姑父更来劲了，说这是事实，说不定再等上一阵子就下雪了，前些年，不有个叫什么郎的人唱歌不都唱过那零几年的第一场雪比以往来得要晚一些。这话，把我们所有人都逗乐了，没想到一向老实内向的姑父也幽默了一把。

的确，一到冬天，就是盼望下点儿雪，可它偏偏迟到，有时候就是下雪，也是飘那么一丁点儿，落地就化了，让人觉得倍感失望。今年的冬天，似乎比以往更让人失望，都进腊月了，也没见飘过一片雪。气候干燥，刮起寒风的时候，透过窗户看外面，灰蒙蒙阴沉沉的一片，心情似乎也被外面的天气所笼罩。不出去不说，也不能长时间看外面，要不心情似乎也跟着有些阴沉了。

冬天天黑得早，村子里的人们吃过晚饭后看上一阵电视便都早早入睡了。当然，也有一些例外的。我在村子里住那会儿，一般也是深夜睡，不过我不大喜欢看电视，除了看书外，大部分时间都花在写作上了。小学培养出来的习惯，夜深人静的时候写作有灵感。现在说是灵感，其实小时候哪懂得什么叫灵感，最为现实的是，夜里写作文完全是因为白天贪玩，第二天又怕被老师打手心给吓的，不写不行啊！我没其他同学骨头硬，怕打。其他那些小伙伴，不写就不写了，顶多第二天叫老师打几下手心，然后说下去补，待写另一篇的时候这篇早就忘光了。我也有过那想法，我们当时的说法是男生谁怕被老师打啊！不过我那时候写完作文或是日记后，语文老师经常拿我的作文或是日记在课堂上念，还给同学们分析我的写作方法，夸我怎么华美的开头，如何灵活地运用词语句子，又怎么巧妙地结尾。时间久了，在老师的夸赞与同学们的羡慕中，我打算不写作文的念头逐渐打消了，取而代之的是由被动变主动，要我写变成了我要写，并且一直写了下来。我妈说我得顺毛毛抚摸。现在想想，什么顺毛毛抚摸，说白了就是小时候虚荣心强。我堂妹当幼师后我把我的这些事跟她在闲聊中说了，没想到过了一段时间后她对我说，那方法用在孩子们身上大为管用，鼓励总比打击好。

乡村没有城市那么喧嚣，特别是夜里，满天繁星把村子衬托得更加空旷。冬夜里没有夏夜河塘边的蛙叫声，虫鸣声。在没有寒风的情况下，冬夜显得很安静，仿佛能够听到天空大地的呼吸声。有时屋内屋外温差大的话，夜深时或是清早掀开窗帘，外层的窗户玻璃上，常会有一层比较厚的冰花，那些冰花各式各样的，就跟有人刻意弄上去似的。

很多个冬夜里，在乡村的屋子中，围着烧得正旺的火炉，沏一杯清香的茶，想一些耐人寻味的事，或是静静在那儿看会儿书或是写点儿东西，事后回想起来，那场景总会使人感到温暖。这一切如果用电影镜头来展现的话，那应该会给人一种温馨和暖的意境。有几次自己那样体验过，喝过茶后，火炉也烧得差不多了，有灵感了拿起笔在稿纸上沙沙地写上一阵子，写得困了累了，站起来舒舒身，感觉静悄悄的冬夜里，大地也睡了，似乎睡得还挺香。生火炉子的那些个日子里，寒冷的冬夜把屋子衬托得更加温暖了。有一次写着写着，我感觉身子很热，也许是火炉烧得旺了，也许是喝的热茶多了，也许是写的时间久了，我搁下笔起身，离开了那个小书桌。站在堂门窗前静静地听，外面的风声已经停了，看看表，已是凌晨一点多了。我披了件大衣，打算到外面插上门后睡觉，但到了院子里后发现有零星点点的雪飘落着，顿时感觉有些欣喜，抬头仰望天空，雪花正纷纷扬扬地往下飘落着，这迟来的雪它终归还是来了！我在院子里站了一阵，雪越下越大，落在我的头发上，肩膀上，身子上，飘落在脸上，感觉到一丝丝的凉意。大地如果有感觉的话，也应该是同感吧！

那次不清楚自己在院子里站了多久，直到感觉耳朵跟手冻得有些针刺的冷痛后才想起了进家。不过睡下后，我依旧在想外面的雪，希望它多下点儿，但不知会不会如愿？而且设想着各种情形，第二天早晨起来，推开门，也许全都化了，也许，会是白茫茫的一片。但不管怎样，雪的到来，总算为这个静悄悄的冬夜添了些生机！

人们常说瑞雪兆丰年，以今冬的落雪希望来年能有好年景，而每当我独自站在雪地里感受静静地落雪时，总希望自己写作时文字也能够像飘落的雪花一样，纯洁、剔透、飘飘洒洒，到最后落下来定型时，筑成一道美丽的风景。

整整一上午，天都是灰蒙蒙的。下午时分，雪开始飘飘扬扬落了下来。

这是入冬以来的第一场雪，看着雪越下越大，心中不由得生出几分欣喜，这种感觉，已经有好几年了。生在北方，从小到大，每年冬天几乎都会见到雪，但每次迎来入冬后的第一场雪时，总会感到几分欣喜。不过每次看雪时，也或多或少带出些许感慨，有种"年年岁岁花相似，岁岁年年人不同"的感觉。

对于雪，总喜欢用干净纯洁或是冰清玉洁之类的词来描绘它。很多时候，雪在心中除了是一种象征外，更多的则是覆盖或是承载了记忆。

看到它，就如同又看到了之前下雪时的那些事。

上中学时，有首很火的歌，叫作《2002年的第一场雪》。那时候我正念初二，也是刚从县城中学转学到乡中学念书。很直接的感受，从县城到乡村，大街小巷里，凡是有音乐的地方，听到的几乎全是那首歌。不过那年的第一场雪，倒是真的比以往的时候来得更晚了一些。

人生的成长跟阅历中，苦涩的时光往往是记忆比较深的，那时虽不懂什么苦并快乐着或是累并快乐着，也没听到过那样的说法，但后来想想，其实有些事，经历的本身就是很好也很有力的答案。自己当初从县中学转到乡中学念书，最明显的感受是乡中学教学条件比较差，教室和宿舍还都是平房，冬天取暖也是生火炉子，水房里的热水也永远没有热到滚烫的程度，城里孩子听MP3都快淘汰时，乡中学校园里许多同学拿着被我们戏称为"半头砖"的复读机听歌还觉得比较时尚……尽管现在回忆起来感觉那时候的条件苦，但那时置身其中，感觉却是真正快乐的，那笑容是那么的灿烂，笑声是那么的爽朗，感受是那么的温馨，发自内心的喜悦清纯得就如同空旷原野里洁白的雪。许多年后蓦然回首时发现，其实那时的条件也许是求学路上最苦的。我以为这只是我个人的一种感受而已，但同那时的几位同学叙旧时才发现，有这种感受的远不止我一人。不过有一个共同的认知是，那种苦涩到现在回想起来，却成了成长中的一笔财富。很多时候，人在条件好的情况下，回想起经历苦涩的日子时，最先受感动的往往是自己，也往往是那种经历与感动，很多时候都成了人生路上前行的动力。

滚雪球，堆雪人，打雪仗，这是童年下雪天里不可或缺的记忆。等长大了，当自己站在雪地里看着一群小孩子欢呼雀跃地玩同样的游戏时，向他们投去的却只能是一个微笑。他们身上仿佛有自己童年时的影子，很清晰，但刹那间却又觉得很模糊，也很遥远。用自己小说中的一句话说，许多事仿佛就发生在昨天，但一个昨天却隔了数年！

在乡里中学念书时，自己为写一篇有关雪的文章，下晚自习后迎着纷纷扬扬的雪在校园操场边上沿着砖砌的跑道走了很长时间，想象着回宿舍后要能围着烧得正旺的火炉写文章，那也许是件惬意的事，但那时候乡中学宿舍里虽然是生火炉子取暖，但出于安全考虑，晚上睡觉前，火炉子全部要熄灭。回宿舍文章没写成不说，还差点因为在外面冻得时间长而感冒了。全部睡下待执勤老师查过之后，宿舍有同学听着外面嘶吼的风声黑灯瞎火地起哄，唱那时流行的一首歌，什么北风呼呼地刮，雪花飘飘洒洒，突然传来一声枪响，再后来就是什么狼爱上羊了还爱得疯狂。我们其余人边听边笑，有人说这小子是冻得抽风了。记得那次下了一夜的雪，早上起来外面白茫茫厚墩墩的一片。上完早自习后回宿舍，有人生着火炉子后到外面用铝壶装了满满一铝壶雪，放在火炉子上融化加热后洗脸，更有例外的说用雪洗脸能够美容，说着到外面未经踩过的雪地里直接捧上雪往脸上搓，一口气搓了一阵子后，仰天长叹地说句粗话："真他妈的爽啊！"这事儿传到同班女生那里后，把我们整个宿舍的人都给打击了，说咱班那宿舍的男生是不是有毛病啊！值日扫雪时，有男生拿着那种用竹条扎成的扫帚，摆着弹吉他的姿势唱《2002年的第一场雪》。我们听后大呼过瘾，唱的人以为我们是真夸他，但唱完之后的评价是跟狼嚎差不多。

有一年冬天去北京忙电影剧本的事儿，回家乡后刚好飘起了雪，那也是家乡入冬后的第一场雪，事后我还写了一篇题为《踏雪有痕》的文章，也算是弥补了当初在乡中学冒雪找灵感却没写出文章的遗憾。

人们常说瑞雪兆丰年，以今冬的落雪希望来年能有好年景，而每当我独自站在雪地里感受静静地落雪时，总希望自己写作时文字也能够像飘落的雪花一样，纯洁、剔透、飘飘洒洒，到最后落下来定型时，筑成一道美丽的风景。

眼下的第一场雪，我正在迎接。

又到了岁末年初的日子，以前不怎么觉得，现在每到过年时，总会感慨时间过得真快。曾听一位作家的讲座，说上学时唱歌，二十年后再相会，总觉得还是很遥远的事，但到了天命之年回首时才深深体会到，二十年，真正是弹指一挥间！

又到了岁末年初的日子，以前不怎么觉得，现在每到过年时，总会感慨时间过得真快。曾听一位作家的讲座，说上学时唱歌，二十年后再相会，总觉得还是很遥远的事，但到了天命之年回首时才深深体会到，二十年，真正是弹指一挥间！

自己虽没到天命之年，刚刚二十出头，也没有太多的人生经历和感悟，但近来每年的年终岁末时，多少也有些岁月易逝的感慨，感觉青春就这么不经意间从指间轻轻划过去了。

对于过年，童年里总是向往的。那时候我们村里那些男孩子一到腊月二十三往后，几乎天天聚在一起，每人拿把玩具枪，再带些小鞭炮，点着半截香，在村巷里走着零零散散地响。那时候村里的孩子们也比较多，而且大都不待在家里，走在村头巷尾，到处都能看到孩子们的影子。男孩子玩枪响鞭炮，女孩子在房前屋后比较大的空地上打沙包或是跳皮筋。整个村子都很有生机，很活泼。对于我们那一茬人来说，那时候过年的气氛，过年的味道，总少不了这些。有一次我们几个男孩子因零散着响鞭炮不过瘾，有伙伴出主意，说是拿上一长串鞭炮绑在狗尾巴上响怎么样？我们听后也都觉得新鲜，于是就有一个伙伴拿他家的狗给试了，把鞭炮绑在狗尾巴上点着后，那狗带着一长串响着的鞭炮满大街地跑，我们撒开腿地跑都追不住，后来那伙伴说他家的狗被鞭炮炸完后，几天都没吃食，差点儿死了。他父母知道后说我们整个儿一帮小土匪，大过年的，哪有这么虐待动物的？那次回来我们聊天时又回想起了那事儿，有伙伴笑说，没准儿我们那时候真把那伙伴家的狗当"夕"给除了。

那时候贴春联，人们大都是买几张红纸裁好，拿到村里那些毛笔字写得比较好的人家里，请他们给写，红纸黑字，一副副春联写出来后，细细品味，对联有意思，毛笔字也很苍劲。我们那时候上小学，刚练习写毛笔字，见大人们写，我们私下里瞎起哄，写不了春联，就写那种小横批，而且是给牛角上贴的，小横批长跟信封差不多，宽是信封的一半左右，像什么"力大无穷""牛气冲天"之类的词全用过，当初给自家狗尾巴上绑鞭炮响的那个伙伴，写了一个"大力神牛"的小横批想给他家的牛往牛角上缠贴，但没贴上去不说，还差点把牛给吓惊了。那伙伴挺纳闷儿地说，他家这牛平日里特温驯，夏天放牛那会儿他在牛肚子底下钻来钻去那牛还特悠闲地甩着尾巴吃草，这会儿怎么见了他就跟有仇似的，见他拿着那小横批，那牛两眼死死盯着，围着拴牛的木桩不停地转来转去。后来我们看电视里西班牙斗牛全是用红布时才明白过来，牛跟红颜色过不去。那会儿想过年，是打心底在企盼。

出村念书以后，我们儿时的伙伴见面的次数少了，一般假日里大都在补习，至于后来出身社会后，见面那就更少了，每年也就是逢年过节回来时见见，比起小时候，虽多了些成熟稳重，但也少了儿时的嬉笑打闹，有些场合，也不再像童年时那样撒得开了。有伙伴感慨挺深地说，还是以前那些人，可怎么也找不回以前的那种氛围了！有人笑说以前我们走在街上看到个大后生都管人家叫叔，现在走在大街上，孩子们看到我们都管我们叫叔了，那能一样了，岁月催人老啊，不过每个年龄段都有每个年龄段的特征，重温着儿时的记忆前行，带着曾经的美好，奋斗更加美好的未来。我们笑笑，说这总结挺到位。

有一次闲聊中听身边的人说，有时感觉年龄越大越觉得没意思，成长阶段，总有那么一阵子会觉得空落落的。之前看到一篇文章中说，为什么人越长大越孤单越不安？其实类似的问题自己有时候也会有意无意地想，或许是在成长的道路上有时我们离真实的自己越来越远了，所以才会觉得越长大越孤单越不安，我们都在时光里跌跌撞撞地成长，然后一点点离开最初的模样……

我曾写过这样一段话：文学这条路不好走。这是许多人给过我的忠告。我深知，这是事实，但既然选择了，我觉得就应该踏踏实实走下去。人生最大的遗憾莫过于回眸自己走过的路时留下的是一片空白，岁月的长河中，我们或许只是一滴小水珠而已，总有一天，也会随着时间的流逝而消失，但当我们真正要离开这个世界时，回眸自己走过的路，无论喜与悲、苦与乐，只要充实，我觉得就应该没什么遗憾了！虽然当时是从文学路的角度写的，事后想想，其实人生路也应该是这样吧？

有时看着那些浩浩荡荡回乡过年的返乡大军，由衷地感慨，其实很多时候，这个世界上，还是真情最重要，逢年过节亲人们的那种团聚，那种亲情，有时在不知不觉中就化成了自己前行中的动力，给人以鼓舞，更给人以温暖，不管什么时候，身处顺境逆境，想着身后还有家，还有亲人们，那种温馨团聚的力量就是无穷的，而岁末年初里，团聚无疑成了亲人们共同的期许。

自参加工作以来，以前每到岁末年初的时候，就跟公文材料年初工作计划跟年终工作总结写多留下后遗症似的，总也会对一年来自己个人的经历稍做梳理总结，然后再对来年的事做个粗浅的打算，但现在，自己的经历会做梳理总结，而粗浅的打算就很少有了，也算是自己的一点感悟吧：前行的路上，只管做好自己，其余的上天自有安排，以一颗虔诚与感恩的心去对待一切，也许就是对未来最好的打算。

日复一日，年复一年。时光逝去的越来越多，剩下的越来越少。那位作家说二十年真正是弹指一挥间，这里面，更应该去读懂的，我想应该是珍惜！

站在岁末年初的日子里，倒是希望能够飘些雪，让尘世间静静，让心灵静静，而让爱与真情将寒冬里的那些残冰融化，汇聚成一股暖流，清风拂面一样，流遍海角天涯。

俗语道，七九河开，八九雁来。小河解冻淌水，这在我们农村，预示着春耕又快到了，对农民来说，这又是新的开始。有新的开始，才会有新的收获！

我望着在冰雪中缓缓流淌的小河，想着今年的春暖花开，秋天的硕果累累，心头不由得带出几分喜悦！那思绪就像小河一样，缠绵着流向远方。

好几年没去过村东的那条小河旁了，今年不知为什么却突然间想到了它。元宵节过了以后，亲朋好友又都为各自的事奔波忙碌了，没了之前的热闹劲儿，心里一下子觉得空落落的，也不知是不是在做梦，午休时躺在那里，脑海中竟不停地浮现着那条小河……

本想迷迷糊糊地睡下去，但越想越清晰，按捺不住后我起了身，趁这个空，正好去看看它。

小河在村的最东边，西北东南流向，也算是与邻村的自然分界线。以前隐约地听我爷爷他们说过，因为这条河，我们村与邻村还争执了很长时间。我问我爷爷那咋就成我们村的了？我爷爷说这河本来就是我们村的，因为当时浇地的水井少，而那河的水又好引灌，所以邻村也想要，因为浇地，两村的人还差点儿打起群架来。这事儿闹到上面以后，政府查阅档案后给做了决定，把河划给了我们村，但答应给邻村打一眼机井。争河之事得以平息。

小河不深，那几年的鱼比较多，盛夏时节，我们除了到池塘玩水逮鱼外，其余的大都在小河里捞鱼。秋天不玩水想捞鱼时干脆就在小河里。那水浅的，只要不把水弄混，那鱼在河里就被看得清清楚楚的，典型的"浑水摸鱼"。邻村的孩子们见了也想捞，我们那时就想，井都给你们弄上了，还人心没尽。捞鱼时，我们仗着人多，把邻村那些孩子拦在背地里狠狠欺负了一番，嘴里骂着，欺负不了你们老子了，还欺负不了你们这群小兔崽子？整了几次后，邻村的孩子们再不敢去河里捞鱼了。

一路上，我边走边想着，回忆似乎让人忘记了时间。向远望时，小河已经浮现出来了，看不清它的具体样子，只是按照记忆里曾有过的它摸索着，现在的它，也许还结着冰，也许，旁边还有未消的残雪……

走近后，挺意外的一幕，小河已经淌水了，在冰与雪的交融中静静地淌着。四周很静，蹲下来仔细聆听，那声音很清脆，就像是玉石轻轻磕碰一样。那种感觉让人很放松，听着听着，心灵突然间有了种温润的感觉。这自然的声音，真的好长时间没有听到了！清澈的河水，像是真的能够洗涤人们疲惫的心灵！

我沿河边走着，脚踩在那些残雪上，发出生硬的声音。想象中，初春时节，人们应该拉着长长的风筝线，跑在田野里，跑在河畔上，但此时的想象只能是想，在农村，这些情景几乎看不到。放眼望去，看到的只是一片静静的土灰色的原野，偶尔有几棵未抽枝发芽的树。沟凹处，还有未消的雪，曾记过那么一首挺悲伤的诗：

枯藤老树昏鸦

小桥流水人家

古道西风瘦马

夕阳西下

断肠人在天涯

　　记得那时念这篇课文时许多同学哭了，尤其是女生。那会儿我们刚念初一，也是刚开始住校，大都想家。我那时想家虽不至于哭，但念这诗的时候，也会想到村里的那条小河，还有那石桥，或多或少会带出些想家的悲伤……

　　走远了，才知道想家，长大了，才明白乡情，离开了，才懂得眷恋！

　　有人说生命像条河，也有人说生活像条河。我感觉，无论是生命的河还是生活的河，它们最终融入的都是岁月这条大河！在岁月大河的席卷中，奔流着向前！

　　沿着河边我走到了石桥上。石桥，依旧是以前的样子，小河穿过石桥流向了远处，弯弯曲曲的，顺着望去，就像一条银白色的长丝带镶在了宽阔的原野上。我查过资料，家乡的这条小河归入了黑水河。我没见过大河的气势磅礴，也想象不到大河的波涛汹涌，但我却能感觉到小河流水的温柔，潺潺绵绵的，不咆哮，不翻腾，但却滋润着它流经的每一寸土地！

　　俗语道，七九河开，八九雁来。小河解冻淌水，这在我们农村，预示着春耕又快到了，对农民来说，这又是新的开始。有新的开始，才会有新的收获！

　　我望着在冰雪中缓缓流淌的小河，想着今年的春暖花开，秋天的硕果累累，心头不由得带出几分喜悦！那思绪就像小河一样，缠绵着流向远方。

见俩燕子来回飞着衔泥搭窝，不远处的电线上有几只燕子站在上面正悠闲地梳理着羽毛，呢喃着也像是在拉家常。看到这些，我不自禁的拿出手机拍了几张照，新农村里喜色的一幕。在那儿看了挺长时间，离开时，我还想着，春天是最有生机的季节，燕子飞来了，无疑是拉开了北方春天生机勃勃的序幕。

小燕子，穿花衣，年年春天来这里，我问燕子你为啥来？燕子说，这里的春天最美丽……

偶然间听到这首童年里的歌谣时，心里像被什么撞击了一下，那种亲切感，那种怀旧感如同翻腾着的浪花一样，不断在心胸中澎湃，在脑海中翻滚，把曾经许许多多记忆中的事，向往中的事全都给拾掇起来了。

我家乡在晋北地区的农村，四季分明，小时候常会听大人们说一些春天到了，小燕子从南方飞来了，秋天来了，大雁要到南方去了之类的话。对于大雁，虽说能够见到，但总感觉比较生疏比较遥远，充其量就是大雁从天空中飞过时抬头望望，学用课本里的话看大雁南去的样子，一会儿排成个人字，一会儿排成个一字。不过我们那时候因为这事儿还闹过笑话，有一天一群乌鸦也是一字形地往南飞，我们当中一个伙伴硬说那是一群大雁要去南方了。另一伙伴不解，说大夏天的大雁去南方干啥，该不会是一群傻大雁吧。还有伙伴猜测，说是不是它们弄错季节了，不会是下了一场雨天气冷了一下它们就误以为是秋天了吧……正说着，传来了几声乌鸦的叫声，我们停顿了片刻，又抬头望了望那群"大雁"，这才反应过来原来那是一群乌鸦。有伙伴禁不住笑出声来，借着刚才乌鸦叫的那几声说，听到没，你们在这儿瞎议论，人家乌鸦都有些听不下去了，刚才那不开口骂嘛，你们眼瞎啊，我们是乌鸦……一伙伴紧接着回击，你才是乌鸦，说得就跟自个儿能听懂鸟语似的，整个儿一"鸟人"。

然而对于燕子，我们就很熟悉了，可以说那是离人们最近的，屋檐下常会见到燕子窝。不过我们男孩子尽管比较淘，夏天掏麻雀、掏斑鸠啥的，但从来不掏燕子。一来是跟大人们的教导有关，说是燕子是益鸟，专吃苍蝇、蚊子之类的昆虫，对人们有益。再者就是老人们说不能玩燕子，否则的话会得红眼病，而且人们都说，要是燕子在哪户人家的屋檐下搭窝的话，说明这户人家的风水好。鉴于这些原因，几乎没人去扰害燕子。

我那时候对燕子窝比较好奇，像是麻雀、斑鸠、喜鹊的窝，我都掏过，也都看过那些窝，不管是屋檐下的麻雀窝还是树杈上的斑鸠窝、喜鹊窝，大都是用柴草搭成的，有的麻雀窝里顶多再有些烂布条、烂丝麻啥的，但燕子窝就不一样了，全是用泥巴垒出来的，我就好奇那燕子和的泥咋就能粘得那么结实，就跟放了啥胶似的。为了想看个究竟，有一次我就在屋檐下搭了架梯子，想上去看看那燕子窝究竟是咋回事儿。待我上去后，刚准备调整姿势伸着脑袋看那燕子窝，那两燕子不知啥时候就飞回来了，在我没防住的情况下在我头顶尖叫着穿梭了几下，我被吓了一跳，以为那两燕子要啄我了，闪了一下，差点儿掉下来。从梯上下来后，我找了根棍子，准备拿着棍子上去再看，要是那两燕子啄我的话，我就用棍子打它们，要实在把我惹毛了，或许我就将它们抄家了。但我奶奶看到后把我叫住了，不让我上去瞎害腾，说是燕子很善良，不啄人，看到有人要靠近它们的窝肯定是着急得围着窝子飞。我跟我奶奶说了为啥看燕子窝的原因后，我奶奶跟我说燕子搭窝用的泥全是用自己的唾液和的，有时候用唾液用得多，那燕子都能呕出血。听我奶奶这么一说，我挺吃惊的，原来燕子搭窝这么辛苦。我奶奶说以后不能瞎害腾燕子，我点头应声，很长一段时间里，我对燕子真的是心存敬畏，但时间久了，那种敬畏就有些淡化了。有一年夏天，刚下过雨，许多燕子都出来了，有的来回飞着，速度很快，动不动还来个惊险动作，看着直让人担心会撞在啥东西上，有的飞着就像是快贴住地一样，还有的是几只并排站在电线上、晾衣绳上，有的梳理羽毛，有的呢喃着。那会儿我跟表哥他们正都玩儿弹弓，坐在屋檐下看着晾衣绳上那一排排的燕子，突然就有了想玩燕子的念头。尽管我们都知道不能玩燕子，也都记得大人们平日里的教诲，但在好奇心的驱使下，那些全都抛在脑后了，而且表哥给的理由是玩燕子不像玩其他鸟雀那样，顶多是捉住一只玩上一会儿就把它放了，应该没啥事儿。我们一听，感觉表哥说得在理，于是就起身逮燕子。那燕子站在晾衣绳上时看的呆乎乎的，但我们过去逮时，那燕子飞走的动作格外的敏捷，逮了好一阵子，别说燕子了，连跟燕子毛都没逮上。表哥说这样逮估计咋也逮不到，一开始他以为那些站在晾衣绳上呆乎乎的燕子是刚出窝的呢，现在看，那些燕子绝对都是成年燕子了。我问表哥那咋办，表哥说他给思谋思谋。等了一会儿，表哥摸摸裤兜里的弹弓，说还得用这个，我说那万一打死了咋办，表哥说不用石子，用点儿小土坷垃，打上去只要燕子飞不动了就容易逮住它。我说那哪能打那么准，说不定就把燕子给打死了。表哥笑笑，说先悠着点儿试试，没等我再说什么，表哥已经起身去找土坷垃了，表弟他们也都跟了过去，我在那儿看了一会儿，最后不自觉地也加入了其中。

平日里，表哥弹弓打得比较准，而且他的弓拉得也比较硬。我们的弹弓，每边用两根自行车气门芯胶管就行了，而表哥的至少需要三根，有时甚至是四根。表哥拉我们的弹弓嫌没劲儿，而我们拉他的弹弓则太吃力。一开始，表哥用土坷垃打了几下，但都因不敢用力拉弹弓而没能打过去，表弟他们的弹弓是能打过去但打不准，我是犹犹豫豫的想打不敢打，不过看着表哥有几次用土坷垃做弹弓子弹，稍用力捏的话土坷垃就碎了的情况，我突然间想到了用红豆，我提议出来后，表哥表弟他们都说这办法好。于是我就起身到闲房里找红豆，大大抓了一把过来后，表哥表弟他们见了就来劲了，说这下有好子弹了，咋也得往下打只燕子。我还说千万别打死，可话音刚落，表哥那弹弓嘭的一声打出去，晾衣绳上的一只燕子栽头就倒下来了，我们顿时就都惊呆了，平日里像是打下麻雀、斑鸠之类的鸟雀时，我们欢呼着就跑过去拿了，生怕掉在地上缓过来后再飞走，但看着燕子掉下来后表哥表弟他们啥感受我不清楚，但我站在那儿心慌得很厉害，感觉自己就跟犯了不可饶恕的罪过似的。村里人常说不恨杀人的恨帮凶的，打燕子这事儿上，我无疑就是那个帮凶了。我们在那儿僵了片刻，表哥过去拿那燕子时发现那燕子还活着，一听这，我们顿时都喜出望外了，赶快围了过去。表哥将那燕子轻握在手里，只见那燕子不停地张着嘴喘气，表哥给检查了一遍，没见身上有出血的地方，翅膀、爪子啥的也都好好的，表哥说估计是打在胸脯上了。我们在那儿看表哥手里那燕子，其他燕子不停地在我们头顶盘旋着，叫得很惊慌很急促，猜想关心同伴之时十有八九是在咒骂我们。我们挨个儿拿过表哥手里那燕子看了看，我拿过那燕子时，感觉那燕子很轻盈，羽毛可能是由于挨了弹弓疼得有些氅，不过拿在手里那燕子眼睛不停地转动着看四周，很是害怕的样子。我问表哥那燕子还能不能活，表哥说看样子应该没事儿，我说都看过这燕子了，没啥稀罕的了，要不赶快放了吧，拿在手里看一会儿死了的。表哥表弟他们相互看了看，一致同意。我站起身，把拿燕子那手一松，那燕子仓皇一下就飞走了。表哥说那燕子可能缓过来了，看那飞的样子估计没啥事儿了。燕子飞走后，等了一会儿，表哥突然想到似的揉了揉眼睛，问我们他的眼睛红没红，我们看了看，说没红啊。表哥说别打了下燕子最后弄得得了红眼病。一下午，表哥时不时揉他那眼睛，隔一阵子就问我们他那眼睛红没红。说来也怪，一下午还好好的，晚上，表哥那眼睛真就红了，真得了红眼病。表弟说可能是表哥一下午揉的，但我们怎么都觉得再怎么揉也不至于把眼睛仁揉得全是血丝吧。老人们说玩燕子得红眼病的话或许真是有影的事。几天后，表哥的红眼病好了，他像是得了很深刻领悟似的跟我们说："以后真不能玩燕子！"

后来我虽没再玩过燕子，但有几次近距离地观察过燕子。我们这地方的燕子虽说看上去几乎都一样，但仔细看还是有点区别的，大部分的燕子下颌那儿的羽毛是红色的，而有的燕子下颌那儿的羽毛则是黄色的。我记得当时不知咋说到这事儿时，村里有位老人还给我们讲过，说下颌那儿是红羽毛的燕子就是我们这儿人们常说的"胡燕"，而下颌那儿是黄羽毛的燕子，人们管那叫"臭燕"。对于"臭燕"，了解的人并不是很多，当时那老人倒是给说了挺多两种燕子的不同之处，但我那会儿没把那认真地当一回事儿记，待我后来写有关乡村题材的文章想去请教时，老人已经不在世了，问村里其他一些长辈，但对于"臭燕"的了解几乎为零。有的人甚至都是头一次听说，竟然有的燕子下颌的那一小撮羽毛是黄色的。后来我又翻阅过相关书籍，也在网上查找过有关资料，但都没找到想要了解的内容。

今年春播下去以后，我回了趟村子，挺意外的，见燕子已经飞来了，巧的是还见到有燕子嘴里正衔着泥在那些大瓦房的屋檐下搭窝了，也不知为啥，看到那一幕感觉很欣喜，我还专程停下来看了一会儿，见两燕子来回飞着衔泥搭窝，不远处的电线上有几只燕子站在上面正悠闲地梳理着羽毛，呢喃着也像是在拉家常。看到这些，我不自禁地拿出手机拍了几张照，新农村里喜色的一幕。在那儿看了挺长时间，离开时，我还想着，春天是最有生机的季节，燕子飞来了，无疑是拉开了北方春天生机勃勃的序幕。

村里老一辈的人常说，土地是最憨厚的，你给她一颗玉米种子，她会还你一个玉米棒子。春耕的忙碌中，人们又是将一年的希望和收成寄托给了宽厚博大的土地。

　　看到田地里到处都是人们忙活的身影，无形中就有了一种喜悦，对于从小在农村长大的自己来说，深知忙碌的春耕对于农民来说意味着什么。一年之计在于春，这话用在庄户人身上，我觉得似乎更为贴切。

　　或许是离开村子久了，也或许是有几年春耕时没跟父母去地里干农活儿了，回村看到人们在地里春耕劳作时，竟觉得格外亲切，特别是看到那些被翻起来的湿湿的泥土，都忍不住想抓起一把来放在鼻子跟前闻一闻，感觉那种泥土的芬芳一定会沁人心脾，闻着让人觉得清新，甜润。这种感觉，以前是没有的，特别是小时候，一听说要跟着家里大人们去地里干活儿，那愁眉苦脸的，眉头皱得万能钥匙似乎都解不开。感觉到地里干活儿，那真的是太苦了，而且平时不怎么在意的地头，一到干起活儿来就觉得一块地一块地的地头都那么长，干农活儿中望地头有时竟成了一种期盼。尽管孩子们去地里干活儿算不上个劳力，但只要去了，无论农活儿轻与重、多与少，都得跟着大人们一起干。干活儿中偷懒、应付，估计是去地里干过农活儿的农村孩子们多多少少都干过的事，我曾经也干过，拔草拔不尽，补苗补不全，给玉米苗根处压土压不实，等等，之所以应付，为的是干活速度能上得去，但后来听我奶奶说起干农活儿了，有句话让我记忆挺深刻的，说人要是哄了地皮，那地皮就会哄肚皮。一句话听得我后背直发凉，感觉那话就像是在赤裸裸地说我一样，我还再三地回想，按说去地里干活儿偷懒应付时没被我奶奶看到，咋听着感觉就跟在我奶奶眼皮底下应付被她发现似的。自打那，以后再跟着大人们去地里时，干活儿无论多与少，快与慢，再不敢偷懒应付了。

那时候，人们当庄户主要是靠人力跟畜力，去地里不是赶个牛车就是毛驴车，村子里有三轮车、四轮车的人家很少。有户人家有辆老牌的55拖拉机，尽管旧得都快老掉牙了，但只要能弄着，开到地里给人们犁地耕地，那依然是稀罕玩意儿。人们虽然是花钱雇佣，但也都得排队，而且有时还不一定能够轮得上。物以稀为贵，那时候村里的农机具活脱脱地验证了这句话。

我们孩子们春耕时节跟着大人们去地里，唯一能够苦中作乐的只有坐车、坐耙或是坐耱了。在坐畜力车上，特别是去一些比较远的地，驴车、骡车、马车之类的还行，要是坐上个牛车，车上再放个厚麻袋或是草垫子，躺在上面晃晃悠悠的都能摇得人睡着，那感觉绝对舒服。至于坐耙或是坐耱，一般都是耙地或是耱地时，为了加重耙或耱的重量，人手不够的话往上面压块大石头或是压袋土，要是孩子们跟着去地里了，往往都会上去压耙或是压耱。在耙上或是耱上坐倒是挺好坐，但几个来回下来，坐耙或是坐耱的就绝对成个土人了。有一回我爷爷到地里耙地时同时车上也拉着耱，那块地的面积不大，一亩多点儿，我爷爷说耙完地了正好再耱一耱。把地时我坐在耙上压耙，耱地时我又坐在耱上压耱，一下午坐完耙又坐耱的坐了好几个来回，收工回家时才发现穿在最外面的裤子都被磨烂了。不过好在平日里一到去地里时就都换上了旧衣服，要不然，那绝对是头比身重了。回来的路上，我问我爷爷，地全都耙过了耱过了，快种了吧，我爷爷说谚语讲清明前后种瓜点豆，不过我们这地方大面积开始播种一般是谷雨前后，地全都整理好后，除了一些下湿地外，其他的地要么是等着下种前能下场雨，要么是有条件的用机井浇完干上几天能种了就种，要不然的话，墒情不好就算是种下去了那也没多大保险，我们这里春天的风着实刮得厉害，别说是旱地了，就是墒情好的地，只要用犁翻开了，用不了几天湿土就全被风吹干了。那会儿村里的机井不多，人们种地要么是死等着下雨，要么是从家里往地里拉水，用那些大铁桶或是塑料桶装上水，种一窝浇一窝。我爷爷说那营生是一步一磕头。种一块地下来，腰酸背痛，那种辛劳，绝对不是一般人能够想象得到的。等我长大出身社会以后，有时经历困难跟挫折时，常会回想小时候跟家里大人们去地里劳作时的情形。村里那么多人，那样的环境，那么的艰苦，却能够那样的吃苦耐劳，默默耕耘，一茬又一茬，一年又一年。那里面，值得学习，能够给人以启迪的东西绝对有很多很多，真的是小事情里蕴藏着大精神，大智慧。经历困难挫折时，一想到父辈们在田地里劳作时的韧劲儿，想到村里那么多父老乡亲的那种吃苦耐劳的精神，豁达向上的生活态度，无形中就有了一种力量，推动着自己勇往直前地走下去。

待村人们生活水平逐步提高后，村里的三轮车、四轮车以及一些机械化的农具便多了起来，无论是春耕、夏锄，还是秋收，效率都提高了好几倍。以前，全家出动，一天顶多收拾二亩地，现在，用机器作业，大型旋耕机耕地的话，一天差不多能耕七八十亩，要是大面积连片的话，耕得更多，四轮车头带上播玉米机，不紧不慢地劳作，一天也能播个几十亩，秋收时，玉米收割机一天也能收六七十亩。这样的机器跟效率在以前绝对是想都不敢想的。以前装满满一畜力车玉米就觉得很多很多了，现在一三轮车或是一四轮车能装好几畜力车的东西。随着国家对"三农"支持力度的不断加大，村里的农业基础设施越来越完善了，那次回村跟村支书闲聊，说到农业基础时，他说我们村之前那些盐碱地都进行了改良，地力比过去好很多，机井也增加了十几口，现在村里的水浇地差不多能达到百分之七八十了，从根本上改变了以往靠天吃饭的局面。村里人现在的光景也好过了，只要是能操作了的，家家户户都有三轮车或是四轮车，加之现在购买农机有补贴，每年开春或是秋收之际，村里都会有人往回买新农机。以前人们去地里，大都是赶个牛车、驴车、骡车、马车的，现在人们去地里，不是三轮车就是四轮车，就是那些六七十岁操作不了三轮车、四轮车的人，有的也都买上了电动三轮车去地里时用。现在偶尔在村里看到个牛车、驴车啥的，感觉都有点新鲜了。传统农耕正切切实实向着现代农业迈进。村里有些年轻人种地，除了主要是机械化作业外，在规模上，大都是集中连片式的，用村里人的话说，种大片的地整顿，也便于大型机械操作。村里有一个三十来岁的后生，在外地打工挣了些钱，结婚有孩子后说是不想再外出打工了，于是在村里一口气承包了五百多亩地，能够机械作业的，全用的是大型机械，需要人工劳作的，按日工钱雇人，一年下来，除地租、种子、地膜、机械、人工等各种成本支出外，纯收入竟有二十多万元，一时间引得那些在外面打工挣不了几个钱的年轻后生都回村承包地搞农业了。一些大学生回村种地，老一辈的人都不理解，说念完大学又回村种地了，那大学还念了个啥，就是上不了大学那到头来无非不也就是个种地吗，但那些搞大面积种植，年收入突破十万二十万的后生，终归让村里的那些老人改变了传统的观念跟看法，一些老人坐街闲聊时说，甭说人家念完大学又回来种地了，种地跟种地就不一样了。咱还是三十亩地一头牛的老套路，人家年轻人种地全是机械化，人家种一年地的收入顶咱种十年地的收入，要么说啥时候都得念书呢！越来越多的年轻人回村规模化种地，搞农业合作社、家庭农场啥的，让人从之前担心将来农村谁来种地的担忧中看到了新的生机与希望。

回归自然，亲近土地。虽说春耕劳作远不像书本文字里写得那么诗意，但在田地里忙碌的人们，脸上的笑容绝对是真诚的，发自内心的。离开村子后，好多次看到农民们脸上那真诚的笑容时，我常会心头一热，有种想落泪的感觉，作为农民的儿子，我深知那种笑容里都包含着什么。现在，脱贫攻坚战正酣，看到那些通过政策帮扶和自身努力切切实实增加收入脱了贫的农民，他们所露出的那种纯朴的笑容和发自内心的喜悦，常会让人潸然泪下，那种幸福真的太来之不易。

村里老一辈的人常说，土地是最憨厚的，你给她一颗玉米种子，她会还你一个玉米棒子。春耕的忙碌中，人们又是将一年的希望和收成寄托给了宽厚博大的土地。

后　记

　　说是后记，其实这应该算是后记的后记了，当初书稿提交出版社时写了些后记的内容，但没想到中途又隔了这么长时间，期间我又写了些散文，再次翻阅整理整部书稿时，又有些新的感悟与体会。

　　虽然等待有些漫长，也很焦灼，但不管怎么说，这部书最终能够出版，心里还是感到了些许安慰，也算是自己对自己的一个交代，对生养自己那片土地的一个交代吧，用那句著名的诗句来表达自己写这些文章的初衷：为什么我的眼里常含泪水？因为我对这土地爱得深沉……

　　其实很多时候，闲下来独自静处时，我常会问自己：写作，究竟是为了什么？答案一次次给出但又一次次被否定，我不知道对于这个问题的回答什么时候才能够圆满，但我觉得，只要自己还在写作，这个问题的回答或许就永远在路上，在探索中思索着，在思索中跋涉着。

　　自己从小在农村长大，对于农村，总有着无法割舍的情节，这部书里的文章，大都是写的一些农村里的人与事、情与景，再具体一点儿说，很多都是写的自己村里的那些人与事、情与景，有的是亲身经历的，有的是从别处听闻的，但不管怎样，最终糅在一起后，也就成了书写家乡农村的文字。

成长路上，感觉很多时候是重温着儿时的记忆前行。写这部书，这种感受更加明显。对于农村，自己从来没打算要去刻意记录什么，尽管自己从小生活在农村，但说实话，那时候都有种想逃的感觉，总觉得祖祖辈辈们日出而作，日落而息的农耕生活似乎太土了，也太苦了，但后来自己写作时，特别是写一些乡土题材的文章时，农村里的许多人与事、情与景，经意不经意间就全都浮现出来了，有时候还格外清晰，渐渐地，自己似乎也就明白了，生长在农村，那片热土，永远是自己身心寄托与归宿的地方，无论外在上怎样的厌倦或是逃避，但在骨子里，故乡永远是块抹不去的胎记。随着岁月的流逝，年龄的增长，那种情感与日俱增。因为，自己的根在农村。

从记事起到现在，村子里真的是发生了太大的变化，不光是村里人的生活习惯、生产方式、村容村貌，就是村里人的精神面貌也都有了很大的改变。对于这一切，我总想用文字去定格些什么，去记录些什么。记得有一次我回村子，一个父辈级且被村人们公认为是傻子的人，碰到我后问我现在是作家，我挺诧异的，问他听谁说的，他笑笑，说村里人都这么说。我本以为他也就是那么随口一问而已，但没想到他傻乎乎地笑了那么几下后，转口又问道，说我能不能再当个作曲家，这一问，着实让我惊奇，我凝眉看他之际，他又半傻不傻地说，现在看电视上人们都时兴跳舞，早晨也跳，晚上也跳，你要是写点儿东西给咱们村的人作成曲，那咱们村子里肯定天天也有一大伙儿一大伙儿的人跳舞，肯定可红火……我明白过来，他说的那种跳舞应该是广场舞，但我怎么都有些不敢相信他会说出这么一番话，要不是亲身经历，我怎么都不敢相信这是真实的。很长一段时间里，我常会回想起那次的情节，也向不少人说起过那事，原因无非还是有些难以置信。我没写过歌词，也作不了曲子，面对这一切，我能做到的，也只有寄情于那些文字，不管那些文字在别人看来成熟与否，但在情感上，那永远是真诚的。

之前看一篇文章，里面有这样一句话：写不出来的时候，总得回老家住住！我感觉说得挺在理，自己也琢磨过，像我这样从小在农村长大，作为一个地地道道农民的儿子，如果离农村远了，或许在那片土地上就扎不下深根了。不管自己写与不写，闲暇之余，我常会回村子里看看，短则一个星期，长则半个月左右，总得回村子里走走，一来是父母亲戚大都在村子里，回去看看，再者，回村子里的那种亲切感总会让自己觉得很温暖，特别是看到那些熟悉的人，熟悉的场景，总感觉那就像是自己生命里不可或缺的一部分，或许在不久的将来，那些人与事、情与景，都可能成为自己文章里所描写的内容，所以每次回村子，自己总想多花些工夫，多去留意一些，多去记录一些，多去书写一些。

曾有一段时间，村子里也像媒体报道的那样，外出打工的人多了，在村种地的人少了，留守的老人、妇女、儿童多了，在村年轻力壮的男人们少了。也许，这是农村当下普遍面临的困境，面对这样的困境，相信许多人都在思索着，更是在破解着，时代的课题，时代终归会给出合理的解决办法。

现在每次回村子，看到村子里的那些年轻人时，总会有种说不出的欣喜，想想总会让人心头一热，为之动容。我坚信，不管时光如何流逝，现实如何纷繁，只要农村有新生力量，农村就会有无限希望！在这上面，我相信文字也会有着它神奇的功效，字里行间，星星点点的记录中，能够勾起许多人共同的记忆，也能够唤起人们对更加美好未来的向往。从我自身因素来讲，这或许也是我探索写作究竟是为了什么的又一个原因。

这本书即将出版了，但让我深感遗憾的是，当初给书写序言的王保忠老师却不在了，很长一段时间里我都难以接受，也难以走出那片阴影，原来生命有时候是那么的脆弱。走着走着，自己对生命的感慨，对生活的感触，对人生的感悟，似乎又有了新的理解与认识：珍惜当下，感恩现在。

在自己成长的过程中，有着太多给予过我真诚无私帮助的人，特别是在自己最困难的时候给予过我帮助的人，对于他们，我永远心怀感恩。借此，真诚地向他们说声谢谢！感谢中国文联张平副主席，山西省作家协会党组书记、杜学文主席，中国金融作家协会阎雪君主席，新世界出版社宁丕化老师，山西电影制片厂黄建民厂长，大同市文旅局孟德昌局长，广灵县委常委、于永军副县长，大同市政府庞君秘书长，大同市经建投集团刘如岩董事长、纪委张雪冰书记，大同市委宣传部李雁侠副部长，阳高县人大高桂德副主任、政协王德军副主席、龙泉工业园区吕福军主任、文联余跃海主席、新闻中心史亮主任、电视台李焕福台长、县委办程利斌副主任、政府办刘永春科长、民政局李焕龙副局长、农居办曹新武副主任，阳高县农业农村局吕海副局长、宋福卿主任、杨俊武主任、李世成主任、刘萍站长、景晓芬姐、王奋青姐，阳高县委组织部尚振晋主任，阳高县新乐源公司景军董事长，阳高县奇园盛公司赵凡总经理，还有我的一位忘年交大伯武飞，这部书定稿后我还特意过去跟他聊了聊，尽管我俩年龄相差了三十多岁，但每次我到他那儿喝茶，两人一聊一下午，有时甚至能聊到大半夜，他对国学、易经颇有研究，除了在生活上给予过我很多帮助之外，每次喝茶聊天，他跟我讲的那些为人处世之道也让我颇为受益，还有其他在工作、生活及写作中给予我关怀与帮助的亲友们，虽未一一道出，但真诚地谢谢你们，永远铭记在心，衷心祝愿：好人一生平安！

　　本书出版过程中，山西人民出版社的有关领导同志也给予了大力的支持和帮助，在此，一并致谢！

董晓琼

2022年7月8日